小说眼 · 看中国

鼠年月光

The Moonlight

in

the Year of the Rat

巴音博罗 著

山西出版传媒集团

北岳文艺出版社
BEIYUE LITERATURE & ART PUBLISHING HOUSE

· 太原 ·

图书在版编目（CIP）数据

鼠年月光 / 巴音博罗著. 一 太原：北岳文艺出版社，2019.7

（小说眼·看中国）

ISBN 978-7-5378-5929-5

Ⅰ.①鼠… Ⅱ.①巴… Ⅲ.①中篇小说－小说集－中国－当代②短篇小说－小说集－中国－当代 Ⅳ.①I247.7

中国版本图书馆CIP数据核字(2019)第106756号

书名：鼠年月光	策　　划：续小强	封面油画：巴音博罗
		装帧设计：礼孩书衣坊
著者：巴音博罗	责任编辑：庞咏平	印装监制：巩璠

出版发行：山西出版传媒集团·北岳文艺出版社

地址：山西省太原市并州南路57号　邮编：030012

电话：0351-5628696（发行部）　0351-5628688（总编室）　传真：0351-5628680

网址：http：//www.bywy.com　E-mail：bywycbs@163.com

经销商：新华书店　　承印者：山西新华印业有限公司

开本：890mm×1240mm　1/32　字数：214千字

印张：10.5　版次：2019年7月第1版　印次：2019年7月山西第1次印刷

书号：ISBN 978-7-5378-5929-5

定价：39.80元

感觉温暖（代序）

王祥夫

　　读巴音博罗的小说，感觉温暖，感觉像是又回了一次故乡，还感觉是又回了一次童年，起码又像是做了一次梦。梦里的欢乐到了梦醒之后又皆是惆怅和伤感。因为我们永远也不再有可能回到过去，所以说过去的欢乐只保留在巴音的这些小说里，起码对我来说是这样的。一旦用心灵去触及巴音博罗的小说，才明白我们的欢乐其实是缘于一次次对废墟的造访。过去的生活已成废墟，这是注定的事。

　　给巴音博罗这个小说集写序可真不容易，因为一读他的小说我就想念我的故乡，所以总是怕把自己的情绪太多地带进他的小说。这么一来呢，也许会因为偏爱而有失公允。巴音博罗的小说好看，首先一点是在于他小说的地域性，语气啊，生活场景啊，甚至人与人之间的那种关系都是东北大地上鲜活而有温度的行止起坐。其实在这个世界上根本就没有放之四海皆好看的那种小说，无论是谁的小说都只能有他自己特定的读者，即使是托尔斯泰、马尔克斯、卡夫卡和卡佛都是这样。必定是这样，每个作家都有他自己的特定读者。而我就是巴音的最好读者之一。不读他的小说不知道，还只以为他是国内著名的诗人，画油画的同行。一读他的小说，我就像是陷入了令人迷醉的泥淖，很难把自己给弄出来。以小说家的眼光看巴音博罗，我首先看到了他小说的根，而有些作家则是无根草，你找不到他的母语在哪里。巴音博罗小说的根死死抓着他的那片土地，所以读他的小说往往是一开头就把你拉到了东北那块地方，比如："而软吊子，民间也称放洋排，是用山上野生的一种筈条，在江水中泡柔软皮实了，紧紧捆绑住原木的接头处，排头再选一根又粗又长的舵棒控制方向，穿好的木排有二百余米长哩。一副排上，至少要有五六个壮汉，领头人叫头棹，就是经验丰富识水路的排把头，其次为二棹、中棹和尾棹。木把们祭完排，狂吃海喝一顿，再燃放完起排鞭，过千崖闯险滩的流放生涯就正式开始了。当手持猫牙，威风凛凛立于排头的头棹长长地吆喝一声：开排啦！老排在冰河浪尖上起落着，江岸上顿时一片哭泣声，女人们个个泪眼婆娑，眼巴巴望着亲人们渐行渐远，直到把木排望成米粒大的黑点……"

巴音博罗的小说写作上的特点，一般来说是指向不明，说这话要有个前提，那就是许多人写小说都有个明确的主题，起码是想要把什么清清楚楚告诉给读者，而巴音博罗没有。他的小说是一片接着一片的故事，一片接着一片的生活场面，你要是想要知道他在说什么需要你自己去分析。这也是巴音小说吸引人去读的秘诀之一，也是他小说写作的最大特点。读巴音博罗的小说我想到了萧红的《呼兰河传》，这篇小说一开始你根本就不知道她会讲什么，七七八八地随口在那里说，到后来小说的真相才慢慢显露出来，自自然然地随意铺展，让读者已不觉陷入其中。巴音博罗的小说就是这个特点。自然，轻松，看上去软软的，却实在又是硬硬的。我喜欢这种状态。即使是写那些在生活中有点传奇的事物，巴音也能达到极好的轻松和自然，比如："连群这两天一回家就看枝子的屁股。枝子是连群的媳妇。连群早上回来时，枝子正弯腰在热气腾腾的锅灶前攥汤子，金黄金黄的苞米面汤条正均匀细腻地从枝子的指缝中窜出来，先在空中划出一道优美的弧线，再一股脑激射进沸水锅里。空气中弥漫着酸乎乎的香气。"

由于巴音博罗是画家，所以他笔下的小说有着特别好的画面感，色彩啊，场景啊，人物的线条啊总是格外鲜明地出现在他的小说里。这就有别于另外的一些作家。一个作家，他的综合修养是十分重要的，他笔下的小说好看不好看，分量重不重，往往和这个综合修养分不开。所以说，一个作家最好要兴趣广泛一些，不能除了是个作家其他什么都不是。一个作家的综合修养好就像是一个水塔有高于其他建筑的高度，只有这样，他才会有更充沛的活力，他才会走得更远。巴音博罗可以说是一个全面手，诗歌散文小说油画，互相影响着，互相滋润着。所以写起东西来总是得心应手。我读巴音博罗的小说，总是在分析他笔下的画面与语言的关系，巴音博罗在小说写作上总是能达到那种用几句简练的描写就把场景写活的境界。比如："腊月里一个冬阳高悬的黄道吉日，黑驴沟村的羊肠小路上蓦然响起嘹亮高亢的唢呐声，赵老槐家的五间大瓦房挤满了前来道贺吃喜酒的村人。院子里到处披红挂绿，张灯结彩，拾掇得焕然一新。院东新搭了一座毡布大棚，盘了一溜大小锅灶。切菜的，烧火的，摆盘碟的，人人都忙得不亦乐乎。院当央摆了大大小小各式各样的木桌，也大多是从各户邻人那借来的。平日难得开荤的乡下人这时辰都赶紧找位置坐好，单等那冷盘热菜一上，就狮子口大开，大嚼一番。屋里这时候正在搞仪式，村里的老司仪满口赶时髦的新词儿。一番咋呼之后，新郎新娘拜过天地，便是山崩地裂的一声吼：'开席！'一刹那全场骚动，端盘子上菜的往来穿梭，原先嗡嗡嘤嘤的说话声顿时矮下许多，到处都响起那种粗鲁的咀嚼声音。"叙述的节奏是极快捷，但给人的视觉感受是极饱满。

写到这里，不能再"比如，比如"地把巴音博罗的小说片段拉出来示范，请读者诸君看他的小说吧。我喜欢巴音博罗的小说，也愿意你喜欢。你若不喜欢呢，也在情在理，因为每个人都有自己的偏爱。

是为序。

目录

001　伐木人遥远的微笑

024　尿罐

033　你叫刘二蛋，我叫小毛驴

045　黑蛋的长城

095　白旗沟的黄房子

139　鼠年月光

164　伏天的风

172　火

192　黑日子，白日子

229　界

247　青玉镇的野菊

284　树上的小偷

294　王小二的贼菩萨

309　看驴皮影的小毛驴

323　后　记

伐木人遥远的微笑

一

古时，有一地方，叫关东。关，是指山海关；出了那道雄奇的关隘，又有一座莽莽苍苍的大山，叫长白山。亿万年前，地球发生填海造原的伟力运动，火山爆发，山脉隆起，草木悄然在荒蛮的土石中萌发，形成了茂密苍郁的森林和浩荡湍急的河流。故东北还有一个诗意盎然的别名：被江河雕刻的土地。在众多溪河湖海中，最著名的是指发源于长白山天池的松花江和鸭绿江。这两条江就是全关东茫茫黑土上最出名的放排古道。

排，当然指的是木排，也就是给寂寞和荒凉带来人烟的采伐。采伐又分山场子活和水场子活。每年十月至翌年的春二月，是山场子活的黄金季节。俗语称之为"开套"。就是伐木者上山用大肚子锯把一棵棵参天大树放倒，然后用爬犁套子将原木拖下山堆积到江边，等早春一开江，再将木头穿成排，顺水漂流向远方。

从前的伐木人俗话叫木帮，就是搭伴结成一个帮伙，一块来伐木。他们多是由中原大地出了万里长城的山海关单身来北大荒闯荡的野性汉子。当他们跨过那道险峻雄奇的关口时，放眼苍茫关外，心里都默默念叨着：

　　出了山海关，
　　两眼泪涟涟，
　　今日离了家，
　　何日能得还？

　　为了挣足钱票票回故乡娶亲生子续香火，他们往往抛尸荒野，把命都搭上了。据传木帮人祭拜的山神爷孙良，原先就是个伐木人的老把头。

　　在古木蔽日的崇山峻岭之中，无论狩猎、伐木、放排、采集，都是极险的活计。单说采伐吧，仅开斧动锯就分"顺山倒""迎山倒""排山倒"和"横山倒"几种。

　　顺山倒是指树被伐倒时自然倾倒山坡，表示平安和吉祥。所以开伐的头一锯，往往要选一棵生长在缓坡上的刚挺大树，放个"顺山倒"，以祝愿这一季顺顺当当，平安无事。排山倒和横山倒往往是指树的根部下锯后向两边斜去，也叫"吊死鬼"，伐木工必须冒死钻进摇摇欲坠的罗圈下面，将独臂支撑的那棵捣蛋树砍塌，再拼命逃出，退晚一步，必砸成个鲜血四溅的肉饼。所以横山倒也象征着伐木工们的命运不济，不吉利，会摊上横事。这是所有木把们最忌讳的事。

　　从前的采伐条件异常简陋，两人一伙，一根快码大肚子锯，一人一柄开山斧。那斧头闪烁着半尺宽的雪亮的刃，两人对着抡，一个左撇子，一个右撇子，全凭熟练和胆壮。

放每棵树事先要用开山斧砍砍树的根部，查看一下有无腐朽、糟糠，俗称"叫山"。如果有一点点糠或过性，不采不伐。林子阔，材好，挑着放。此外，采伐前还要先找好树的倒向。大肚子锯从一面掏到一定程度，就要在锯口处用斧子要碴（砍去一个豁）。要过碴，树会发出咔咔的嘶叫，有经验的伐工，凭树的嘶叫，就能判断出其倒向和时辰，然后嘹亮地喊山。

在山里，禁忌是非常多的，譬如不许女人进山，不许大声说话等。伐木的把头们对大山和树木是怀有很肃穆的敬畏的。老人们认为这是神灵送给人类的礼物，人要懂得答谢和回报，所以喊山者心中极为虔诚。当森林在叮叮当当的开山斧中慢慢苏醒，几尺深的厚雪被轰然倒塌的大树漫天拍起，苍老的林子里腾起烟一样的蒙蒙雪雾，干着活计的木把们会听见那种亲切、熟悉而又非常壮观的悠长吆喝：

"顺——山——倒——啰！"

"顺——山——倒——喽！"

喊声悠悠扬扬，在遮天蔽日的山谷沟壑之间久久回荡，仿佛一种真诚、古老的告慰。

二

成堆的木头，披霜挂雪，从山上运下来，静静码在江畔，山场子活终于掐套了。

柏树、桦树、落叶松、黄菠萝——那些山一样堆集的原木啊，每一根都浸泡了木帮们劳累一季的血和汗，就像他们卑贱的命。当山涧里的冰雪开始缓慢消融，道路开始变得黝黑泥泞，命命鸟一声声啼唤时，水场子活儿又悄然拉开了帷幕。

水场子活又分穿排和放排两种。穿排就是把原木编成木排，从古至今又分"硬吊子"和"软吊子"的不同穿法。民间所说的硬吊子，也叫"本"字排，其穿法古旧、笨重又繁复，要先把木头锛成四个平面的方材，再锯成凸凸凹凹的豁槽，再使掏眼斧打洞，最后用碗口粗的硬柞木将木材一概穿起来组成木排，这种排每张能拖数百立方米的木材，载量重，吃水深，在江中运行缓慢。若天旱水浅，排就会搁浅，若雨大水汹，又极易冲毁，危险极大。

话说从前有这么一家子，就爷俩，爷爷和孙子。小孙子叫小山子，刚刚十六岁。爷俩靠放排挣钱谋生。（小山子的父亲是放排的头棹，有一年排过阎王哨，舵把不稳，碰上暗礁，木排大散花，小山子的父亲被木排穿了糖葫芦。喂了王八。）这一年刚入夏，小山子和爷爷又来到阎王哨，老排刚过棺材碴子，忽然天昏地暗，电闪雷鸣，瓢泼大雨下得江烟起，只听轰隆一声巨响，木排七零八落。小山子的爷爷只来得及惨叫一声，就落进漩涡打个漩不见了。

爷爷死了，小山子买了猪头、供果，来到河边山崖上，一敬河神，二祭亡者在天之灵。之后，他就沿江而行，察探清险滩暗礁的水下底细，然后爬上江滩边上高高耸立的望夫崖，打坯垒屋，并在一棵被雷殛的古树桩上，挂了一口铜钟。小山子和放排人约定，排过阎王哨棺材碴子，如果江水平稳，他就缓缓敲钟，木排靠左航行；如果江水湍急，他即急急敲钟，木排靠右航行。就这样，不知多少年过去了，小山子从一个虎背熊腰的棒小伙儿煎熬成了弯腰驼背的白胡子老头。又过了许多年，小山子死时，放排人集资，为他修了一座庙，并让庙里的和尚照小山子的样子敲钟导航，小山子也成了这一带的河神江灵。

而软吊子，民间也称放洋排，是用山上野生的一种笤条，在江水中泡柔软皮实了，紧紧捆绑住原木的接头处，排头再选一根又粗又长的舵棒控制方向，穿好的木排有二百余米长哩。一副排上，至少要有五六个壮汉，领头人叫头棹，就是经验丰富识水路的排把头，其次为二棹、中棹和尾棹。木把们祭完排，狂吃海喝一顿，再燃放完起排鞭，过千崖闯险滩的流放生涯就正式开始了。当手持猫牙（一种像桨一样的东西，头包铁皮，上置密密麻麻的钢钉，故有此名）威风凛凛立于排头的头棹长长地吆喝一声：开排啦！老排在冰河浪尖上起落着，江岸上顿时一片哭泣声，女人们个个泪眼婆娑，眼巴巴望着亲人们渐行渐远，直到把木排望成米粒大的黑点……

三

鸭绿江，民间称为"南流水"，指此江以长白山为源，然后掉头向西南注入黄海。鸭绿江的名称始于唐朝，《新唐书·志·地理》说："南至鸭绿江北泊汋城七百里，故安平县也。"可见鸭绿江是指水的源头绿如鸭头而言。另据《长白山林业志》载，清光绪三十四年八月，设治总办张凤台赴省领款，乘排去临……结果此次张大人乘坐的木排在江中被暗礁撞翻，大人险些遇难。光绪三年，清政府在鸭绿江大东沟口设立木税局，征收捐税，每只木排在开排前必须领取排票，而且排前须树立彩旗一面，写明此排隶属于某某大柜、某某公司料栈的，方可行排。

排旗花花绿绿，式样繁杂。老排白日顺江而下，到了夜晚则择岸泊靠。从长白县至安东（古称南海，今叫丹东），前后要行百二十余日。有时水浅，隔年方还。木排一入了旧时安东县入海口，便要锚靠岸边等候木商们前来挑选。那时，大江之上，彩旗招展，炊烟缭绕。一路舍生冒死来此地的木把头们，此时仍以排为家，或在排上生火熬饭，或下岸投亲访友，洽谈生意。一时间，岸边码头上摊床林立，各类小贩的叫卖声不绝于耳。而瞄准了伐木人腰包里的钱票子的海台子们（妓女），则更是到处游荡，招揽生意。还有那些民间小戏的艺人们则吹拉弹唱，十八般武艺尽情展露，真是热闹非凡。

木把头们在安东有一专门管理他们的组织，叫槽子会。槽子本是木帮们返回山里时沿岸拖拴的一种船，上面装载些工具，人像纤夫一样沿岸而上，俗话叫"起旱"。槽子会就是这些吃水饭的人们组织起来的家，大伙互相称兄道弟，相帮着渡过难关，有一种很浓的江湖味道。

木排一路上要经过九九八十一个哨口，每一个哨口都石崖陡立，水深流急，险象环生，搞不好就会要了放排人的老命。所以当木排终于到了安东时，累得要死的放排人都想放纵放纵，乐和乐和。马四台是安东边的一个小屯子，送排和往回拉槽子的木把必然在这儿歇息打尖，各家的女人久而久之都成了海台子。更有一些拉帮套的女人，男人有病干不了活计，自己带孩子维持生计困难，便在木把头里寻个相好的靠上，俗称"靠人"的。马四台这地方笑贫不笑娼，所谓"小伙子丢了没人找，大姑娘跳墙狗不咬"指的就是这一带的民风。因此民间常说："木排放到马四台，谁也不愿再回来。"

且说有个叫独眼刘的头棹，刚娶了个媳妇不久，本不想再去放排，况且老婆又有了身孕，但架不住木商的官帖和江驴子们（排上的伙计）撮合，就应下了。

　　老排晃过寡妇滩，穿过笑面碴子时，本来万里无云的晴空，转眼便昏暗荫翳，一股黑雾迎面压下，并挟着冰冷豪雨和黄泥细沙，抽刮得人睁不开眼。大约两袋烟工夫，雾气才渐渐消散，大家再睁眼看时，却见排上多了个胖乎乎的小熊崽儿，正伸出红嫩的舌头舔独眼刘的手心哩。众人都稀罕得了不得。当晚，停歇在谷草垛的悦来客栈，独眼刘搂着小熊崽睡了一宿。第二天早上打棹开排时，老排左右摇晃，就是离不了岸。无奈只好请当地的萨满来作法，以求河神的保佑。那老萨满手持一面乌拉神鼓，头上戴着神帽，身上披着铜铃彩裙，翩然而蹈，口中念念有词，江风把腰带吹得瑟瑟飞舞，俨然神仙下凡，看得众人呆住了。

　　可是一番神敬下来，木排依然纹丝不动。后来独眼刘仔细一打量木排，这才发现排尾的柳毛子里伸出一只毛茸茸的黑熊爪子，紧紧抓住排串上的缆绳不放。敢情是一只老黑熊。

　　独眼刘一时兴起，抡起开山斧狠命砍去，咔嚓一声，一股黑血喷向大江，老熊嚎叫一声，窜进湍急的江水里。独眼刘怀中的小熊见了，眼中淌出串串泪花。

　　独眼刘真不该砍那一斧子啊！

　　后来，木排到了鸡冠砬子哨口时，排头触到暗崖上，一下起了垛。排腰和排尾借着江水巨大的冲力堆起数丈高，隆成一座拱桥。急坏了排上的掌柜。他出价出到五千大洋，也无人敢冒死上前。无奈那心急如焚的掌柜一下给独眼刘跪倒了。他知道，要想解此险情，只有艺高胆大的独眼刘兴许能成。"拿酒来。"独眼刘咬咬牙，连饮三海碗六十度老白干，饮尽把碗一摔，瞪起那只炯炯老眼，盯住一根卡木，挥动铁棒拼尽全力挑去。一声惊天动地的巨响，仿佛万钧雷霆起自垛底，老排提前落垛了。独眼刘听到号叫的卡木，知道灭顶之灾降临了，他呆呆地立在垛口下，眼见那耸立云端的排垛慢慢倾斜下来，像长白山口喷出的岩浆从高空啸啸泻下，又随着冰冷的江水滚滚塌落。开了锅似的一刹那，只听那将死的人喊了一句什么，浪花中就只见几块血肉模糊的骨头渣子了。

"刘头棹啊……"伙计们悲怆地喊。

当夜，穹窿万里，一轮大彪月亮挂在苍穹，亮如明镜，照着滚滚东去的江水。二棹和几个伙计用渔网一下一下打捞独眼刘零零碎碎的遗骸。然后，用瓦罐盛殓了，连同木排掌柜给发放的银洋，于翌年的秋八月，送回给了独眼刘的媳妇。那时，南飞的大雁嘎嘎叫着，排满了北天。独眼刘的媳妇为他生了个儿子，一听到凶信，疯子样趔趄着向江岸跑……伙计们相帮着，把那瓦罐里的尸骨埋在了江岸上。

独眼刘的老家在山东。独眼刘一直想挣够了钱领着老婆儿子回老家认祖归宗。后来，又是许多年过去了，独眼刘的儿子的儿子们也没一个能把脚印嵌上家乡的故土上，倒是江岸畔的坟头挤得满满登登的了……

四

给独眼刘送遗骸的伙计中有一人，姓张，大伙都叫他老旺。当时刘头棹丢命时喊的那句话，他听清了。所以历尽千辛万苦把刘头棹的遗骨给护送回家，也算尽了一分情谊。他后来又放了几年排，并把所挣下的银洋悉数给了可怜的寡妇和虎头虎脑的遗腹子。

那寡妇有心于他，不知为啥，老旺却始终没在那几间黄泥草房住下。

又是十几年过去了，老旺独自一人在鸭绿江靠近源头的一个临江的小镇里落了脚。

镇子叫轧鞴镇，每到荒寂漫长的冬季，沿街的客栈，便住满了单身的木把头，他们都是头年就住进来猫冬的。老旺就猫在一个名叫"草驴店"的小客栈里。草驴是北国山坳里随处可见的一种家养牲畜，泼实，耐劳。为什么叫这么个名儿，谁知道呢？

掌柜的是个中年女子，叫小灯花儿，丁丁香香的一个人，看着干净利落，很养眼，老旺就是冲她这点，年年住在这里的。

今年刚下头遍雪，天一放晴，许多山场子派出的打扮人的（雇伐木工的人）便纷纷来到各家客栈门口，把褡裢里的银洋弄得哗哗响，嘴里不断地吆喝："开套！开套喽！"

仍是老价，从现在干到明年春二月，一个伐木工三十块现大洋，先付一半。

可这十五块大洋却没等沾急等钱用的伐木工的手，早叫各客栈老板及侍候他们一冬的女人一把搂了去，说是还人家店钱。这也是这儿的规矩。年年伐木工们来住店都是先记账，说好天儿一落雪由打扮人的给。

这天一大早，小灯花就给老旺蒸了一锅花卷，又做了一碗鸡蛋甩袖汤。街上传来雇工头们敲打木皮鼓的"卜卜"声，俩人坐不住了，急三火四奔到街口，专拣人前凑。

可是那些精明的家伙，拍拍老旺的屁股，摇摇头，很快就溜到别的棒小伙子们跟前了。从清晨到傍黑，日头渐渐把房檐上的冰溜子晒小了，化了，滴滴答答像断线的珠子，溅到墙角的青石板上，立马就碎了。

当夕阳把遍地积雪染成凄艳的血红时，街上兔子大的人也没有了。小灯花和老旺拍拍屁股上的尘土，往回走。女人有些泄气，男人却满不在乎。他一边笑嘻嘻地说："别急，赶明儿个，会有人来找俺的。"一边试图拉女人的手，不提防被心绪惆怅的女人啪地甩了一下，她自己急急先走了。

说起来老旺也有些愧疚。好歹是个爷们，却欠着女人的钱，好说不好听啊！

草驴客栈是那种夫妻小店，在镇子里遍地开花，专门接待山里的独身伐木工。伐木工的家大都在遥远的关里，他们打算挣足钱再返乡，可是一年又一年过去了，伐木工们把身子熬成虾米，把黑发熬成白发，却总是没法离开这片黑土。这就是命啊！

夫妻店有的是一对夫妻合开，有的仅仅一个人支撑，总之就是米粒般的"小"的意思，三两间泥坯草房，一铺宽宽的大火炕，一头住主人，一头住客人。冬去春来，木把头们像燕子，总是适时来寻旧巢。据说这习俗明末清初就有了，官家对这类野店不收客税，故此开店的人也越来越多。

小灯花三十多岁，总是着一件褪了色的紫花小袄，紧紧裹住腰身，纤细的脖子下的某个纽扣，也总是盘不上，似隐似现露一线雪白的奶子。

听说她先前也有男人，后来放排去了南海再也没回。老旺来这小店七八年了，一次也没见过。一些以前来这儿的老客们，私下里倒是谈论过。议论了，也仅是猜测，大伙都三缄其口，高低不会去打听，讨人嫌么。这是这儿的规矩，对寡身女子情感上的事儿，是绝不许去问闲的，谁愿拿热馒头贴到冷锅壁上呢？

老旺比女人要年长十余岁。本来么，他就是棵矮倭瓜秧，人又不善衣着，又加上常年跑外风吹日晒的，猪腰子脸上的眉眼，就更狗模狗样不起眼了。不过，对于找活计的事，老旺却不信没人相中他。又不是找媳妇，凭他一身手艺，不会不打人儿。他叹息一声，蹲在店门口的石磨上，掏出旱烟袋，滋润了一口烟瘾。

唉，这一季，他毕竟睡了人家的火炕，又时不时地睡了人家的身子，总是欠着一分情哩。

从去年，小灯花家就没上过别的客。原先的那点积蓄，现在大概也花得见了底，好面子的女人不说，他老旺哥也是知情的，所以即便有信心坐在这待雇，可还是不免有些焦躁。

也许自己真的老了！

这时，小灯花腋下挟一布包，打院子里出来，冷不防撞见蹲在门口的老旺，不免有些慌张，略一思量，捋捋被风吹乱的头发，扬起桃花脸，决然地奔向幽暗的街巷深处。

"哎——"老旺扬扬手，喊她。"你上哪去？"

"出去！"灯影中传回犹犹豫豫的一句。

"咳，天这么冷……你饭也没吃。"老旺嘟哝着，女人立了一下脚，听见后面一句，却没回头，半晌，扔回一句：

"不去又能怎么办哩？"

说罢，揩揩眼角的泪，挽了挽半敞开的棉袄怀，远去了。

老旺傻眼了。

他心底一阵阵发凉，情知小灯花这是出去抢季节去了。这也是当地的乡风民俗。这个时候抢季节就是女人家因为断了粮，不得不上街拉客卖身。那客，都是刚预支了雇主两三块现大洋的伐木工们。本来那钱是准备洗澡剃头，外加置办些进山的斧锯麻绳、火柴面碱的，有许多眼馋女人的家伙，舍不得奢侈，再想到一进了山，生死未卜，连个女人滋味都尝不着，所以大多把它花在海台子们身上了。

小灯花腋下的包袱，在这荒野关东，亦是有特殊含义的。它不是惯常所见妇人们走亲戚回娘家携带贴身衣物的那种，而是扁扁瘪瘪的一块麻花布，里面仅装些手纸与棉垫，往腋下一挟，有经验的伐木工们打眼一瞭，即知晓她的来路了。

如果有男人相中了对面的女人，又看清了她腋下招客的幌子，便会贴身蹭过来。女人这时便会迎上前，柔柔地问：

"大哥，办不办哪？"

男人心里惴惴的，自然又会问："开个价。"

女人便爽着脸，乜斜一眼那汉子，扭扭屁股说："大哥啊，哪有这么讲话的，俺又不是拍花的。"

男人坚持道："总得有个数哇。"

女人嘴一噘，梅朵一样，嗔怪道：

"放心，不会诓你的。走，完事再唠。"说着偎过温软的身子，半推半就之间，二人便到了僻静阴暗的胡同里，女人动作麻利地把四四方方的小布包往青石板街上一铺，褪下没着裤衩的外裤，两腿一劈，说："来呀！"

懵懂中的男人借着星光月辉往下一瞅，头嗡的一声，大了，血往上涌，无数次梦中见过的情形如今就真切地呈现在眼前，绷得紧绷绷的身体立刻疯牛一样猛扑上去。

"哦——啊"，男人女人在雪地上吼叫着，撞得星月叮当乱响。

当一切平息下来之后，女人开始一边收拾她的花布包袱，一边跟惶惶系着腰带的男人讲价。价钱往往出乎男人们的预料（比如原先说五毛，现在要八毛）。垂头丧气的汉子这时才醒过腔，忙说不值。女人一边擦拭自己的身子，一边装作可怜巴巴地说："大哥啊，我们也是女人哪，不容易呀。"

不甘心的汉子问："你咋不容易，说说看。"

女人凄然一笑，说："天当被，地当床，两只奶子被你揪多长！"

男人想了想，扑哧乐了，说："是哩是哩，是不易……"

"那，大哥，你就多赏几毛吧。"

就这样，木把头们腰包里的银洋，不知不觉就进了挟包女人的兜里。

五

那天老旺追到十字大街北边的一个小胡同口，抬脚往里刚走了不到十几米，就见小灯花正在接一个牛犊子似的壮汉，他把小灯花按到冰冷的石板街上，扑腾得雪片子和尘土四处飞溅，小灯花像挨宰的羔羊似的呻吟着。老旺实在看不下眼，冲上去大吼一声，把那人掀翻在地。

"畜生……俺插了你！"

插是土匪的黑话，杀的意思。那人爬起身，正欲恼火，见是个脸色铁青的汉子，以为遇上了女人的丈夫或相好，连忙提上裤子，掉头就走。

小灯花挣扎着爬起来，见是老旺，诧异道："干什么呢？你！"

老旺挤出笑脸，劝："咱回吧，啊？"

女人气急，说："你……你搅了俺生意……你……"她顾不上理论，抽身忙去追赶那客人。"哎，别走啊，大哥，事还没完哩。"说着上前一把揪住客人袖子不放。

"你看你，你男人来咧，还办这事？"

小灯花急了："他哪是俺男人，俺男人早死了。他也是俺的客人。"

俩人拉拉扯扯，那人被逼不过，随手扔下几枚铜钱，贼一样蹿进夜幕里不见了踪影。剩下敞着怀在一镰冷月下满地摸索的女人，好半晌才摸遍冻得咬手的石板街面，直起腰，瞥见身后不远处讷讷看着的老旺，火气腾地涌上来，泼泼骂道：

"好你个老旺啊，你占俺的炕，睡俺的身子，如今又来搅我生意，你给我滚，滚远远的，滚！"

老旺委屈道："人家不是……不是心疼嘛。"

"心疼？"女人更气了："我不欠你的，不该你的，没人要的老废物，你……你等着让俺喝西北风啊！"

这话像柄刀子，刃儿锋利着哪。老旺一听，顿时蔫了，委顿下身，抱着头，半天不吭气。

小灯花拔腿想往回走，见老旺的傻模样，又有点于心不忍，也觉得刚才的话重了，便颤了声，缓缓道：

"你先回吧，俺再去……再去寻个客。"

老旺抬起头，已是满眼的泪。哽咽了一忽儿，说："这么冷的天儿，俺实在不忍心你在风口雪地上……要不，你回客栈办去吧……"

小灯花不解地问："那你呢？"

"唉，我……我在门口给你们打眼（放哨）。"

"旺哥……"小灯花心里一热，扑过来搂住他的腰，俩人抱头大恸，哭软了身子。

那晚，小灯花终于又寻到一个客人。老旺一见，赶紧笑呵呵上前拉住那人的手说："大哥，俺把炕烧得热热的，屋子里也暖暖的，你放心进去吧。"那人疑疑惑惑上下打量老旺，他是被老旺的热情吓着了。小灯花连忙拉他进了屋，插上门。老旺退至院门口，抖抖地掏出烟口袋。

他摸出火，点了三次也没点燃。

这时，他身后的木皮板房开始怕冷般颠簸起来，像蹲在它旁边那位苍老的汉子的心。

这一带的房屋都是木结构，从四壁到屋顶一律用板皮子一条条钉成的，甚至连竖在房山头的烟囱都是用一根掏空的木头整体安装上的。人若在木屋里跺跺脚，乃至放个屁，整个屋子便会上下颤动，更何况那些饥渴狠了的饿汉遇上女人。因此这一带的人只要一遇见房子有规律地哆嗦或跳荡，便知晓房主人正在办事，此时是绝对不便打扰和惊动人家的，更不能贸然闯入，这也是这一带的乡俗。

起风了，风吹得客栈门口那盏红纱灯左右摇晃。咯吱——咯吱，小灯花的木房子久久地摇晃着，仿佛浪尖上的一叶小船。雾雪弥漫中的那种奇怪的动静，又好似开春的大江上冰层开裂的巨响，震得老旺脚下的冻土大地都在沉沉跳荡。

老旺把旱烟袋狠狠按在雪地上，立起僵硬的身板，眺望着小镇后面灰蒙蒙的大山暗自思量，明天，说啥俺也要进山啦！

六

到了第三拨雇主来到小镇，也没有一拨看上老旺，老旺才彻底灰了心。他望了望那间熟悉的小客栈的木门，决意不管还有没有人雇用他，他都不能在这吃闲饭了。他咽不下啊！

他佝偻着害风湿病的腰，立在街口。忽见一个孩子牵一头毛驴，也站在不远处向这边望，见有人路过，稚嫩的声音就喊："组套——组套咧！"

组套，就是合伙上山拖木头。

老旺踟蹰着近前去，试探着问："咱俩组个套吧。"

那孩子也就十二三岁的样子，见有人上前搭茬，便上下打量几下老旺，摇了摇头。

"咋，你小兔崽子，瞧不起我老旺？"老旺火了，四处踅摸一遍，猛地把墙角的一块大青石举过头顶，嘿的一声抛出一丈开外，然后拍拍掌上沾的苔泥，冲小孩问："咋样，服气不？"

小孩眨眨那双亮眼，说："不赖。只是俺得回去问问俺娘。她说世上的坏人多，别叫人把俺拐了，把毛驴卖了……"

老旺被那小孩逗笑了，连连摆手说："成，成，你回去告诉你娘，明晌午，俺在这候着。" 说罢乐颠颠欲回客栈，走了几步又停住脚问那拉驴的小孩："对了，你叫啥？俺叫老旺，这一带人都知道，俺可是老木把头啦！"

小孩爽爽一笑，露出口白牙。

"俺叫亮子！"

"亮子？"老旺心里一动，望一眼那瞳仁，好似认得，但他没说什么，默默回了屋。

夜里，老旺把组套的事跟小灯花说了。"俺在你这住了一秋一夏，也该还你的店钱了。"老旺望着坐在灯影里缝补衣裳的女人，实心实意地说。女人却不领情，她把老旺的褂子扔到光着身子的男人怀里，野着脸说，俺又不稀罕你的钱！直到这时女人才唠起她的身世，原来也是随夫从关内逃难来的。几年前，丈夫放排被起垛的木排钉死在老河口，尸骨至今也没打捞上来，撇下她一人孤孤单单在这过活，她还能有什么指望？只盼着积攒些体己钱当作盘缠回关内。可是，一年又一年过去了，她却总是攒不够那盘缠。

老旺说，当年俺爹给俺取个旺字，也是图希我能娶妻生子，家庭兴旺，哪承想他儿子一辈子窝囊，到现在也没有个家呀。

二人叹一回，灯芯跳跃着，不觉夜便深了。

那晚，俩人抱得紧紧的。

第二天老旺早早起身，吃过饭，恰巧附近有一大柜的木场子招零工，小灯花劝老旺不如拣近做些散活，不必冒险进山拉木头，却被老旺谢绝了。到了晌午，门口果然来了一位妇人、一个半大小孩和一头毛驴。老旺把他们迎进客栈，仔细一端详，认得那女人正是当年死在同一老排上的头棹独眼刘的媳妇。如今虽过去十几年，却两鬓花白，俨然老妇了。

"唉"，老旺唏嘘道，"想不到是大嫂。"其实那女人比老旺要小。

独眼刘的媳妇本来是不放心儿子组的套，想来客栈寻个"靠"，靠就是介绍人的意思，以免今后犯啰唆。如今见了老旺和小灯花，自然放下心来。连连说："大兄弟呀，俺把亮子托付给你了。俺也实在被逼无奈，这才让小小年纪的孩子进山拖木头的，俺……俺亏着他哟！"

老旺说："都是卖力气的，谁家还不是一样？"

小灯花也说："这孩子机灵，老旺大哥也诚实，大嫂就尽管心放到肚里吧，管保没事。"

就这么老旺与亮子外加一头小毛驴组成一副套，驴和孩子算一个股，老旺自己一股，分红时二一添作五，条件就这么讲下了，大伙都挺满意。当日老旺二人牵着牲口，便向白雪皑皑的山里进发。独眼刘的媳妇和小灯花一直送到山口。临分手时，小灯花恋恋不舍地拉着老旺的袖头叮嘱："掐套你就回来，俺等着你。"

"嗯。"

"甭上别人家的店！"

"嗯。"

"俺的炕就是你睡热的呀……"

老旺住了脚，摆摆手说："好妹子，你啥也别说啦，俺这心里，其实早就有你了。"

说罢磨身飞快地迈动了脚步。小灯花的身子颤了颤，桃花脸一下福光起来。

七

老旺与亮子成了当地有名的麻老九大柜下的一个散股子。他们两人一伙，外加一头毛驴、一架爬犁。每天天刚蒙蒙亮时起身，由山梁顶的大雪壳子上将爬犁赶至沟桶子下的江畔，卸下原木再重复返回，俗语又称"抽林子"。

这是一项很危险的活儿。他们用的爬犁叫疙瘩套，赶爬犁的叫爬犁头。在他们这组，老旺自然就是爬犁头了。

抽林子之前，老旺要根据地形把那些粗壮沉重的大树用木杠子调顺过来，根部朝下，梢部冲上，卡在木架子上，再用绳套拴牢。然后套上驴，系好吊子，吆喝着顺着爬犁道上了路。亮子哩，这时手使撬杠，前后左右猴子样蹿来跳去，不停地把挂住爬犁的树枝子、藤条、石块雪堆拨开，这就是抽林子。

抽林子最怕的是跑坡。

就是在雪滑坡陡的地方，因冲力太大，人与畜没有稳住吊，巨大的木头就会像箭一样从上边鱼贯射下，造成人死畜亡，有时连尸首也寻找不见。

所以为了稳住吊不跑坡，老旺和那头毛毛眼的骒驴贴在木头那巨大的圆形截面上，用宽阔的脊背和驴腚死死抵住，防止下滑。爬犁头的活儿真是个玩命的险活啊。

亮子心里有数。可一到下坡亮子的心都提溜到嗓子眼，看着老旺额头上豆粒大的汗珠和隆起的脖筋，心里总在默默地喊：旺叔哇，你可要顶住啊！

每一次，老旺都是稳稳地和驴一块下了坡。

亮子的眼前忽然浮现出从没见过面的爹的容貌，他觉得老旺特别像他爹。

有一天，是个刚入了九的奇冷的日子，白毛风像一片片锋利又呼哨的刀子在耳根边飞旋。人山上山下拖了几次，头上的热汗结成冰凌，手一摸叭叭断裂。老旺二人干到傍晌，人畜都有些乏了。本应这时该歇息吃晌，填填蛙鸣一样的肚皮。可是，离正午还差一袋烟的时间，木场的管事又上山察看，老旺便强打精神又拖了一趟。

下坡时，老旺突然脚下一滑，原木千钧重量一下压在毛驴身上，那驴摇摇晃晃，口吐白沫，两条后腿在腹下弓曲着，拼命抵抗冲下来的重载。天啊！老旺觉得末日到了，一阵阵寒气从心底升上来，手忙脚乱中腿一蹬，被爬犁拖着的身子也跟着艰难地拱起来，眼见着刀割斧锯一样的断枝和利石从身边一掠而过，耳畔传来亮子失魂落魄的惊叫："大叔，挺住呀——"老旺下意识地扣住驴缰绳，同时又把全身的肌肉都拉紧了，驴蹄子和爬犁凄厉地轰响着，发出断筋裂骨般咯吱咯吱的呻吟。

"挺住啊——老旺叔！"身后，仍然是亮子撕心裂肺的呼喊。

老旺仰起脸，在那一瞬间木把头老旺仰起脸，望见瓦蓝瓦蓝的冬日的穹窿上，一只苍鹰在静静地一圈圈地翱翔，它犀利的眸子此刻一定望见了蝼蚁般在山壁上苦苦挣扎的这几位，而悸动痉挛的肉身却在那两根铮铮欲断的套绳上游丝般喘息。

"山神爷爷啊，我老旺真的要被穿成肉箭绝命在这荒山野岭上吗？！"

他把挽在手里的驴缰绳猛地向旁一拉，轰隆一声，坡道上腾起一股雪雾，半空中升起一朵白云，接着，一切都静止下来。烟尘中挣起一个血人，疯子般扑向四蹄朝天的毛驴，死命挣了几挣，不动了。

"俺的驴哟，俺的驴……"踉踉跄跄跑过来的亮子，绝望地哭泣着。

哭声有如招魂一般，在茂密森严的树梢间颤抖。而阴沉的山岭却宛如一个阴险的狎客，躲在暗中冷笑着。

没有了驴，老旺只好和亮子分开，各自跟有牲畜的股子搭伙，干些散活。

日子就这样一天天熬煎下来。傍年根时，一连下了几场雪，天也冷得邪乎。夜里到窗棚外尿尿，人会被片刻冻起的冰棍顶个跟头。

大伙都苦苦盼着开春掐套哩。掐了套，有了钱，老旺盘算着给小灯花买身衣裳，买点胭脂。说实话，那天，从被穿了箭垂死的毛驴眼里，老旺分明看见了小灯花的毛毛眼，也是那么深，也是那么亮，也是那么湿漉漉的……

还有四十几天哪，大伙捏指头盘算着。

这天清早，木场掌柜的走进屋说，老鸹岭的爬犁道得找个人去清理。他四下瞅瞅，眼光落在缩着脑袋的亮子身上。说："亮子，你年轻，辛苦点，你去吧。"

亮子呆呆地瞅着掌柜，点点头。

掌柜的刚欲出屋，老旺上前一伸手拦住了他，说："亮子太小，胎毛还没长齐哩，求掌柜的换个人吧！"

"换谁？你去啊？"掌柜的脸一黑，眼皮翻起来，眼珠瞪成驴卵。

"我……我，"老旺知道那活危险，嗫嚅一阵，一跺脚说："我去吧！"便回屋收拾工具。

掌柜的望一望老旺佝偻的背影，摇摇头，走了。

第二天，老旺起个大早，见亮子还在贪睡，便没惊动他。他轻轻摩挲着亮子的头发，一句话没说，便动身了。

老北风刮得山林子呼呼山响，像是有万千个怪兽伏在里面嚎叫、撕咬。

修爬犁道就是夹风樟子。因为爬犁道怕风不怕雪，如果夜里起了大风，道槽子上留下一道道雪坎冰楞子。拉木头的爬犁就无法行走，人和牲畜也下不去脚，必须派人去修。由于是在这种狗龇牙的寒冷天气里做活，去的人往往十去九不回。（如果木场掌柜的瞅谁不顺眼，或为了报复惩罚谁，就会狠下心肠让他去独闯鬼门关。）

另外，修爬犁道又叫唱高丽戏。这里还有一个典故哩。据传很久很久以前，一个高丽人上山拖木头，由于几天几宿没睡觉，结果倒在爬犁道睡着后冻死了。一场大雪把他的尸体埋得严严实实，到了第二年春天，人们看见他躺在雪堆上，手里仍握着开山斧，好人一样待在那儿，一碰，他便噢地叫一声（这是嘴里的一口浊气被放出来）。从此，山上伐木的人总怕遇见高丽鬼，而修爬犁道也正是去跟冻死鬼打交道，是故人称"唱高丽戏"。

这天早饭后，亮子一直没照见老旺的面，就问大伙："旺叔呢，怎没见旺叔吃饭？"

掌柜的就凛下脸，说："甭问了，亮子，从今儿起，你去跟老吴头一个套吧。"说罢叹着气，出了屋。亮子就拿眼找其他人的脸，竟然张张都挂霜，心下好生惶惑。

天光青灰了，山尖上挑着几颗邈远的寒星。老北风打着呼哨，在萧瑟空旷的林子里号丧。亮子随着衣衫褴褛、邋遢的人们，一步步往山梁上走着。远远地，爬犁道就在眼前啦，亮子抬眼望去，只见那高高的寒风彻骨的雪岗子上，端坐着早已冻硬的老旺，笑模笑样地眯缝起双眼望着远方。

"老旺叔！"亮子哭着喊道。

拖着木头的爬犁从雕像般的老旺身边一掠而过，像是腾空而起的鹞鹰，卷起冥钱般的雪屑，直往炫目云霄的深处扎去。

来年春月，老旺会像高丽鬼一样，呵呵笑出声吗？

2008年10月

尿

罐

连群这两天一回家就看枝子的屁股。

枝子是连群的媳妇。连群早上回来时，枝子正弯腰在热气腾腾的锅灶前攥汤子，金黄金黄的苞米面汤条正均匀细腻地从枝子的指缝中窜出来，先在空中划出一道优美的弧线，再一股脑激射进沸水锅里。空气中弥漫着酸乎乎的香气。

枝子正忙活得头不抬眼不睁的，连群嬉皮笑脸凑上前，讪讪地叫一声："枝子……"

枝子没吱声，枝子正一门心思攥汤子。

"枝子。"连群又叫。

"枝子呀！"连群的口气有些怪。

枝子抬起头，深秋的晨阳柔亮地涂抹在她的吊眼梢上，侧面一瞅，就留下一弯好看的虚影。枝子显然有些烦，就嗔他一眼，说："去去去，没看人家正忙活哩。"

枝子这么说，枝子的薄嘴唇就上下灵动起来。

"枝子你过来一下么。"连群有点耍赖似的凑上去端住了枝子的腰，枝子的腰在连群手里柔软着。枝子挓挲开沾满苞米面的手，一边随连群往里屋走，一边嚷嚷：

"连群你干啥嘛，大清早的你干啥嘛？"

但连群并没干那事。连群嬉皮赖脸一下就褪下了枝子的裤子。连群在那张肥突突结结实实的屁股蛋上啪地拍了一巴掌，便心满意足地说："穿上吧。"就帮她提上了。

枝子半举着沾满面粉的双手，有些狼狈，像电影里投降的坏蛋一样，脸上就有些恼。

"连群你犯什么邪？"

"我就想看看。"

"你又不是没看过。"

"我就想看看，看了心里就踏实了。"

枝子觉着连群话里有话，枝子刚想说点什么，灶间漫过一股煳味，糟了。她转身就跑，边跑边甩过来一句：

"咋看屁股也是两瓣儿。"

连群就想，屁股可不就是两瓣儿，屁股要是三瓣儿，那不就成兔子嘴了。想到这儿就觉着有些好笑，他想不出三瓣儿屁股是个啥样。其实，枝子的屁股他心里可记得牢着哩，哪里颜色深浅，哪里有颗痣他都一清二楚。刚结婚那会儿他一天看三遍，那肥突突结结实实的东西令他稀罕得了不得，恨不能一口咬下来。刚结婚那会儿连群确实咬过几回。

"女人的屁股真他妈馋人。"连群冷丁冒出这么一句。

秋收一过，粮食入了仓，连群就和黑豆、六石、绑柱子去老古碰子拽枝柴。那可是趟力气活儿。去的都是精壮男人，一人一天能拽三四百斤碗口多粗的枝柴。冬天的早晨，白毛风一刮，山里冷得邪乎，全靠这些壮实枝柴烧炕。老古碴子的枝柴最抗炼。

但老古碴子绕脚，山高路险，都是原始生的密林子，还有狍子、狼、狐狸等野兽，一个人就不敢轻易钻进去。大凡村里人农闲时进山，都是仨一帮俩一伙的，中午还要带晌饭。

连群带的晌饭是枝子蒸的白面花卷，又白又暄，夹着葱花儿、盐和花椒粉，样子像牛粪，连群最爱吃啦。

中午歇气儿时，四个人就都凑到一起，把晌饭都贡出来，谁爱吃谁的就吃谁的。他们四个是好朋友，唠嗑儿也就不分里外。南朝北国，想到啥就唠啥，但唠得最多的还是女人。而且，一唠女人就都来了神气。"女人提神儿，"这是黑豆挂在嘴边的嗑儿。

"提神儿？还能像烟卷儿？"

绑柱子是个生瓜蛋——至今也没沾过女人，不像连群、黑豆、六石他们，都是娶过老婆尝过荤的。绑柱子遇到这嗑儿总是弄不懂，全凭想象，偏偏又不开窍，所以每到这时，就像村里木匠铺的小学徒，一副毕恭毕敬的老实相。而连群他们就特得意，连群他们常摆出师傅架子，牛哄哄显摆道："学着点儿。"一边说一边把绑柱子支使得滴溜转，一会儿递烟，一会儿下沟底舀水……偏偏那傻小子怎样使唤，都心甘情愿乐颠颠的。

"女人哪，"连群神叨叨地说，"你一捏她奶子，她就软了。"

"软了？"绑柱子问。

"软了。"连群说。

"怎么就软了？"绑柱子还是不懂。

"软了就软了。"连群不耐烦，"你真笨。"

有一次，黑豆说他头一次跟他媳妇睡觉，一宿弄了六回。"一开始不吭气，身子绷得紧紧的，后来就好了，身子像面团儿，想怎么揉就怎么揉，一揉就叫了。"

"叫了？"绑柱子想，绑柱子拼命想也想象不出叫的缘由，可是又不敢问，怕他们骂他笨。

"你吹。"连群躺在草坡上，一边望着天，一边说，"六次？你吹。"

"就六次。"黑豆也不示弱。

他们两个人就较起劲儿来。不知怎么话题就转到枝子身上。黑豆以前也追过枝子，但没追成。黑豆说他要真想要枝子，枝子早就是他的了。

"你吹。"连群有点下不来台。

"吹？"黑豆本来就是个鬼头蛤蟆眼的人，这会儿更连蒙带唬，"就是现在，也好使。"

"不怕风闪了舌头。"连群说。

"男子汉，吐口唾沫也是钉。"黑豆较劲儿道，"你敢打赌吗？"

"赌就赌。"

"就赌你那根裤腰带。"

连群有一亲戚在城里武装部，连群从亲戚那里弄了条军用裤带，黑豆羡慕得很，早就惦记上了。想拿什么换连群也不换，所以黑豆一下就盯上了军用裤带。

"就裤带。"连群有些心疼，咧咧嘴，可杠子抬到这份儿上，也就只好顺坡下驴了。

六石和绑柱子是证人，条件是三天，这三天还不许连群回家睡——他们一块去木匠铺打扑克。而黑豆要输了，就输连群一张狐狸皮子。

"黑豆，你可不许跟枝子动硬的。"连群有些担心了。

"那是哩。"黑豆笑嘻嘻地说，"我还要让枝子高高兴兴，我还要在她屁股蛋上做个记号，行了吧。"

连群咬咬牙："好，就记号。"

第三天早上，连群看见枝子的屁股蛋时，没有在那张肥突突结结实实的肉东西上心满意足地拍一掌，也没有顺便帮她提上。连群的脸由红变白，又由白变青。眼珠瞪成了牛卵样，脖颈子上的大筋噼啪直跳，却一句话也没吭，磨身冲出了家门。

连群本来是要干那事儿的，连群憋了三天三宿，本来是要痛痛快快干那事儿的，但是现在他只想去找黑豆，只想在黑豆的脸上啐一口。

"杂种操的，我非骗了他不可！"连群想。

"他还叫个人？"连群咋也解不开这个疙瘩。

其实连群一点也不相信黑豆真能那么干，也不相信枝子会跟黑豆那么干。连群是有这个自信的，可枝子屁股上明明晃晃的红道道又怎么解释？那一圈描画得一丝不苟的红道道打人的嘴巴呀。连群一眼瞥见脑瓜就轰的一声——大啦。

连群是独苗，当初父母给他起名叫连群，就希望能一个跟一个连生一大群，偏偏他妈坐月子种下病，只养下他这一个就像再也不开裆的老母鸡，怎么摸也没有蛋了。

连群家家底厚实，不像黑豆家穷得裤裆摇铃铛。连群能娶枝子，是因为连群他爸给了枝子家一笔丰厚的彩礼（枝子弟弟等着娶媳妇），虽然枝子当时偷偷摸摸跟黑豆钻过几回苞米地，但枝子他爸一顿棍子炖肉，那丫头也就乖乖进了连群家的洞房。这些连群都是知道的，谁叫他五迷三道偏偏看上了枝子吊眼梢子杏核眼哩。

"黑豆，你还叫个人！"

连群找到黑豆时，黑豆正跟六石、绑柱子他们在场院上打场。看见连群过来，他们就挤眉弄眼做怪态。连群气汹汹甩出这话，他们全都嘻嘻哈哈笑了起来。

"你还叫个人！"连群感到全身燥热，肉里像钻进千万个麦芒，窜来窜去地让他难受。他闭了闭眼，背对着阳光站到离黑豆半步远的地方，一字一顿地说：

"做人要有德行。"

"你输了。"黑豆说。

"你是一头牲口！"连群说。

"枝子的屁股蛋好看吗？"黑豆又笑。

六石、绑柱子也一边做鬼脸、吐舌头，一边叽叽呱呱怪叫。

连群觉得血往上涌，他瞪着黑豆，他觉得他快要憋不住了，浑身胀得难受。恍恍惚惚中他听见黑豆似乎在说："解裤带吧。"他便三下五除二哗地拉出那条军用腰带，狠狠地摔到对面正得意狂笑的脸上。就这样，他眼睁睁看着那张汗巴流水的脏脸由剧烈的笑容变成惊愕，再慢慢从眼角渗出血珠来，这才转身蹭蹭往回走。

他万没想到军用裤带的钢扣子会把黑豆砸成一只玻璃花眼！

从此，连群和黑豆他们的关系彻底掰了。这还不算，他还赔人家黑豆一大笔医药费，几乎把老底儿赔光。若不是村里老辈和村长说情，他险些被乡派出所带走。

当然喽，最终他也知道了黑豆还是没干好事，黑豆只是在枝子常蹲的尿罐沿口上，用木匠铺里刷家具的大红漆涂染了一个红圈圈而已，这是连群万万想不到的。

"嗵"，垂头丧气的连群狠命一脚，踢球一般把傍晚刚拎进屋的尿罐踢到了墙旮旯，咣——当，有些刺鼻骚味的陶土家什哪受得了这一脚，早连滚带爬跌裂成两半。

"你疯症咧！"枝子给吓了一跳。

"你冲尿罐撒什么野？"枝子扭身进了屋。

刚进去又从摔响的门缝里甩出一句："德行，不过啦？不过就散伙！"

"散就散！"

连群这些天一看见尿罐就气，好像尿罐里掖藏着一只手，老是拽他的眼珠往那儿溜。他知道黑豆只是在尿罐沿口上涂画过红道道，但他总是觉得不舒服，总是心里闹腾得慌。好像枝子的屁股挨上过，就跟那只涂画的手有了某种不清不白的联系。

"操他一万辈祖宗的尿罐！"连群这么骂。

当初，连群和枝子结婚时，连群也是一个生瓜蛋——男女之间的事还不甚明了。

只知道动情，稀罕。亲嘴时，硬是一口接一口把枝子的薄嘴唇哂出水泡来。新婚之夜，忙活半宿也没忙出个结果，后来若不是枝子帮一把，他还不知道那美妙的东西在哪儿哩。这还不算，最要命的是结婚半年多，枝子愣没怀上，把个老人们急慌的。

原来他虽知晓了纵深地方，却不会运动，每晚只管死死抱住那温软身子，瞄准了目标，竟从未曾开火、射击。

"你个屎壳郎抱粪球，就不会动弹动弹？"被压得有些喘不上气的女人叫道。

"动弹动弹？"他试探着，渐渐，仙醉般的快活猛然降临，几乎晕死过去。当风暴停歇之后，万分疲惫中，他只管满怀喜悦地叫喊着："枝子，哎，枝子，我的心肝宝贝哟……"那时，他确是心含感激甚至虔诚的。但是如今，他有的仅仅是满心疑忌。

"驴操的，她怎的先开了窍？她从哪儿先开的窍？"

连群这些天一直都挺窝火。

连群这些天像害了疯病的野狗，见谁都恨不得咬一口。

多年以后连群一直在想，那天晚上他要不抠问枝子那句话就好了。是啊，就那么一句话，就那样一句驴操的话，枝子就从他的生活里消失了，一点抓挠也没剩。

连群一想到这一层，就会长长地叹息一声："唉——"

那一晚上本来是在一个被窝里，本来是背靠背的。连群本来是想主动转过身去，温存一番。甚至，连群本来是想痛痛快快实实惠惠干上一家伙的。他相信，两口子家，干上一家伙就啥事也没有了。但偏偏连群是个咬根屎橛给麻花换也不干的倔种，偏偏这时候他扔出驴操的那么一句：

"你跟黑豆钻苞米地那会儿，干没干那事？"

枝子说："你浑。"

连群说："说吧，干没干那事？"

枝子说："连群，你真浑！"

连群这时本来没吱声，本来枝子淌了眼泪，连群的心就软了，可是他偏偏要刨根问到底。

"没干就没干，你说嘛。"

枝子霍地坐起来了，她一边抹眼泪一边说："连群你再说我就死给你看。"

连群想，吓唬谁呢？他蜷在被窝里舒舒服服趄歪着，不禁又记起办喜事那天，枝子紧挽着他的胳臂。村里六石、绑柱子他们一个劲起哄闹腾。喜气洋洋的连群在人群中看到黑豆一眨不眨地盯着他和枝子。后来黑豆挤上前对一身红衣的枝子说了一句："枝子你真好看。"连群快意极了，在那一瞬间，他看到黑豆的眼眸又黑又亮，他快意极了。但是现在，又黑又亮的眼眸变成了玻璃花在他脑瓜子里晃，连群怎么也琢磨不透事情为什么会弄成这样。唉，他叹息起来。就这么前思后想，连身后被窝里啥时空了也没察觉。

"枝子——"

连群突地一激灵叫出声来。

"枝子啊——"

枝子是跳河死的，河水把枝子的衣裳扒得精光。当连群傻傻地站在尸体面前时，枝子是面朝下趴在河滩的沙土上的。散乱的黑发遮住了那张青紫的脸，而裸在阳光下的屁股依然是肥突突结实实的。连群把热胀的眸子定定挪到那上面时，一丝红道一块淤泥也没沾的东西是那般光洁、炫目！

2001年3月

你叫刘二蛋，我叫小毛驴

哨子河从刘二蛋的眼皮底下哗哗淌过。他眯缝着眼皮趄歪在河沿儿的沙岗上，春天的太阳暖烘烘地触摸他全身的皮肤。他觉得刺痒痒的很受用，像是有金毛的毛毛虫一拱一拱往他骨缝里钻。他眯缝的眼皮一片通红，忍不住想要睡一觉，可是刚刚泛青的草儿又有些潮湿，于是就侧一下身，仍然趄歪在那里，对着越爬越高的太阳。皮肤下仍然是那金毛的毛毛虫，眼皮依然是一片通红。他忍不住要打个喷嚏：阿——嚏！可是好几次干张嘴，却又打不出来。"妈了个巴子的。"他伸出一根脏手指，探到鼻孔里。

"妈了个巴子的。"他说。

他开始慢慢抠鼻屎，鼻翼上下翕动着。太阳很好，照得地气热腾腾上升，照得他从心里往外舒坦。他觉得太阳可亲，毛毛虫也可亲。

他的手指头在鼻孔里翻腾，像是煮饭时把烧火棍捅进灶膛里。他的鼻孔里有些热，忍不住又要打喷嚏。"奶奶的。"他换了一种抠法，像是努力捕捉什么。终于，他抠出一块黏乎乎黑污污的东西，放在眼皮底下瞄一眼，然后放心地捏在手指头中间，慢慢揉着。

"阿——嚏。"他感到很舒坦，心满意足地往远处望望。有几头毛驴在山坡上啃青，大概也是受了他的传染，也感到很舒服，其中的一头黑叫驴蓦然"啊——儿、啊——儿"地叫了起来，叫得扬眉吐气荡气回肠，叫得整个河谷都回旋着那种亢奋那种气势。

"这驴操的。"刘二蛋说。

他想把揉圆的东西用那根又粗又结实的中指弹出去，可是试了几次，那团脏物总是赖在他的指甲盖上。

"驴操的。"他又说。

还是没用，又弹，又粘。"看我就治不了你啦？"他忽地坐起来，气急败坏地把鼻屎摁在沙土里。

恰在这时，他看见山坡上那两头驴。确切地说，是他看见了刚才叫唤的黑叫驴的肚皮下，硬挺挺垂着一个什么物件儿，并且随着两头驴兜圈子地跑，那物件晃晃荡荡抢人的眼。

"嘿！"他叫道，心里觉着热乎乎的，就一眼不眨地紧盯着，心里盼着那事快点发生。可是眼瞅着黑叫驴的两条前蹄搭上了灰骒驴的后胯，裆间的家伙就是找不到正地方。

"唉——"二蛋子跟着着急，可急也没用。那黑叫驴的腿反倒给颠簸下来了，把个火冒三丈的东西又"啊——儿，啊——儿"叫唤起来。

二蛋子正忙不得上前要帮一把，偏偏从河畔的柳毛子道上走来一人。先前，刘二蛋还没认出谁来，扭扭搭搭近了，才看出是同村狗挡子媳妇。

"哼哼。"二蛋子知道狗挡子媳妇总是不给他好脸儿，总是不拿正眼夹他，不像村里别的媳妇，闹一句摸一把，都行。二蛋子觉得没戏，就又趄歪下去，眯缝上眼皮。但眯缝是眯缝，光棍刘二蛋的眼睛总是愿往女人身上瞟，刘二蛋想管也管不住它们。

狗挡子媳妇越走越近，二蛋子看见一小截白亮得晃眼的东西，眼睛圆了。

"驴操的。"他在心里骂。他看见狗挡子媳妇的一截露在挽起的裤脚下的小腿，光滑、健壮，一晃一晃把二蛋子肚腔里的热乎劲儿给引逗出来了。他张了张嘴，喉咙像起了火。

"哎——"他冲狗挡子媳妇这么叫唤一句。

狗挡子媳妇眼眸有点斜，瞅人时像瞅别处。但是脸盘子很耐看，眉毛又细又弯，屁股也很肥实。

"你看哩。"二蛋子说。

狗挡子媳妇眨眨眼，目光像是瞅他旁边的那棵小核桃树。

"你看哩。"二蛋子抬起那根刚刚抠过鼻屎的手指头，他觉得他那根又短又粗的手指头有点怪味儿，但是他没有挪回鼻孔前仔细闻，他仍然指着不远处。

狗挡子媳妇回下头，又迅速扭回来，"呸——"了一声，没说话。就在这时，黑叫驴将那根又长又硬的家伙呼啦啦塞进灰骡驴的肚子里。"哼哼，这驴操的，"二蛋子兴奋地想，"这驴操的黑叫驴真他妈厉害！"他本来不想跟狗挡子媳妇再说话，可是一想到黑叫驴那种驴操的架势，就想再跟她说一句什么。

"叫我弄一下。"

狗挡子媳妇想从他身边蹭过去，刘二蛋更近地看见了那一小截明晃晃的小腿。他觉得他的眼皮跳了一下，眼珠子像被什么热东西烫着似的，他抬高了声音。

"就一下！"

"不要脸……"

二蛋子觉得狗挡子媳妇斜眼瞅他的神态很那个。他极不情愿地把目光从白亮亮的小腿上拽回来，瞄了一眼自己的胯裆。他觉得自己的胯裆正热鼓鼓地膨胀起来，胀得有些难受。

"就一下。"他仍然坚持道，并把那热鼓鼓膨胀起来的家伙掏出来，迎着狗挡子媳妇走过去。

"嗷"的一声，狗挡子媳妇一溜烟地跑开了。

村长大壮子双掌如流，把碗一推，然后龇着牙花子用小拇指剔牙缝，剔出一颗嵌在黄牙缝里的饭粒儿举到眼前看看，又小心放回嘴里。刘二蛋看见村长的喉结上下蠕动了一阵，巴望村长能问他吃没吃饭，但村长没问，这驴操的村长根本就没有问他的意思。

"你干了啥？"

村长又从口袋里摸出纸烟，刘二蛋又巴望村长也让他一根，但是那驴操的光顾自己快活，根本就没有一丁点儿让的意思。一股辛辣的青烟噗地从那两孔毛森森的鼻孔里笔直地喷出来，刘二蛋不自觉吸溜一下鼻子。

"你对狗挡子媳妇干了啥？"

"我没有。"刘二蛋没好气地说。他这才看见狗挡子媳妇也坐在炕梢儿。但这回她没挽起裤脚，没用那半截光溜溜壮实实的小腿晃他的眼，他就更加没好气地扭过身梗着脖望着房梁。

"你还嘴硬！"村长大壮子狠狠地在炕沿上摁灭了纸烟头。

"啊——呸！"坐在炕梢儿的女人吐出一口痰，刘二蛋循着亮晶晶飞溅到屋角的那团东西，看见一双剜他眼珠子的斜眼，他拨楞一下脑袋，张张嘴，却没吐出半个字。

"你当着狗挡子媳妇面掏出了啥？"村长又摸出一支纸烟，依然没有让他的意思。二蛋子眼睁睁看见村长"嚓"的一声划着了火，自己却像一截蓦然被引燃的炮捻子，哧哧哧地冒出火花来。

"俺尿尿还不让？俺尿尿关她啥事，俺又没站她家炕沿上尿！"刘二蛋在地当央跳着脚叫唤。

"可是狗挡子家的鸡鸭都死咧。"村长一边用手指捋顺纸烟屁股，一边皮笑肉不笑地看着刘二蛋。"都死光咧，一个也没剩。这事真不地道！"

"操，死了关我屁事，死光了好！"二蛋子也毫不示弱，鼓瞪起牛卵似的眼珠子。静峙一会儿，村长摆摆手，示意他坐下，冲外屋喊：

"柱儿他妈，给二蛋盛碗饭。"

二蛋子本来想说吃过了，可一看见热气腾腾的饭碗，肚里就像揣进只花肚蛤蟆，饿哇饿哇叫得不行。待那香喷喷的白瓷碗送到眼前，早急惶惶抢过来，狼吞虎咽忙活起来，一眨眼风卷残云见了底儿，抬眼见屋里人都盯着自己，不觉有些气馁，讷讷放回了碗。

"二蛋子，你也老大不小了，该干点正经事儿喽。"村长语重心长。

"真不是我……"村长又摆手，村长巴掌大，摆手像摇蒲扇。村长说："去吧去吧，以后别愣叫我操心。"二蛋子抹抹嘴，想说什么，只是干张嘴，悻悻溜出屋。

"咳，狗挡子媳妇，你也是。"村长没转身，可扔出的话儿是转弯子过来的。

"你也是，那刘二蛋也不是省油的灯，你惹他？"

"可他掏了。"狗挡子媳妇小声说。

"全村上下百十口人，谁不知道他，混混！刺儿头！滚刀肉！"村长大壮子显然想下炕，脚在炕沿根儿底下划拉，苞米棒子大的脚丫子竟然没认准鞋窠儿。

"他真的掏了……"狗挡子媳妇麻溜弯下腰，替村长找那双踩扁了的旧布鞋。狗挡子媳妇的手肉乎乎的，它们一抓住村长的脚，脚就停止了划拉，老实下来。村长大壮子低下头，看见一张白脸下的领口处，有两条又深又嫩的肉沟子，语气便缓和多了。

"咳，那狗东西啥事都做得出来，今儿个药死你鸡鸭，明儿个兴许点你柴火垛哩。"

那双脚没动，手也就那么攥着。村长觉着很受用，就又加重语气："回头我收拾他，别人管不了他，我一收拾他，他就熊熊的啦。"

"轰——"刺儿头刘二蛋不知从哪鼓捣出一支蚕农吓唬鸟用的老土枪，轰的一声把两三丈开外的一根旧木桩打得满身窟窿。

他一边气狠狠地往枪管里填铁砂子，一边咬牙切齿地骂："我叫你告，我叫你告，我非把你那驴操的玩意儿打烂乎不可！"

光棍儿刘二蛋是在又一次被村长叫去训斥后发火的。狗挡子家的柴火垛着火了，狗挡子媳妇说是二蛋子干的。村长叫民兵把二蛋子抓了起来，审问了半宿，也没问出个结果。二蛋子本来就是块滚刀肉。二蛋子真是块滚刀肉！

"轰——"二蛋子别的不行，枪法却准。以前进山打狍子，一枪一个。打野鸡，一枪能打仨。如今野物打光了，可枪法准头还在。

"我操你八辈祖宗，惹恼了你二大爷，我一枪就叫你窝佬！"

村口站了几个人，稀稀拉拉。男人抱着膀，女人掩着怀，还有几个脏兮兮的半拉子孩子拖着鼻涕，都支棱耳朵往这边瞅，又都不敢靠近。

二蛋子知道风能把话吹过去，就越发大声咒。

"火是我放的，你敢怎的，你得擎住手脖子！"二蛋子一下一下往枪筒里填铁砂子，把枪栓鼓捣得噼啪山响。

"惹恼了我就给你一窝端。"轰——二蛋子狠模凶样地一扣扳机，不远处的木桩承受不住这巨大的力量，齐刷刷硬是被拦腰折为两段。太阳像一酱坛腌黄瓜，软不拉叽地在半空吊着，空气中散发着浓浓的火药味。朝阳山坡上的草稞子里，蹿起一只灰乎乎的鹞鹰，急惶惶掠向河对面的山梁。

狗挡子媳妇从柳毛子道上走过来，她知道刘二蛋在哪儿。刚才，村长大壮子把她好个骂，说她是个惹事精，说那玩意儿咋就那般金贵。"乡下人嘛，男爷们儿和老娘们儿开个玩笑，打打闹闹，娱乐娱乐咋就不行？"这是村长原话。村长说这话时眼珠子瞪得像电灯泡，狗挡子媳妇闹不清村长咋突然变了脸儿。她有些头晕，灰溜溜迈出村长家的门槛，稀里糊涂奔上了这条柳毛小道。

"娱乐娱乐？"她还是有些不懂。可那是村长的原话，她觉得心里憋屈，眼泪在眼眶里打转，她用力憋着，不愿在村长家让它们掉下来。

她摸不准村长怎么凶巴巴变了脸。

说起来，狗挡子媳妇也是个苦命人儿。当初嫁给狗挡子，是家里老人做的主，为什么亲上加亲。他们两家本来是姑表亲，这也是乡下人的道理。嫁了也就嫁了，偏偏那男人是个窝囊废，一个大老爷们整天蔫头蔫脑的，像霜打的茄子，结婚三年，生了两个孩子，两个孩子都有些傻。狗挡子媳妇心里憋屈着，她也是个苦命人儿啊。

她看着悠悠缓缓的拦马河水，心里也悠悠缓缓地不住翻腾。远处山梁上有一些不知什么名儿的鸟空空地叫着，近处柳毛子里的一种叫驴粪蛋子的土雀子一团一团疯吵着。半空中忽然有一朵云彩飘过来，有一朵不大不小的云彩遮住了半晌午的太阳。狗挡子媳妇有些不知所措。她忽然拐下小道，跳下河滩，站在河边的一块大青石上。

她撩起河水洗了一把脸，接着用手掌蘸水一遍一遍捋顺着有些凌乱的头发。村里人的议论她都听见了，人们反倒有些偏袒刘二蛋。村里的媳妇们见着她总是咬耳根嘀咕，村里的老爷们对着她总是坏坏地笑。她不知道怎么得罪了他们，更弄不明白村里人的心怎么这样难捉摸。她有些惶惑，有些泄气。

就在这时，冷丁她扬起脸，看见不远处的沙岗子上，有个眼热的人影，她的心突突跳起来。

一瞬间她想扭身走，但是却鬼使神差折上柳毛子小道，迎着那个人影走过去了。

有什么鸟在对面山梁上空空地叫唤着。

"就弄一回？"她说。

二蛋子吓了一跳。他把眼珠子凸出去，上上下下在狗挡子媳妇的脸盘上敲打了一番，就又顺了回去，垂下眼睑，懒懒地趄歪在那儿。他有些不相信。

"你说过，就弄一回。"狗挡子媳妇往前蹭了一下，立住了。

二蛋子这回听清了。他发现狗挡子媳妇没挽裤角，但是能想见裤管里面的模样。他咽了口唾沫，就顺势往上看。他发现狗挡子媳妇的脸盘挺耐看，那双稍稍有些斜视的眉眼真的很那个。但是他还是不相信她说的话，就不屑地吭哧一声，扭转脖颈，目光潦草地望着远处，生生给她个光不溜秋的后脑勺，口里还害牙疼似的哼唧起来：

　　　　一更里呀月牙刚露出，

　　　　小尼姑独坐庙堂两眼泪扑簌。

　　　　埋怨爹和娘，

　　　　做事太糊涂。

　　　　听信那巫婆话，

　　　　让我当尼姑，

　　　　穿的是圆领大袖脑袋光秃噜……

　　二蛋子的《小尼姑思凡》还没哼唧完，就听见身边草稞子里响。二蛋子以为是羊羔子哩，二蛋子就那么牛皮哄哄懒洋洋地扭回头，一下子跳了起来。

　　他的两只眼睛瞪成了鼓棱棱的驴卵子！

　　狗挡子媳妇四仰八叉躺在那里，正一颗纽扣一颗纽扣解着衣襟。解得二蛋子的眼睛突突冒火。一绺细细溜溜的涎水，从哆哆嗦嗦的嘴角垂下来，越抻越长，像蜘蛛屁股上的弦儿。

　　呀哈！狗挡子媳妇露出一截白白的肚皮，二蛋子的眼睛立马就花了，他不敢相信这是真的，摇晃下头，火烧火燎咽了口唾沫。

　　"就一下。"狗挡子媳妇肯定地说。

　　二蛋子耳鼓嗡嗡响，太阳穴鼓胀难耐。呀哈？他双手紧紧拽住裤腰，像是害怕裤子秃噜褪下去，褪到脚脖处。二蛋子的双手汗津津的。

呀——哈？她说就一次？一次就一次！二蛋子觉得裤裆里又胀又热，又胀又热的裤裆里有什么东西上下跳荡。二蛋子快要把持不住了。他呼啦啦跨前一步，脸上忽青忽白，好像尿泡子快要憋炸了。

"慢！"

四仰八叉的狗挡子媳妇冷丁儿叫了一声，四仰八叉的狗挡子媳妇恰在这时冷丁想起一件事情。她对着男人的那团又牛皮又丑陋张牙舞爪的东西突然冒出一句："刘二蛋，你说，那火是不是你放的？"

"火……"男人有些懵懂。

狗挡子媳妇说："柴火垛点的火。说了我就让你弄。"

这时候一丝风也没有，四周静得出奇。狗挡子媳妇躺在那儿半闭着眼，她听见半空中终于传来那个男人虚虚幻幻的声音："是我点的……"

"鸡鸭也是你药的？"

"嗯哪。"

"驴腚上的木橛子，也是你插进的？"

"嗯哪。"

天哪，狗挡子媳妇躺在那儿，似乎也有些迷糊。"老天爷哟，真都是他干的……"狗挡子媳妇口里一直这么断断续续嘟囔着，那模样像是困倦了，像是顷刻就要睡死过去，直到男人的手触到她光光的胸脯，她这才呼啦睁圆双目，"妈呀"一声坐起来，双手死命向前抓去。

村长大壮子是在要睡晌午觉时被人叫起来的。待他连跑带颠气呼呼赶到沙岗子这边，里里外外黑压压早已围了好多村人。村长吆吆喝喝撞进人群，目前的情景叫他一下子顿住了。

狗挡子媳妇像一头发威的老母猪，红头涨脑披头散发撅跪在那儿，双手下死力抓住二蛋子胯裆里的那个玩意儿，光赤的上半身在阳光下绷得像张弓，牙关紧咬的嘴巴一声不吭。

相反，那光棍混混倒四仰八叉跌躺在地，口里只管杀猪似的叫唤着，满是鼻涕眼泪的脏脸惨白惨白。

"你拽死我吧，拽死我吧！"

村长大壮子稳了稳神儿，冲那拼死的女人吼："快撒手，我是村长！撒手吧，撒了手说话！"

狗挡子媳妇把二蛋子的家伙攥得死死的，攥得麻花一般扭着弯。她说："我不撒，我没擎住他手腕子，可你得叫乡里公安来！"

村长眨巴眨巴眼睛，拍拍胸脯："撒手吧，有啥事体解决啥事体，我村长说了还不好使？"

狗挡子媳妇也没说不好使，狗挡子媳妇只管重复那句话："我没擎住他手腕子，可你得叫乡里公安来。"

"妈拉个巴子的，丢咱村人的脸哩。"村长骂骂咧咧冷下脸，冲围观的村民呵斥："都他妈看什么看，小孩崽子都给我滚回家去！"吆喝间冲身后谁家的黑小子踢一脚。于是大人们也纷纷唤自家孩子离开，几个女人也一步三回头往回磨蹭。

"拽死我吧，我的妈呀！"二蛋子有气无力地叫。

"号你妈的丧！"村长冲那瘦骨伶仃的脏屁股踢一脚，转头一脸严肃地训道："丢人现眼哩，狗挡子媳妇，你再不撒手，我就叫人动硬的啦！"

说罢一摆手，"你——还有你！"几个壮男人挓挲着臂膀，捉鸡般围上前来。

狗挡子媳妇显然被激怒了，她对着那一双双黑硬结实的手臂，兽一样咆哮：

"谁敢上，我就一口咬掉了它！"说话间双手拧麻花一样较劲儿，汹汹张开痉挛的嘴。

想上前动武的爷们一时间全怔怔地罢了手，回转头来瞅村长。那边，二蛋子杀猪般的叫声再一次高亢起来。

村长呆菩萨一般僵在那里，他面色绯红，像刚醉了酒。忽然一跺脚："就依你，找公安！"便唤人火速去往乡里。

这时辰太阳很好，太阳一声不响地照看着黑土地上的一切，又不紧不慢赶自己的路。春天是越瞅越深了，不远处的几头毛驴一边啃着青草，一边时不时望几眼这边的人群，其中一头似乎也看出了门道，扬颈甩尾，极其粗野嘹亮地叫唤起来：啊——儿，啊——儿，啊——儿，然后喷个响鼻，长耳朵噼啪甩动几下。

人群中不知谁笑骂一句："这驴操的，你叫什么叫？"

傍下半晌，一身制服的乡公安终于急惶惶赶来了。人群一阵骚动，一拨人汗巴流水地挤进去，站到那纠缠一堆的一对冤家跟前，浑身颤抖的女人定定抬起那双斜眼。

"你真是乡公安？"

"俺是！"

"哇——"山洪暴发一般，狗挡子媳妇一撒手，便号啕大哭起来。

2002年1月

黑蛋的长城

一

黑蛋是在小瓦身上奋力耕耘时听见那声鸟叫的，那是一只山布谷，或是一只山杜鹃。它在黎明时分雾气弥漫的黑虎山上清越悠扬地啼唤一声，让汗水淋漓的男人蓦然停滞下来，耸起耳朵，他身子底下同样汗津津的女人的呻吟也歇了。

"啥？"小瓦问。

"……"男人仍然支着赤裸的上体，仔细倾听。

良久，他叹口气，身子重重塌下，伸手摸床头柜上的烟盒。

"到底咋了嘛？"女人似乎有些不满，她噘起嘴，索性扭过身，将肥硕的腚顶给男人的腰。

天光青灰着，正是乍暖还寒的四月初，农历清明时分，北国的春总是来得这么迟缓，这么艰难，就像眼下刚从女人身上下来的这个男人。论年岁，也不过四十刚过的不惑之年，但是在男欢女爱之事上的

045

感觉却已像一把磨哑了刃的草镰，任他如何折腾，也失去了往日的锋芒。他的心烦着哩，这些日子他的心一直烦躁着哩，说不清道不明的烦躁，还夹杂着一股无处发泄的无名阴火。"他奶奶的，"他一边骂一边扳过女人温软的身子，抖擞精神准备再战她几百回合，但是他的家什不应人。他的家什三心二意蔫头耷脑吊在裆间，硬是不给他做主。

"小瓦……好小瓦吧！"他叫一声，女人伸手帮他。就在他准备突入那片草丛茂密溪水潺潺的丰盛谷地时，远远地，在晨光熹微的天穹中又传来一声鸟啼。

不——是两声，三声鸟啼。他一下子就瘫软了，就塌陷下去。

"你……是不是，病了？"小瓦气恼地推他一把。

"没……没有。"他说。

默了默，小瓦又问，"要不，你又有别的女人咧？"

"笑话！"这回他瞪了瞪眼，三个老婆还不够我忙活的？还要女人……操！

是啊，在这黑虎山村，也就暴发户黑蛋明目张胆一溜盖起三栋二层小楼，一个老婆占一栋，硬是牛得很，连当年吃枪子儿的老地主黑三爷也不过一妻一妾两个嘛，这还不算黑蛋明里暗里玩过一腿有过一夜风流梦的烂头鸡们。黑蛋是个见着腥就下口的馋山猫。

他欠起身摸卷烟，窸窸窣窣叼上一根，嚓的一声燃着，狠吸了一口，徐徐舒口气。晨光是愈来愈亮堂了，麻布窗帘上的图案像驴皮影一样，渐渐活泛起来。谁家的鸡雄赳赳气昂昂叫得正起劲儿，而一只懒狗呜咽般的低吠有一搭无一搭地夹杂其中，也就不那么显耳了。但是那只大山雀子的啼唤却一直没再响起。是自己的耳朵听错了，出现了幻觉。近来他的脑子总是丢三落四的，黑蛋想。他爬起来伸出脚尖摸索着，够炕沿根底下的鞋。好不容易够着一只，错了，竟套不进脚。奶奶的，是小瓦的鞋。他暗笑一下自己，又够。他一直没拽亮壁上的灯绳。

屋子里模糊着，他就那么光不溜丢下了炕，吊着裆间的家伙趿趿拉拉地去了灶房，那儿有一小缸似的泥陶尿罐。他略略手扶一下，哗哗撒了泡臊气冲天的热尿。

而院子里两棵桃树花开得正繁正艳，清郁幽馥的香气从门缝木隙中渗透过来，一缕缕钻进他的鼻翼，让他不觉打了个喷嚏，"阿—— 嚏！"

他想起了刚才小瓦的哼哼，高高低低变着音调的哼哼。想当时他就是被她这种不喜不悲奇奇怪怪刺激耳膜的叫声迷住了，这才下决心把她从那种地方接进他的第三座小楼里，金丝雀一样养了起来，供祖宗一样供着。是啊是啊，他一听见她那种猫叫秧子般的音调就浑身燥热，把持不住地要骑上她的身，就像小时候骑着邻居的小青驴爬坡越坎一样。驴儿嘚嘚地奔跑，他也在快乐地颠簸。有时那种梦幻般的颠簸会轻易使他越过山野溪流，跑到很远很远的地方，跑到空旷无人的天边，看到色彩斑斓的幻景，那真是天宫一样绝美的奇景哟！闪闪发光的云彩和似有似无的香风……当最终一切都沉寂下来时，瘫软如泥的他又会重新沉入黑暗落回到硬邦邦的土炕头……

"唉—— "他叹口气，拖着冰凉的身子回到热烘烘的被窝里，他的手碰了一下女人的肥腚，"不要嘛……"睡意蒙眬的女人哼了一声，怕烫般闪了一下腰。但是凉津津的大手丝毫没有挪开的意思，他使劲推了几下她说，"小瓦小瓦，好小瓦哐，你起来听我给你说话。"

女人赖叽叽道，"人家要睡觉嘛。"

但是男人已经兴奋起来，他为自己突然冒出来的想法激动着，附在女人耳畔一字一顿说道，"我，要，修，一，座，长，城！"

女人没吭声，显然她是真困了，睡死过去了。男人就很失望，他低低骂一句，"你奶奶的！"将燃剩的烟屁股狠狠摔到屋角。

马兰一贯起得早。她先拎起瓢往灶间的大锅里填满清水，然后去大门外的柴火垛抱柴。（有时她会先到房山头的茅厕里尿尿。）这时天还没亮透，猪在圈里呼噜，鸭在架上浅睡，性躁的是窝里的鸡们，急得用喙直啄鸡窝的木门。马兰飞快地抱回一捆柴，填到灶膛里，用茅草引燃后，再按动鼓风机的开关。干透的柴火冒出股青烟，噼噼啪啪燃起来。每天清早，她总要先烧上一大锅热水，以便大人孩子洗脸漱口刷牙用。而后开始做饭，男人黑蛋早饭通常过来吃，所以她早饭从来不敢含糊。米饭、馒头或苞米馇粥，都是黑蛋愿吃的一口。有时，她也蒸菜饺子，还要留一份为乡里上中学的学生备下晌饭。至于那一铁锅咕嘟咕嘟冒着酸酸热气的猪食，却是她在煮饭的间隙做下的。她是个手脚麻利的女人。

然而今天早上，丈夫却迟迟没过来，她就有些疑惑了。病了？还是出了啥子事体？她又不好去前院小瓦那问，只好坐在饭桌前傻等。

儿子和女儿吃过饭背着书包相继走了，屋子里一下空寂下来。她嫁给男人这么多年，从来不图希个享清福的日子。乡下女人嘛，炕头灶间，屋里院外，拿得起放得下也就行了。想当年她和黑蛋白手起家，不是也没叫一声难吗？如今她们家成了十里八村的首富，钱票子是下三辈子也花不完了，可是那又能怎样！日子是一天天人过的，不是有今儿个没明儿个，不是硬拿自己不当成人样！可是男人……想到男人，她的心就咯噔一下，有一种说不清道不明的预感。她担心着哩，那个不省心的，她跟他一铺炕滚了这么些年还不了解他？

她就这么胡思乱想着时，男人进了屋还没察觉。

"咳——"男人冲她咳了一嗓，马兰这才惊醒一样手忙脚乱去摆饭。男人是洗过脸来的，所以直接盘脚搭掌上了炕，稀里呼噜喝粥。她也盛了一碗，闷头喝，屋里除了喝粥的声响，竟再无一点声息。末了男人抹抹嘴，边下炕边给她说："妞子她妈，我合计着要在老黑虎山上，修一座长城！"

修长城？她疑心自己是不是听错了，就又探寻地望了望他，止住了口。

"我要造一座跟北京八达岭一模一样的长城，你听清了吗？"

这回她算是听清了，听得真真切切，但是却惊愕地张大了嘴巴，像进了灶房嘎嘎乱叫的大白鹅。

"你是说你要造长城？电视里的那个！"

"嗯哪。"

想了想，马兰扑哧一下又笑了说，"你要能造长城，我就能当那哭长城的孟姜女咧。"

"看你！"男人鼓瞪着眼说，"跟你说正经的，你倒要笑……"

他焦躁地跳下炕，磨身出了屋子。

二

黑蛋一直往村东头走，村路上早起下地的村民不断跟他打招呼。老灰家的娘们刚从茅厕出来，一边系红布头的裤腰带，一边笑嘻嘻朝他发贱。

"不陪你那小瓦，这么早就起咧！"

他不愿看她那张眼眵眵当的偻瓜脸，所以鼻腔里哼了一声，脚下的步子更快了。他是去村长家哩，他是赶着去村长那儿商议这件让他热血沸腾激动不已的大事哩。所以当他又一次听见树梢顶端叽叽喳喳的山雀子叫时，仰起头望了一下，突然明白早上他在小瓦身上惊悸的原因了。

村长刘草帽正蹲在院当央的石阶上漱口哩。显然，他是刚刚吃了饭，那只捧在青筋暴突的额际的头号大海碗的瓷沿上，还挂了一些黏糊糊的饭浆和米粒。看见他进院，就淡淡招呼一句，"来咧。"

他说，"嗯哪，来咧，"就立住了。

村长却只管漱他的开水。呷一口，咕噜咕噜让水在口腔里上下冲洗翻滚，漱够性了，却没吐出来，反而咚的一声咽下肚，然后满意地掀起上唇，露出黑紫的牙床和黑黄的门牙，再用积满污垢的食指指甲顺牙缝往外剔饭垢，剔一下，呷一口水，又咚地咽下肚。村长没有刷牙的习惯。

黑蛋就在这种寡淡里立了一会，摸出烟让让村长，村长摇摇头。他看见没戴草帽的村长的脑瓜顶，牛卵皮一样红通通的，就嘘口气说，"村长哎，我有话跟你说哩。"

"说嘛，"刘草帽咽口开水说。

"村后坡的黑虎山是荒山不是？"黑蛋问。

"是哩。"

"眼下还撂荒着没人包不是？"

"是哩。"

"没人包我包！"黑蛋往前近了近，猫下腰盯牢刘草帽不停眨巴的小眼睛说，"你合计个价，合计好了告诉我一声。"说罢转身就要走。身后传回村长一声急促的吆喝。

"回来！"

"咋？"他立住脚，有些不情愿地回回头。

"你回来。"村长黄豆粒般的眸子直盯着他的脸，说，"你不是耍戏我吧，就那兔子不拉屎的鬼地场？"

"我黑蛋啥时跟你开玩笑。"黑蛋有点嘲弄地笑了一下。

"那……那你得告诉我，你要那荒山干啥？"

黑蛋想了想，一字一顿地回答，"修，长，城！"

"噗——"刘草帽忽然就叫水呛了一下，捶胸打肚猛烈咳嗽一阵，末了一个高跳起来，摸了摸黑蛋的脑门，说，"你……你说梦话，叫梦魇住了吧，你又不是秦始皇，你修的哪门子长城？"

黑蛋笑道，"别从门缝看人，把人相扁了。我虽不是那修造万里长城的秦始皇，可修个十里八里的总能行吧？操，这有什么不能的，只要咱手里有钱，有嘎嘎响的票子！"

刘草帽一时张口结舌，没了咒念了。过了一会，他把碗里剩余的水哗地泼到院里，叹口气，指着黑蛋的脑门子说，"你呀，你，纯粹是钱多了，烧的！"

说完，扭身进了屋，倒把趾高气扬的另一个大男人晾在那儿啦。

"哼，就冲你刘草帽这句话，我今儿个就非造个长城给你瞧瞧不可！"隔壁墙头上，露两颗青柿子似的人头，此刻正探头探脑往这边偷窥。黑蛋蓦地呵斥一嗓，"看什么看，你奶奶的！"那边麻溜缩回头去。"呸！"他吐了口痰，马上有一只鸡跑过来，一下一下啄食，黑蛋恨恨出了院子。

猪倌小柱子正赶着一大群黑黑白白的猪们过街。"放猪哎，放猪哎！"他冲各家各户的院子叫，就不断有一身腥臭摇头晃腚的猪们拱开院门，加入尘土飞扬的行列，又不断有黑色粪便溅落土街。黑蛋皱了皱眉，赶紧避让一旁。

　　他知晓那刘草帽对他有意见，有想法哩。村子穷，上头要的杂税毛钱儿又多，加上不断有乡里、县上的部门深入检查，自然就让刘草帽叫苦连天，难于应付。有几次刘草帽找他诉苦，虽说没直接让他捐助村里的财政，那意思却很明显。黑蛋只是装聋作哑，佯作不知。"哼，老子的钱也不是大水漂来的，路上白捡的，凭啥给你们？"有一次为了修村外的那个蓄水池，村长打发会计狗剩给他把话挑明了，他这才捐了两万。村人都说他太抠门，太小心眼儿，可黑蛋有黑蛋的道理。他认为上边推广的蓄水池工程是劳民伤财的瞎事，不适合他们这疙瘩这一块。

　　"要修，就应修个引水渠嘛，"黑蛋说。村民们也这样认为，可是乡里不上，乡上又下文件又打电话，必须村村在平展展的良田中间修上一个十间房大小的水池子，还说是省里专家的主意，县里还要来检查，还给拨一部分款。但是水池修上好几年了，也没见一个毛钱儿拨到村里，倒把好端端一块地给糟蹋了。

　　"造孽呀！"末了村长也顿顿脚，骂了一句。

　　是啊，黑虎山村向来缺雨少水的，哪用得上蓄水？黑蛋自然知晓他那两万块钱白瞎了，但那也得捐哩，谁叫他是有三个老婆的黑蛋呢？

　　不知不觉，他竟来到了黑虎山下的凹地那儿。日头早已升到树梢上去了。春日里的日头像刚出锅的新鲜苞米面饼子，香喷喷热腾腾地挂在穹窿上。天蓝得硬是要叫人丢了魂呢，清虚虚望也望不见底。没有一朵云，阳光就这么无遮无挡地泼到人身上，叫晒阳的老人们皮肤痒痒起来，受用得很。有人在远远的坡地上一边燎荒，一边翻地。山里的节气来得晚，清明早就过了，野杏树和山樱桃却才开花，这一簇，那一丛的，打老远瞭望去，着花衣系纱巾的女子一般，迎着懒洋洋的风立在沟畔地垴婀娜多姿俏模俊样的。有人空空地唱着一首不知名的谣曲：

> 桃树开花呀满那么满园红，
> 哥哥我骑虎妹妹骑龙，
> 哥哥呀骑虎绕呀么绕山走哇，
> 妹妹啊骑龙水呀么水里行……

　　黑蛋默默听了一会儿，慢慢往山顶攀爬。老黑虎山的山顶上全是青森森的乱石巉岩，怪松奇树。人上到山脊上，不免气喘吁吁心跳加剧，尤其是山顶阴风一吹，林涛阵阵，如海浪潮涨一般汹涌奔来，顿时让人惊悚呆怔，不知所措。那陡峭难攀的山尖叫硌碴崖，更是黑虎狂吼般壁立于整个山脊的制高处，看着就让人惶惶胆寒。黑蛋小时候常和小伙伴们到这儿砍柴挖药材，自然路径纯熟，毫不畏惧，所以一会儿工夫他就攀上了崖顶。

　　他扯开褂子的襟扣，大口大口地喘息着，极目远眺。群峰层层叠叠一直绵延到遥不可及的天际。河流像一道玉色的链子，逶迤于黛青色的山谷间，而牛绳般细弯的道路则将土坷垃一样胡乱堆砌在沟岔里的村子牢牢捆掷于大山的腰胯间。

黑蛋每次站在这儿俯瞰自己生于斯长于斯的那座村庄，都会为它的细小平庸慨叹不已。娘老子哟，那大山只要翻翻身，滚落几块岩石，村子早就屌毛也没咧。他想，人真是可怜见儿哟，人有时连鸟儿都不如，鸟儿还能一拍翅，愿往哪飞就往哪飞，愿在哪棵树垒巢就在哪棵树权垒巢，人却不行。你生在那铺土炕上，就注定在那旮旯埋下命根啦，任你长大成人后走到哪儿，天南海北的也要回到这儿，有一根看不见摸不着的血脉线线牵着哩。

有一只鹞鹰在空中翱翔着，黑蛋望了一会儿，收敛了视线。

"是呀，驴操的人哪！"他又叹了一回。

三

小时候黑蛋家里生穷生穷。那真是裤裆里两只卵子叮当响的穷啊！

他家兄弟五人，个个都是如狼似虎的大肚汉。看他们家吃饭会吓人一跳，一顺水的五个半大小子饿狼神一样围住炕桌，不管上来的是好菜孬菜，全都风卷残云一般囫囵吞进脏兮兮的肚腹里。那只举起来比小孩子脸还大的碗永远都是空的，都不会剩下哪怕半粒米半片青菜半块土豆或地瓜。"饿呀……我饿呀，"这是当年他们兄弟总挂在嘴边的话儿。

他家的口粮总也吃不到新粮进仓。岂止是熬到秋收！有时刚过春节，粮袋里除了剩下种子，简直颗粒无有啦。无奈之下，他父母总是背上空瘪的口袋四处央人赊借。有时亲戚邻人借遍了，实在舍不下脸皮，被逼无奈只好去山上挖树根剥树皮。如果树叶子冒出嫩芽星儿，就赶紧扛着篮子，大人孩子顺沟桶子转悠，好吃歹吃总归是填饱肚子算。还有时饿急眼了就赶上二十几里山路，去往那乡上的饭馆子讨要。遭人白眼恶言恶语斥打也是有的，乡里乡亲人前背后指指戳戳挖苦也是听的，谁叫肚子不给做主，养下这么一群狼犊子呢？最狼狈最没咒念的时辰是饭馆子也关门了，山上的树皮也没得啃了，一家人只好静悄悄长拖拖躺在土炕上挨着，胃肠痉挛得实在难忍，就起身喝一口凉水，顶一顶了事。那年月，日子的漫长难熬的确给幼小的黑蛋留下了深刻的记忆。谁能说那颗稚嫩的心不为这羞愧和耻辱印上一道可怕的伤痕呢？"长大后，我一定要打下足够的苞米、大豆、高粱和谷子，放开肚皮吃个够。"那个小小少年郎不止一次这么对自己发誓说。

肚子的问题是随着形势的遽变而不知不觉就改变了的。而解困脱贫却是一条相当漫长的道路。乡下人土里刨食，又刨不出个金疙瘩银元宝来，如何能在一夜之间让腰包鼓胀迈步进小康？这实在是个难题。乡上干部们着急，村里的乡民们焦躁。于是有人养猪养羊，有人种山药种蘑菇，技术和销路是个问题，小门小户的忙活一年，扣除成本人工，也不剩几张票子啦。后来乡里号召种葫芦，说是黄头发鹰钩鼻蓝眼睛的洋人要，结果家家户户都搭架上肥的，在有限的几亩好地上种满了那种提溜悬挂的玩意儿。等到了秋天，葫芦在院子里堆成山时，上边却没了一丁点儿消息，说是被洋鬼子骗了。这下热闹啦，那么多葫芦，能做多少瓢啊，剩下的开剖成葫芦条，雪白雪白晒在篱笆杖子上，倒成了一道奇观异景。可是村民们心疼呀，毕竟春天时有一笔种子钱搭进去了，毕竟忙碌一年颗粒无收了，叫老百姓怎么活？有人骂乡政府，有人也骂村长刘草帽，还有人骂秋后在一夏的淫雨浸泡中长满霉斑绿毛的葫芦……骂归骂，这亏却是实实在在吃下啦，大家就互相提醒，以后上边再号召种啥，咱可不能再上当受骗！但庄户人家心眼实，偏偏又不长记性。仅仅过了两年，又有省里农研所的技术员来，又有市里的科技专家来，又都是乡长书记亲自陪同着，大喇叭哇哇响，花花绿绿的传单标语贴了一茬又一茬，撒了一捆又一捆，村民们的心又被莫名地鼓动吹活了，蠢蠢欲动啦。这回可不是种葫芦了，这回是种那红艳艳的山楂树。乡里县里还给低价提供树苗子，提供嫁接莳弄的全套技术，还一一与村民签下白纸黑字按了手印盖了鲜红公章的合同。于是大块小块的田地，大片小片的山坡都栽上了美丽婀娜的山楂树。三年后，在全体村民们大眼瞪小眼的企盼中，山楂结果了，山楂获得了极大的丰收。村子里到处都散发着那种又甜又酸的红果的香气，大大小小的筐子篮子都满盛着朝霞般红艳艳的山楂！

但是果贩子们在哪呢？乡上县里那些个拍胸脯下保票的干部们在哪呢？一纸带红公章的合同一下又成了揩腚纸。村里开始有了哭声，黑蛋的母亲就是在那年秋天一病不起卧床故去的。他们冤屈呢，冤屈又无处诉说去，不得不亲手把辛苦数载培植的果树一一砍掉，这种哀伤的心情谁又能体察得到？

说起黑蛋一夜之间变成百万富翁的事，却又颇具一些传奇色彩了。黑虎山村的西面有一条干河道，那条干河道有一个莫名其妙的名字，叫细玉沟。细玉沟里荒草萋萋长满了大如磨盘小如牛卵的河卵石。几百年来，村人们在这儿进进出出，或放猪牧羊，或挖沙取石，却从没人探究，它怎么就叫个细玉沟？

"他奶奶的，玉在哪儿啦？"有一天黑蛋对村小学的校长刘有钱说。

刘有钱是村长刘草帽的大公子，是整个黑虎山村唯一师范毕业的大专生。肚里的墨水足得当尿撒，自然对什么事体都有主见。他借一次去县上公事的机会，去史志办查了县志，竟然就查出一番典故来。

说是清末年间，宫廷里的一户御用匠人因得罪了后宫管事的大太监，被赶出宫流放到荒野千里的关外。他们流落到黑虎山脚下时，见此地草肥水清，民风古朴，就定居在这黑虎山村里。也是一次偶然，他在邻居家猪圈前见了用作垫脚的那块圆咕隆咚的大卵石，就发现了名堂，遂央求邻人欲花钱买下。邻人自然不知这块石头的来历，说这么一块又臭又圆的东西，还花啥钱，你要给你就是了。那宫里的匠人将圆卵石抱回家，用钢钎小心翼翼凿去一点卵石的外壳，露出了里面黛绿色的玉质。

从邻人嘴里得知，这卵石就在村西坡下的河床上捡来的。宫中匠人便悄没声地去了那条在当时还有着清浅溪水的河滩上。那些日子，他像一个忙碌的蜜蜂一样东嗅嗅，西看看，拣回半铺炕大大小小圆溜溜的圆石头，村人都以此为奇事。宫中匠人只是不说，夜黑灯光下便取出雕刻工具悉心雕琢，然后秘密装箱送回宫中。不久，上头来一圣旨，他们全家又悄无声息地回到了京城。

那个宫中匠人雕的玉叫河磨玉，是玉料中最珍贵的一种。

那条清浅河沟就叫了细玉沟。

那宫中匠人据说姓刘，是村长刘草帽、村小学校长刘有钱的远祖。这是刘有钱自己宣布的。黑蛋笑道，"别净给自己脸上贴金，照你这么说，你家还不成了大内太监、皇亲国戚啦？"

刘有钱扶扶眼镜，"那也差不离。"

"不过……"黑蛋沉吟一阵，望着刘有钱的肿眼泡道，"你说那细玉沟里，能不能还有货。"

"这个……"刘有钱晃晃头，"这个很难说。"

"可以试试嘛。"黑蛋肯定地说，"我相信那儿还有玉，上好的河磨玉，只要挖出一块，咱就发啦！"

黑蛋两眼炯炯有光，仿佛看见了大块大块的玉在地底下大放异彩，在遥遥地向他招手，然后是滚滚而来的钞票。他说，"刘有钱，咱们一块齐齐款子，干吧！"

刘有钱也被想象中的景象迷幻了，他的肉泡眼球也在镜片后面燃烧。他说，"喊上村会计狗剩，咱们一块干，得了玉卖了钱，哥仨平分！"

他们凑足三万块，买下河难上的那一片地，雇了两台重型挖掘机，不分昼夜地大干起来。

那两个月，三个想发财想得脑瓢子疼的家伙整天猴似的蹲在细玉沟的野河滩上，没日没夜熬得眼珠子成了小豆粒——红得发紫啦。他们不放过任何从沙土里挖出的石块来，不放过任何精梳细犁出的蛛丝马迹。但是随着那两台重型挖掘机的巨臂的上下翻飞，随着牛一样狂吼的轰鸣声和小烟囱一样冒出的呛鼻青烟的消散，他们齐的钱票票也像秋风扫落叶一般飞旋着飘没了踪影。心快沉到井底啦。

"停——停！不干咧！"刘有钱拍打着挖掘机的车门，绝望地叫喊。

"呜——我不活咧……"会计狗剩一屁股坐在新翻起的一大片沙土里，失眉吊眼地干号着。

整块地还剩下十几垅宽的样子没翻了，他们连牛卵大的河磨玉也没见着，钱却流水般全花光了。

"硬是活坑人哩……什么细玉沟，简直该叫坑人沟！"刘有钱摘下眼镜，自己给自己一耳光。

只有黑蛋还不死心，他说，"要不，大伙再张罗点钱，把剩下的那十几垅地场翻完。"会计狗剩和刘有钱像挨宰的猪一样哼叫着，死活不干啦。

后来黑蛋回了村，黑蛋拉着马兰一家家作揖叩头，发苦狼烟地终于又借来万八千块钱，又使那挖掘机重新吼叫起来。仅仅在第三天，他们就挖到了真货。那是一块半间房大小的重达六吨多的河磨玉王，玉质细腻，玉色纯净，皮壳亦多姿多彩，那或青，或白，或黄，或碧的玉色交相辉映，艳如翡翠，堪称玉中神品。此外，他们还连续挖出十几块磨盘大小的玉块，块块五彩晶莹，俏色天成，一时倒把黑蛋和围观的村民看得呆住了。

黑蛋那小子发了，黑蛋那驴尽的挖出了河磨玉王的消息风一样传播开去，很快就有外地富贾苍蝇一样叮上来，谈价砍价，看货装车。仅那块半间屋大的河磨玉王就卖了五百万，把个刘有钱和会计狗剩眼馋得恨不能跳河。

他们的眼球又都绿啦！

他们嘟嘟囔囔要黑蛋分成给他们，说是若不是当初他们共同挖掘了大部分沙滩野地，黑蛋就不会顺利地挖出真货。狗剩还一跳三尺高地威胁，如果不给他就上乡法庭告状。

"让他告去，咱还怕他不成？"马兰也生气了。

"别，"黑蛋想了想，说，"人家说得也有道理。"他每人给他们各甩了二十万。但刘有钱和狗剩似乎嫌少，让人传过话儿来说，不给一百万就不拉倒。这回黑蛋火了，黑蛋告诉传话儿的人说，"这二十万他们若不要，我他奶奶的就一分也不给。"传话的人回去一说，他们麻溜收下了。

四

现在，是暴发户黑蛋扬眉吐气的日子啦。乡下人有了钱，从古到今，从南到北，大不了要干三件事：盖房子、娶老婆、生孩子。

先说盖房子。黑虎山村的百十户人家，零零散散土坷垃似的散布于一条二十余里长的沟壑里，或高或低，或三间或五间，竟没有一间货真价实的砖瓦大宅。此地大多为清代遗民——旗人，所以普通庄户人家住的房子仍然遵循黄土打墙、苇草缮顶的模式。所谓土坯房子篱笆寨，就是这种习俗特色。土坯是何物，就是将黄土掺上羊角（一种细草末）按在固定的模子中，做成一块块一尺见方的土砖，在阳光下晾干，然后用来垒屋。北方天寒地冻，用土坯盖房冬暖夏凉，既经济又实惠。所谓篱笆寨指的是乡下人夹的樟子。山里杂树丛生，山里人家则多以杂木樟子居多，也有以圆木作材料的，那就都是靠近林区的林场伐木人的排场了。一般人家夹樟子，主要还是为安全和取暖考虑，过去人烟稀少，荒山野岭常有狐狼出没，咬伤家禽，夹一道结实密紧的樟子，既可以防备野兽随便侵入家室，亦可以方便家狗看门望户，所以黑虎山村的居民大多是这种居住格局。只有当年的老地主黑三爷家修的宅子是个例外。

那黑三爷家的宅子真是当地数百里范围内最最气派的豪宅大院哩，飞檐翘壁的房脊，青砖到顶的墙壁，实木雕花的窗棂，高大结实的钢钉木门。整个宅院据说不下百余间。正房、书房、厢房、马厩、羊圈、下人住的小杂间以及院子里的石栏水井、后院的数座粮仓，同样青砖砌就的护宅院墙，四周还修有供庄丁抵御土匪强盗的碉楼。尤其那黑森森威风凛凛的大门楼和两边各一对张牙舞爪的石狮子，一望便让人生出几许畏惧来。

黑蛋如今倒不会再修那地主庄院啦，黑蛋脑瓜子比风车转得还快，人又活泛，自然进市入省的，自己设计了一套不土不洋、不古不今、不青砖到顶也不瓷片晃眼、不地主乡绅也不走狗汉奸资本家的四不像的玩意儿，人称改革开放的新产物——暴发户耍怪楼。

如果细细描述出来，还真有一点难度。简单地说吧，就好比一个黄皮肤的家伙，穿一套最时髦的西装领带，却戴一瓜皮帽头，外套中式马褂，脚穿黑布鞋，胳膊上还挎着荆条编就的低梁粪簸箕。

榜样的力量是无穷的。黑蛋的耍怪楼在这黑虎山村一片土坯房中间鹤立鸡群地一出现，村民们就络绎不绝地前来参观。啧啧啧，他们的眼睛被奇形怪状的楼体和白得能照见人影的瓷片晃得眯成一条缝。他们的手小心翼翼地摸摸铝合金窗框和蓝瓦瓦的厚玻璃，最后他们遥遥地指指灿灿阳光下同样闪闪发光的琉璃瓦屋顶……"啧啧啧，"一个说，"祖奶奶吔，我就是住上一天这样的宅子，死也闭眼啦。"另一个也说，"是咧是咧，还是人家马兰有福哇。想当初，老马家还不愿意这门亲事呢！"

在这些前去观看的乡民中，唯一没到场的只有一个人——村长刘草帽。

他觉得心里像吃了个苍蝇一样不舒服，他蹲在自家菜园里，无缘无故地对那些长势良好的白菜恼火起来。

何止是恼火，最后他简直就是愤怒了，他摘下草帽，扇着热汗，突然飞起一脚，踢翻了一棵白菜，同时也把脚上的鞋甩到篱墙外的臭水泡里，惊得一群鸭鹅嘎嘎嘎嘎一阵乱叫。

没过几天，黑蛋又起了第二栋楼，同时还娶了第二个老婆，村西头老驴头的二姑娘，人见人爱的俏女子二丫。

马兰是黑虎山村殷实富户马二精家的大姑娘。想当初，过日子滴水不漏的小算盘马二精如何肯舍得把勤快能干的大姑娘马兰嫁给穷得叮当响的调皮鬼黑蛋，说起来也是一桩让村人至今猜测不已的奇闻怪事。

那马二精过日子全凭一个"勤"字和一个"俭"字，勤自不必说啦，庄户人嘛，你不勤快，不汗珠子摔八瓣莳弄土地你就得喝西北风。至于那个"俭"字，可就不是人人都能做到的，马二精所以让村人送了这么个绰号，自然有他超过常人的地场。精就是不吃亏，就是一分钱也能攥出水来，就是铁公鸡——一毛不拔，就是一颗咸鸭蛋就饭吃奇迹般地吃上半年。精有时也是，无论身子走出家门多远，屎和尿也要憋着，坚持送回自己家的茅厕里。所以能让这么一个精成个老妖怪的庄户老头儿马二精把养了二十年的黄花大闺女拱手送给穷户头黑蛋，这里面自然就有了玄妙的隐秘。

那马兰胖墩墩的，单眼皮，赤红面子，不善言语，甚至显得有些木讷，下起活路来下死力，这也是马二精看重她的原因。

他拿她当牲口使唤哩！

他也想拿她换上一份好彩礼。

但是事情往往不是按照你的主观愿望来发展下去的。尽管马二精的如意算盘打得周周密密，却不承想半路上杀出个程咬金，遇上了本村煮不烂咬不得的滚刀肉黑蛋，马二精在马兰身上真是输惨啦。

一开始呢，是在一个夏天，毒辣辣日头的晌午，上河摸鱼回来的黑蛋路过这片地头时，一眼瞥见仍在苦苦劳作的勤快姑娘马兰。他先是被她因过分弯腰露出的一圈腰间的白肉晃了一下眼睛，然后又被也是因为弯腰拔草撅起来的发育良好的肥腚迷瞪住了。他停下脚步，感到小腹那儿热胀一下，心里像有个蛤蟆在跳。他咽了口唾沫，还是觉得渴，后来他就扑了上去……

马兰大概没怎么反抗，马兰要是真反抗，黑蛋也不一定能顺顺畅畅地得逞。总之那是一场烈日下的劳动，双方都满头大汗，都紧张得要命，又都咬紧牙关一声不吭。最后二十岁的毛头小伙子黑蛋给二十岁的黄花闺女马兰上了一次肥，马兰肚子就鼓起来啦。马兰的肚子猪尿泡一样鼓胀起来啦。他们都吓坏了。央了个媒人上门去说，媒人被恼羞成怒的马二精一顿臭骂赶出了门。最后实在被逼无奈，黑蛋自己上门去乞求那位恨不得咬他一口的老丈人。

"把马兰嫁给我吧，孩子都有咧。"

"不行，有一百个也不得。"

"你要不同意，我就把马兰领跑！"

"小兔崽子，你还敢威胁我，明告诉你吧，你就是把她领到天涯海角，我也不同意！"

碰了壁的黑蛋灰溜溜出了那座令他一辈子都感到耻辱的院子。他无精打采，野狗一样在村子里四处乱转。有时呜呜痛哭，揪自己的头发抽自己的耳光，有时灌那种六十度的老窖酒，让自己醉死过去变成一摊臭气熏天的烂泥。大约就在马兰被马二精逼迫着准备去乡里打胎的前一天晚上，面色青白的黑蛋一个人又去了一次未来岳丈的院子。

他带去了一包足以毒死全村人的散发着刺鼻气味的剧毒农药。

"你想毒死我？"马二精轻蔑地笑了笑。

"不。"

"你想毒死你自己？"阴阳怪气的老爷子又翻翻眼皮。

"不！"黑蛋斩钉截铁地回答：

"那你是……"马二精困惑地望了望立在他面前的眼球放光的年轻人。

"驴骡，你家那两匹黑驴骡！"年轻人轻描淡写地说完，还嘿嘿笑了几声。

"你敢……"马二精脸色骤变，狂乱地跳起来，但是趾高气扬的那个年轻混蛋早已扔下他，扬长而去。

一个星期后，怀孕七个月的马兰挺着大肚子，被一脸坏笑的黑蛋用一辆除了铃不响剩下哪都响的破自行车驮回了脏兮兮的土坯屋。

五

黑蛋娶回了第二个女人二丫。其实也不能说是娶，因为他们不光是没有媒婆上门说合，更没去乡民政扯结婚证。说白了，二丫等于是被她爸老驴头卖了，再换一种说法，是被暴发户黑蛋买了。总之是，一个看上了二丫的俏丽美貌肯花钱，一个是被那五大捆新崭崭的百元大钞震昏了头脑乐颠颠地肯收钱。双方臭味相投一拍即合，中间嘛，是那个愁眉苦脸想女人都快疯癫了的二丫的亲哥，三十三岁的光棍汉大胜子。

大胜子绰号叫擀面杖，自然指的是他裤裆里的那东西，也自然是因了夏季下河洗澡，被同伴看了去私下里传开的。后来连村里的姑娘媳妇也知晓了，一看见他就脸红，就嘀嘀咕咕咬着舌根笑。有一次，几个半大小伙子耍闹，强行扒下了大胜子的裤头，一人用手将那东西揉大，果然竖撅撅的跟毛驴子的家伙不相上下，村里人这才相信那遥传。"擀面杖、擀面杖……"连满地野跑的小孩子也叫开了。

大胜子除了上面提到的绰号，还有一个谁也不敢当面叫的绰号——玻璃花。那是小时候被驴蹄子踢的，在他的右眼球上。所以相过许多对象人家姑娘一搭面，往往扭头就走。谁愿嫁一个有眼疾的男人呢。

这样一晃就过了婚配的最佳年龄，倒霉的光棍汉只好跟村西的马寡妇鬼混，名声就更不好了，村里的正经女人都离他远远的。

老驴头急坏了。他四处央人保媒，终于在离此二十余里的鞭杆子村找到一个死了男人的新婚媳妇。对方提出要五间新瓦房，对玻璃花倒没过分挑剔。在乡下，五间新瓦房至少要四万余元钱票子才能支巴起来，两手空空的老驴头哪能拿出。那几日，一老一小父子俩急得要跳河。

也正在这时辰，他们的救星黑蛋出现在他家寒酸的土坑头。

啪！黑蛋从黑皮包里一捆捆拍出钞票来。一共五摞，老驴头的脑袋瓜嗡嗡响，眼珠像熟透的黄豆粒一样，快从豆荚中蹦出来啦。

他刚一伸手。"慢！"黑蛋挡了他一下，说，"且慢，咱还有个条件呢？"

"啥？"老驴头和旁边立着的光棍汉愣怔一下。

黑蛋笑了笑，说，"我要给你当女婿哩！你同不同意？"

"你不是……不是有媳妇了嘛？咋还要娶？"

"我离呀，马上就离。"黑蛋一本正经道。

"但是，二丫那儿……"老驴头迟疑起来。他缩回手，怕烫似的缩回手，呆住了。

"不行就算了。"黑蛋开始往皮包里装钱。一捆接一捆的。地下立着的光棍汉绝望地对他老子哭叽叽叫了一声"爸吔——"扑通就跪下了。老驴头的身子抽搐一下，腮帮上的肌肉乱抖。他可就大胜子这么一个儿子呢，他总不能眼睁睁看着他打一辈子光棍，看着他老驴头绝户吧。他咬咬牙，一把抓住了那只鼓鼓囊囊的黑皮包。

二丫和黑蛋合房的那天晚上，二丫没见红。大约是黑蛋先脱光了衣裳，伸手刚触动她的身上，二丫就激灵一下跳了开去，胳臂一抬，手中明晃晃多了一把剪刀。"你要敢强迫我……我就把你那东西一刀剪了下去！"

"你敢！"黑蛋说。

"我就敢！"二丫凶凶地叫。

后来，是黑蛋先软了。黑蛋摆摆手，说，"你说说看，到底你要怎么样！"

"我有对象了。"二丫咽了口唾沫。"我早就有对象了。是亮子，我和他好，是你生生拆散了我俩，你……你不就有俩臭钱嘛。我对不起亮子，也对不起我自己。"说到这儿二丫哭了，二丫泪流满面地抽泣一会儿，可手中的家什仍然高举着。末了她抹一把眼泪，用不容置疑的口气对垂头丧气的男人说，"你马上给亮子送上两万块钱去，你送了，俺就跟你。你不送，俺死也不跟你，快去吧！快呀……"黑蛋想了想，穿上衣服就出去了。大约一个时辰后，当气喘吁吁的男人回到洞房时，女人早把自己剥葱似的剥得精光，赤条条的身子上一根布丝儿也没有，在粉红柔和的灯光下像传说中的仙女。男人简直看呆了，他三下五除二脱下衣裤，饿汉一样扑上炕。女人一声未吭，全身颤抖，头扭向一边，牙齿咬得咯嘣响，身子石头一样又冷又硬，任男人在上面折腾，直到极度亢奋的男人一泻如注。

但是她却没见红。

男人是在瘫软下来之后发现的。

啪，男人给了她一记耳光。想了想，又疯了一样扑上去，死命地干她。女人的身子仍然像石头，不，像冷冰冰的尸体一样任他发泄。男人忽然吼一声，停了下来。他哭了，他一边抽泣一边扇了自己一个嘴巴说，"你他妈你呀，你活该呀你！"他一抬手，抓住了枕头边的一只小圆镜，狠狠摔到对面装饰一新的墙上。

黑蛋开始经常往乡里县里跑，开着车去，一住三五天才回村来，回来就死猪一样贪睡。他是累狠了，在歌厅舞厅洗头房的小姐床上累狠了。"那些个鸡，他奶奶的，叫她张嘴她张嘴，叫她欠腚她欠腚。他奶奶的！"他说。

他觉得有些腻烦，什么东西吃多了就会腻烦。

他想找个有情有义的情人，所以就遇上了小瓦。

他被小瓦迷住了。她的模样妩媚得像电影里的女演员，腰却柔软得像三月里的柳条，眉眼里含着说不出的韵致，走起路来那极富弹力的屁股一扭一扭的，就把男人的目光扭得迷乱起来。小瓦说，"黑蛋哥……"小瓦叫他黑蛋哥的时候，长长的睫毛扑闪扑闪的，眼光热热地盯着他看，他就再也挪不开脚步了。他们随后就上了床，他在床上从小瓦那儿学到了在别的女人身上从没见过的东西，他比吃猪肉炖粉条子还惬意。

六

农历惊蛰刚过，黑蛋就带人开上了荒凉的黑虎山。

他们带了猪头、烧酒、香火和水果馒头等祭物，先叩拜山神祈求保佑，这才在海拔八百余米的黑虎山上开工修建那仿古长城。

说起黑蛋修建古长城的动机，还真是让人一时半会儿理不出个头绪。像黑蛋这样六十年代出生的人，虽不说是经历过什么大的血雨腥风的战乱灾患考验，却也是既在娘胎里听过"文革"的恐怖海洋的喧嚣，也在撒尿和玩泥的小小年纪中目睹过满街白纸帽子的批斗游街，之后是令人眼花缭乱的时代变迁，一种观念的颠覆往往从左到右，从黑到白，变化之快令榆木脑袋的庄户人仍然转不过弯来。待到木胀脑筋终于欠开条缝，喧嚣的潮头早就一掠而过，离自己好远了。

黑蛋一直没跟上过潮头，所以也就和大多数村民一样，一直窝在穷乡僻壤里两眼望天，指望有天上掉馅饼的好事临头哩。好在黑蛋念过完整的初中，又加上有一股子脑袋掉了碗大个疤的虎劲，这才瞎猫碰上死老鼠，发了一笔血财。

但那血财似火，烧得黑蛋坐卧不安，不知所措。除了把钱花在女人那一亩三分地上，除了一溜三栋修造出土不土洋不洋的耍怪楼，除了一连气制造出半个班或男或女的小黑蛋，他还实在想象不出他该做点啥样壮丽事业来。批一块地盖鸡场或猪场，他讨厌那种臭味；搭塑料大棚种蔬菜，他又瞧不起那一毛几角的小钱儿；像有些村民一样种蘑菇种名贵药材呢，他对那种养殖技术又心里没底，更何况即便把身子拴在这个事上，也不一定能养得好。总之黑蛋是个不愿步人后尘心怀远大理想的家伙。他想干个大的，隐隐约约他一直在心里想干个大的，惊天地泣鬼神名扬四海青史留名的大玩意儿，但究竟是什么却一直模模糊糊不甚明了。

"我要做个大玩意儿。"有一次他跟村长刘草帽说，刘草帽嘿嘿笑了笑，拍拍他的肩膀，"年轻人哪，"说着背着手，一撅一撅走了。

黑蛋望着村长的背影，张了张嘴，"奶奶的，你……你等着瞧好吧！"

目标的具体确定竟然出自一次偶然的小事上。记得那次是在邻村一位亲戚家里，亲戚家上梁，他去随礼，交完礼钱后，就随着乱哄哄的人找了个炕头坐下，等着喝喜酒吃饭。屋地当央的柜子上放了一台十八英寸的旧彩电，闲来无聊的人就一边吸烟，一边看电视。当屏幕上出现八达岭古长城的画面时，同桌的两位花白胡须的老汉就念叨开了，"唉，咱这辈子，怕是看不见长城喽。"另一个说，"要是秦始皇把长城修到咱的黑虎山上就好啦，咱想啥时上就啥时上。""敢情，"另一个老汉应声附和道，"明个你修一个嘛。俺可没那能耐……"

坐在一旁的黑蛋听得心里一动。是啊，长城，若是在家门口修个长城，那可叫神气哩。他越想越激动，越想越坐不住，好像突然中了彩票大奖似的，跳下炕一溜烟走了，弄得上梁的主人以为发生了什么事情，问刚刚与黑蛋坐一起的几位，竟都丈二和尚摸不着头脑，面面相觑起来。

他叫这个念头抓住了。那几日，他上蹿下跳，吃饭饭不香，睡觉觉不实，干啥总丢三落四地常走神。即便和小瓦在炕上折腾，也会蓦然将哼唧正欢的女人搁下，瞪大眼珠陷入无边无际的幻想里。

"怎么了，瘪症症的？"小瓦常常气鼓了肚皮。

是呵，现在房子也好，女人也罢，子孙后代更甭提了，在黑蛋心里都不能与他要建的那件大事情相比。他已经过了不惑之年，他还能活到一百岁吗？他想。人哩，总归要变成黑土一堆、骨灰一抔，末了去火葬场睡那个冷冰冰的石头匣子。所谓赤条条来赤条条去是也。所以若不趁年轻抓紧机会干它一家伙，等到那老眼昏花步履蹒跚时，可就啥也干不动啦。

那一年秋天，他一个人去了京郊燕山脚下的一个小山村，那儿有个亲戚。他在那儿一直住了近两个月，天天揣着纸笔卷尺，爬村后的古长城研究建筑结构，大到烽火台点将台，小到垛口城砖，他都用小本密密麻麻记下了。秋风凛冽，长空浩浩，望着山脊上苍龙一般古朴凝重蜿蜒起伏的万里长城，黑蛋不觉淌下了眼泪。

回到家，他立刻开始筹措资金、寻找工程队，做好前期准备。他想，咱造不了万里长城，咱就修它个万米长城吧。可是工程预算一出来，吓了他一大跳，资金缺口完全超出了他的想象，即便把他的三个老婆三座小洋楼赔进去，也远远不够。看来，他还得多费一些脑筋，多想些既节省又高明的招数。他登门拜访了当地有名的几位老手艺人老泥瓦匠，经过深入探讨，最终确定了就地取材，就黑虎山下大沙河的淤沙制作型号与真长城大号灰砖规格一致的"城砖"，来解决材料问题。三十多人的工程队人喊马嘶开进了枯寂的老黑虎山。

整整一个春季，才修造了不足百米。

工程远比预料的困难。要把大块水泥城砖运上山梁，全靠民工们俩人一组扛抬绳捆的土办法。黑虎山上山陡石多，几乎没有什么攀爬的路途，只有平日放羊的羊倌和砍柴采药材的山民长年累月踩出的一条羊肠子小径。大家像驴骡一样一人在前拼力拽，一人在后玩命地推，连吃奶的劲都使尽了，才能将一块砖运上坡顶。特别是遇上陡峭的悬崖，为了开出一块平地，几个民工壁虎一样伏在山壁上，一铲一铲往下铲土，再一袋一袋背下山去，荆棘划破了身体，钢钎磨裂了手掌，渴了喝一口泉水，饿了啃一口硬邦邦的馒头……夏天很快就过去了，黑蛋和大伙儿一直吃住在山下的工地上。到了这一年的霜降，大地里的秋庄稼收割完了之后，黑蛋的长城终于赶出了五百余米。

"歇口气吧伙计们，忙活了一春带八夏，也该回家照顾照顾老婆孩子啦！"他给大伙儿发完工钱，又说，"明年开春，咱继续干！"说罢挥挥手，眼望着众人陆陆续续下了山，他一个人拣了一处垛口坐下来，慢腾腾燃上一根烟。

夕阳老黄瓜种一样吊在西山，早失了晌午的热度。山风一扫，刚才还有些汗的脊梁立刻冷飕飕的。他燃上一根香烟，深深吸一口。五百余米长的长城静静矗立于这莽莽苍苍的黑虎山上，放目眺去，真就有了一股雄关如铁的气势。唉，人哪，人。他想。

默了默，似乎顺口就哼溜出一段要单鼓的调调来：

> 奴家我愁肠啊向谁诉哇，
> 不知道那何处哇是那长城啊哎咳哎咳哟，
> 夫君下落呀难寻问哪，
> 又不知那何处有路道啊哎咳哎咳哟……

他站起身，摇摇摆摆在城垣上踱开了方步，五百余米长的长城说短也短，说长也长，他口里"锵锵锵"地叫着，想象着远古岁月中那些铜雕泥塑般的面孔，暗暗笑起来。当他爬上一处稍稍高些的点将台时，扭过头，残阳如血，群山似海，一浪一浪从遥不可及的天际涌至脚下，薄暮夕霞给青灰色的城砖贴上了一层柔和的暖色，就使秋山与古城融为和谐的一体了。他想那古人皇帝也不过如此嘛，修造的东西竟千年万载地留存下来，所以后人才有了个念想，有了凭祭。这么一想，就觉今人与古人有何区别，今昔和古时又有何不同，除去漫漫时光，一样嘛。就又唱：

离城十年徐老员外呀，
秦始皇挑壮兵去修那城墙……

后来他下了山，看见放猪的小柱子，看见了哼哼唧唧的那群猪们，思路似乎才从邈远的古代回归眼下的现实，就又叹口气。在猪们蹚起的尘土和屎尿的臊臭味中，断断续续算是把小时候一直埋在心里的那段《孟姜女》的又一小节哼唱完：

孟姜女一晚上连呀做三梦啊，哎——
一连那三个梦急在我心上啊呀，
看到我那丈夫转回到我家里呀，哎呀哎呀，
看到我丈夫就像血人一样啊咳哟……

七

小瓦没在屋，屋子里到处乱糟糟的。炕上的被子没叠，脏兮兮的褥单上，是团成一团的丝袜、三角裤、乳罩什么的小零碎。黑蛋伸出两根手指，夹起一团闻了闻，赶紧扔到旯旮。除此之外，他还闻到一种更强烈的怪味从灶房袭来，踅进去一看，有一碗剩饭放在灶台上，上面长满寸长绿毛，几只苍蝇轰地从另一只盘子上掠起，嗡嗡地对他的到来表示愤慨。这哪像人住的地场！他嗵地踢翻了地上的一只水桶。

出了屋，磨身想到马兰那儿去问问，路过二丫房间，看见牛牛蹲在院子里玩，犹豫一下，一抬脚便进了院子。

"牛牛。"他冲小家伙笑了笑，小家伙长得像他，黑。那双黑豆粒似的眼睛更像，见有人进来，叫了声妈就想跑。他俯身拉住他的小泥手说，"别跑，爸给你钱哩。"但是孩子显然对他陌生，挣了一下，终于还是窜进了屋。

他平日很少来二丫房间，偶尔来一次，也是晚间，来了直奔主题，三下五除二完事。他和二丫无话。

他拍拍掌站起身，刚要出院儿，门帘一响，二丫一脚门里一脚门外地出现在门口。

"来咧……"她不咸不淡扔出一句。身后大腿根那儿，冒出一颗更小的脑袋瓜，歪着眼窥他。那是老二花花，黄茸茸的一只小发辫上，还扎着红头绳呢。

"呵，呵呵，"他说。

他没话找话说，"山上的工程先放一放，大伙儿也奔着歇息几天哩。"

可是二丫却说，"牛牛想上乡里的幼儿园。咱没文化，不能教孩子文化，现在时兴学前教育哩。"

"去嘛去嘛，这是好事，"黑蛋答。

"可是咱离乡里这么远，你叫我怎么送？不如再买套房子，俺也好过去有个照应。"

"唔，唔……"黑蛋一听这话，不置可否地只是哼哼。

二丫就冷下脸，说，"你别害牙疼，有钱填乎前院儿那骚货，这会儿还不定在谁怀里快活呢。"说罢进了屋，把男人一个人晾在那儿。黑蛋一时恼也不是，不恼也不是，后来一跺脚，磨身去了后院。

马兰正用簸箕簸豆子，哗许哗许的黄豆粒随着她双臂的一掀一扬，金灿灿跳起来，又金灿灿跌下去，像是豆子在簸箕里跳起的集体舞蹈。

你先洗把脸，进屋歇着去。簸完这半袋我就给你做饭。马兰口里说着，手中一刻也没停，仍然哗许哗许地掀动着。

黑蛋本来想问点什么，但是看见女人脸上洋溢着的笑漪，张了张嘴，无声地进了屋。他伸了个懒腰，长长地打个哈欠，鞋也没脱，头冲里斜躺在了火炕上，眯缝眼睛打起了盹。他真有些累了，不只是身子累，心也累。他预感到肯定出了点什么事，可是大家似乎都瞒着他，都不愿跟他说。

是小瓦吗？小瓦出了什么事吗？

他就这么想着想着，竟还真睡死过去。

是在县城里了，影影绰绰的黑天，只望见前面街口处有一大红的灯笼。一干人鱼贯进了前堂。他记不得是跟着谁了，总之好像刚刚喝了酒，醉醺醺从饭店出来，直接就奔了挂有红灯笼亮着粉红灯光的地场。

小瓦吗？他想，他怀里抱紧的温柔之体在他的召唤中抬起头来，不是小瓦，是一个长着黑森森髯须的家伙。他一吓，松了手，却见隔壁床上一起一伏的男人身下，传来小瓦那刺激耳膜的呻吟声。"啊啊……哦，啊啊……哦。""小瓦，小瓦！"他大喊大叫，拼力一挣，醒了，睁开眼，见马兰欠身坐在炕头。

"你大呼小叫的，喊的啥？"马兰问。

"做了个梦。"他站起身，去灶房洗脸。马兰早就做好了饭，热气腾腾摆满一桌子。

"老二哩？"

"去前村他姥姥家了。"

他端起碗，是煮得稀烂的大馇子放小豆。

"你不喝二两？"马兰笑吟吟问。

"不了。"

"喝点吧，解乏。"马兰给他端上半杯酒溜子高粱烧。"我还专门炒了茧蛹呢。"

有一段日子没喝酒啦，他端起杯子抿了一小口时，瞥见女人的眼角，竟也爬上了细密的鱼尾纹，就把杯子里剩下的，一饮而尽了。

后来他们收拾停当就上了炕，不紧不慢地做了一回那事。事毕躺在被窝里时，马兰才给他说，"小瓦有一段日子没回来了。"

"她到底去哪儿啦？"他装作平静地燃起一根香烟问。

"你听说过二道河子有一个人贩子刘老疤吗？小瓦就跟他勾搭上了。前几天还坐那汉子的车回来取过衣裳呢。"

"驴尽的东西，"他唰啦起了身，伸腿够地上的拖鞋。

"你要干啥嘛？"马兰慌慌拽住他的背心。

"我找那个忘恩负义的王八蛋……"他一边套裤腿一边说。

"你现在去还不是丢人现眼，"马兰也坐起身，一边穿外衣一边道，"再者说啦，拽回来身子圈不回心，那小瓦本来就不是块好干粮。"

黑蛋想了想，狠狠将手中的衣裳搋到地上。

第二天清早，村长打发会计狗剩通知他，中午到村长家吃饭。他本来心里有事，不想去，又碍于村长的面子，末了还是去了。

"来来来，"刘草帽倒蛮热情，说，"修长城的英雄下山啦，咋说也是给咱黑虎山村争光，我这做村长的能不犒劳犒劳？"说罢就往炕头让他，大家谦让一番，这才纷纷坐定。

桌上除了会计狗剩，还有村小校长刘有钱、民兵连长石头和跑腿学舌的老灰。

几只酒盅叮叮当当撞在了一起。

酒过三巡，刘草帽笑眯眯举起酒盅，说，"这一盅呢，是我要单敬黑蛋的，一是对你修长城的壮举表示钦佩，二是村里有一事呢还想请大兄弟伸出你那强有力的手帮忙。"

黑蛋来时就猜测，村长请客，不知葫芦里卖的什么药，如今见这话头，情知肯定又是要从他兜里掏票子的事。果然那刘草帽一边笑一边就提出了重修村委会办公室的事。黑蛋说，"去年不是捐过钱吗？"刘草帽说，"去年捐的修了村小学的教室，再穷不能穷教育嘛。"

"可是我的钱都用在了造长城上了。"黑蛋着急地解释道。

"咳，谁还不知道你黑蛋的能量哩，连长城都修得起，更何况村委会那几间破草房？"

"那是那是，黑蛋哥的能量，比当年黑三爷还厉害哩？"老灰油嘴滑舌在一边烧火。

黑蛋皱皱眉，"你咋把我比作那恶霸地主？"

刘有钱连忙说，他不是那个意思。"来来，哥几个再走一个！"

那天的酒宴，黑蛋越喝心里越窝火，不知不觉就喝过了，末了哇地一口吐了杯盏狼藉的一桌子，待到被人扶回家，竟死狗一样一觉睡到第二天太阳照腚时才醒转过来。

他的头裂两瓣一样疼，他说，"水……水，给我口水呀。"屋子里却一个人也没有。

八

每年一到腊月，村子里都组织起一拨高跷队。黑蛋是个高跷迷，也是远近十里八村数一数二的好跷把式。今年他仍是黑虎山村的跷头，整日里和大伙在小学校的操场子上排练。唢呐呜里哇啦地一响，牛皮大鼓就敲出了熟悉的激动人心的点子来。年味儿也就越来越浓了。家家户户开始蒸年糕、烙牛舌饼、包豆包、炸果子……一整个腊月，都是在忙忙碌碌的喧嚷中忙过去的。

一进入正月，各村的高跷队便开始走村串屯活跃起来。除了在乡里集中表演，更多的热闹还是村与村之间的比试，乡下人称之为汇跷。那时辰，唢呐匠们的腮帮鼓成牛卵样，鼓槌差点敲破了牛皮鼓面，男女老幼姑娘媳妇全都汇一起看热闹，叫喊声喝彩声响彻冬日的云天。

黑蛋身着青色的跷头服饰，手执长鞭，矗立木跷之上，威风凛凛。只见他展、转、腾、挪，一个动作连着一个动作，舞得热烈火爆，舞得沉醉忘情，不时博得场外观众的鼓掌叫好。

邻村的跷队也不示弱，一边抖擞精神旋风般跟了上来，一边加快节奏变换花样，企图压过黑虎山村的跷队。但黑蛋哪里服软，他一个口令，全队便翻跟头、叠罗汉，露出拿手绝活，一时鼓点如炒豆，唢呐如龙吟，跷上队员个个似天兵天将布阵下凡，看得观众眼都直了。

就在黑蛋大汗淋漓扭入高潮时，一刹那，似乎瞥见人群中有一熟悉的面孔一闪，待到又要细瞅，竟遍寻不着，心下焦急，一侧身出了人群，就见那女子上了一染成黄毛的男人的摩托，嘟嘟冒一股黑烟，消失在街角。

"小瓦……"黑蛋失声叫了起来。

这一年的春脖子短，一过阳三月，天气就骤然暖和得有些令人措手不及。黑蛋早早拉起去年的队伍上了山。由于有了去年施工的经验，又加上黑蛋从山下至山顶架起驮运水泥砖块的钢索滑轮，俗称蚂蚁篓子，工程的进度就明显加快起来，到了立秋前后，已顺利修建古长城一千八百米，烽火台三处，敌楼十二处。远远望去，那仿古长城蜿蜒若苍龙，古朴凝重，竟也气势宏伟，几可乱真。

乡文化站有一爱写点豆腐块狗屁文章的家伙，绰号小秀才，听说这件事后，专门跑到黑虎山上采访。又是拍照片又是问数据，又是跑到黑蛋家了解实际情况，文章很快见了县报和市报。这一下可热闹了，市电视台正在做一期文化之旅的专栏，正愁没有好素材，听说有位农民自掏腰包修长城，台长如猫闻到了鱼腥味，当即派出记者和摄影师们赶了来，迫击炮筒一样的家伙齐刷刷对准了黑蛋及其家人。采访车在黑虎山村的土街上往来奔突，引逗得那些脏头土脸的大人孩子一窝蜂相跟着看个稀罕。是啊，在黑虎山村的历史上，还没有哪个人物能这么风光哩，这可是庄户人家祖祖辈辈难得一见的大事哩。

"啧啧，"老灰的女人眼馋得直咂巴嘴，"你看人家黑蛋，硬是祖坟冒了青烟，名传大发啦！"

会计老婆也附和，"就是就是，祖宗积德呢。我家狗剩要有这一天，给他当牛当马也值了。"

边上的老灰笑道，"你本来就给狗剩当牛当马骑了，还要咋的？"

猪倌小柱子们就都哈哈大笑起来。

"你个死老灰，咋的，你也要骑咋的，你来骑呀，来呀！"

狗剩媳妇说着就去拽老灰的裤腰带，吓得老灰抱头鼠窜。

"该，把你个死鬼骚的……"老灰老婆也骂。

这些日子，黑蛋的光辉事迹和光辉形象反复在报纸、电视出现，他成了远近十里八村的大名人啦，无论赶集串亲，总有人指指点点，说，"看见了吗，那个黑黄面皮的汉子就是造长城的能人哩！"

"是哩，看着就跟凡人不一样！"

现在，古长城的修造按照黑蛋开初的设计只剩最后一个标志性建筑——黑虎山顶峰的烽火台没有完工了，但是黑蛋早已囊空如洗，一分钱资金也没有了。工程太过浩大，他想把小瓦走后空着的那栋楼房卖掉，但是张罗几个月，村里村外竟没人肯买。转而他又央求工程队宽限些时日，他一定把工钱一分不差地发给大家。但工程队的头儿说，"老板呀，你已经欠大家几个月的工钱了，我们也等米下锅嘛。"万般无奈之下，他只能以所有的家产房契做担保，向信用社贷款；又叫马兰在古长城的山脚设一收费卡，向前来观看的游客收取门票以解燃眉之急。然而由于仿古长城没有得到更大范围的宣传，来客寥寥，又加上基本都是县内游客，这个领导批个条子，那位亲戚打声招呼，能真正收到钱的客人凤毛麟角。一时间，黑蛋的工程几乎陷入困境。

几乎就在他焦头烂额到处跑钱时，一天傍晚，一直没啥动静的村长刘草帽派老灰找到了他。

九

村长刘草帽跟黑蛋有仇哩。这种仇不是实实在在摆在那儿的，是刘草帽自己心里这么认为的。他觉得黑蛋就像好端端一碗米饭里的一粒拣不净挑不出的沙子，硌他的牙口哩。

首先是黑蛋这家伙有想法。有一次乡上号召种葫芦，刘草帽回村开会贯彻，村民们都没啥意见，就黑蛋在底下说，种那玩意儿弄不好就亏在里了。这是黑蛋的原话，后来果然亏在里啦。但刘草帽才不管你说中说不中呢，刘草帽觉得有人胆敢在大伙面前带头抗"旨"，就是大逆不道，就是他的敌人，敌人还没有仇吗？

转过年村委会换届，村民投票选举。刘草帽觉得他继续当他的村长是一件板上钉钉的事，没啥惊险内容。偏偏半路上杀出个程咬金，有一小伙村民串通一气要另选他人，搞掉他这位当了十几年村长的权威。这还了得，黑虎山村在刘草帽眼里俨然已成为他的黑虎山村了，有人对他耍阴谋无疑是要谋反，是不把他刘草帽当一盘菜呢，但是他倒不恨那些上蹿下跳的村民，他恨的是被推举上来的候选人，也就是黑蛋。好你个王八羔子，你硬是让我丢人现眼，我就让你好看！他连夜动员刘姓族人走村串巷，发动群众，最后终于以一票之差当选。当然那一票是他自己投自己的一票。

此外，黑蛋挖河磨玉成了暴发户，这也让他气得不行。本来那财应该是他儿子——小学校长刘有钱的，怎么成了你黑蛋的？你黑蛋若不是在刘有钱前期投资挖掘的基础上，你能挖出那些宝贝？再者说啦，如果当初不是刘有钱了解细玉沟的那段历史，提出建议，也不可能有了后面的事体，你黑蛋怎么能和刘有钱比呢？大字不识一筐嘛。

最让村长刘草帽气难消的是，那个王八蛋竟一连搞了三个老婆，还一字排成三座小洋楼，比过去的恶霸地主黑三爷都牛，这还成什么新社会了。再者说，他堂堂一村之长也没有明显显的三个老婆侍候着哩。他堂堂一村之长看上村里哪家媳妇姑娘，还得避人眼目悄没声的，偷鸡摸狗般翻墙跨窗才敢搞的。是呵，一想起搞点破鞋的事，刘草帽就鼻子发酸，心里憋屈得慌，那村里一朵花一样的二丫归了狗日的黑蛋，他却连腥味也没闻着。呸——还有那个骚货小瓦，都说那女人在床上功夫了得，叫起来比三弦大鼓二人转还让人着迷哩，他也连个头发丝都没碰过。哎哟哟，如今又撒丫子跑了，跑得无影无踪音信皆无，真是可惜了呀。

现在，那个无法无天的黑蛋又修什么长城，招风惹雨的，整个一个黑虎山村是搁不下他啦。他光彩四射，我刘草帽就黯淡无光；他又光荣又快活，我刘草帽就又落威又可怜；他今儿个能修个长城，明儿个就敢修天安门城楼了嘛！好在我现如今还是村长，还大权在握不是，量你也蹦跶不到哪去。你就是那大闹天宫的齐天大圣孙悟空，我也要用五指山把你压下，压他个五百年八百年的，看你还能闹出什么花样？

他让老灰去给黑蛋捎个信，可是老灰上午去了，回来却说黑蛋忙，暂时没空，把个刘草帽气得火冒三丈，又把老灰骂了个狗血喷头。

"你还能干什么，啊，找个人你都找不来，你个窝囊废！滚，你再去给老子找！"

老灰的老婆对村长耍赖，"你损老灰就像损孙子哩。"村长说，"我日你就像日自己老婆哩！"正好屋子里空荡荡没有别人，村长就一把将老灰老婆摁倒在里屋的炕上，将心头一腔怒气化作了对那嗷嗷乱叫的女人的欲火，痛快淋漓地大干起来。

傍黑，黑蛋如约来到村长家。见会计狗剩、老灰和村小学校长刘有钱都在座，大伙眼巴巴看着炕头端坐的村长。村长正聚精会神翻来覆去看手头的那张纸。

屋子里一屋的烟。

黑蛋也悄没声坐下，也随着大伙盯那张纸看。

末了，村长喉咙里咕噜响了一下，抬起头，笑眯眯对黑蛋说，"你呀，你比三国里的诸葛亮还难请呢！"

黑蛋赶忙解释说，"工程缺款子，正到处筹集呢。"

刘草帽抖了抖手头那张纸，说这是他与黑蛋签下的租山协议。他清了清嗓子，又看看周围几位，郑重其事地对黑蛋宣布：

"经村委会集体研究决定，收回黑虎山，原先签订的协议作废。"

黑蛋一听急了，霍地站起来，说，"条款清清楚楚写着，承租三十年，咋才不到三年就要作废？"

刘草帽喉咙里依然咕噜噜响一阵，笑了，说，"亏你还是个大能人呢。签了合同不假，可那是我签的，又不是村委会签的，村委会大还是我大？唉？"

"你……你，你这是要无赖！"黑蛋铁青着脸，嘴唇颤抖着，一时一句话也说不出，后尾他跺跺脚，说，"狗日的刘草帽，我要上乡里告你！"

刘草帽笑眯眯地挥挥手，"告吧，告吧，愿上哪告告去。"他望着一跺脚冲出屋子的黑蛋。心里这个乐呀，比干那种事还乐。他叫过老灰和刘有钱，如此这般吩咐一番，两个人鸡啄米般连连点头，也急匆匆出了屋子。

转天，黑蛋正在家里愁眉苦脸筹划怎么去上边告状。

猪馆小柱子慌张张跑来告诉他，"山上有几个人在他的古长城上东瞅西看的，还在小本本上记着什么。"

马兰说，"不会是记者吧。"

小柱子摇摇头，"不像，没带炮筒子（指相机）。"

那会是谁呢，黑蛋也猜不出所以然，管他哩，他继续在炕桌上写他的状子。

但是过了不一会儿，有人就在他家大门口拍门啦。

"是黑蛋家吗？"

马兰应声出了屋，见门台阶那儿立着三个陌生人，就问，"你们找谁？"

"我们是乡林业站的，找黑蛋有事。"说着，一个人还亮了亮什么证件。

这时黑蛋也出了屋，他影影绰绰认得其中一个连腮胡的汉子是乡上的人，便客气地请他们进屋。但那几位冷着脸严肃地说，"我们今天来，是有人到乡上告你滥砍盗伐，破坏林业法。今天经实地检查，查出你共私自采伐榆树、槐树、青冈柳、核桃楸和黄菠萝一百五十余棵。"连腮胡子瞪起眼珠说，"跟我们走一趟吧！"

"去哪？"马兰怯怯问。

"滥砍盗伐是犯了国法，哼，弄不好得蹲大狱！"后面的两位凶巴巴道。

"天哪！"马兰扑上去，抱住黑蛋就哭喊开了。

"走吧。"连腮胡毫不留情，一个劲儿催黑蛋跟他们走。马兰一边哭天抹泪，一边央求来人高抬贵手，放过男人，但是黑蛋还是被他们推搡着带出了院子。

"大哥，好大哥哎，"马兰一把抱紧连腮胡的大腿，抱得死死的。"你松开！"那人使劲甩了几下，竟未甩脱。"你这女人，你这是干吗嘛？"他气急败坏地狠狠推了一下马兰的膀子。马兰拼力揪住他的裤带，不想就把裤子拽掉了，露出里面的大红裤衩。双方都愣怔一下。也就一瞬间，连腮胡急忙往起提裤子，但是马兰拽紧皮腰带不松手。两个人撕扯一阵，男人急眼了，冲女人身上狠踢一脚。女人也气狠了，一把扯开上衣扣子，口里狂呼大喊，"流氓啦！乡上干部耍流氓啦！"口里喊着，手也不闲着，冲那男人裆部抓了一把，抓得连腮胡子哇哇叫。

十

那一天，乡林业站的一伙人和马兰、二丫、黑蛋等村民在村街上尘土暴扬滚作一团时，村长刘草帽终于出现在众人面前。他既呵斥了披头散发敞胸露怀的马兰的哭闹，又阻止了气势汹汹气急败坏的连腮胡一行，末了撒手的撒手，放人的放人，以高得吓人的一万元罚款而告终。

刘村长真是做了大善事哩！村人们议论纷纷，就都有些怨怼黑蛋起来。好好的，有那钱不如买只羊大家喝羊汤啦，或是请个剧团演两场戏也是一件公益好事嘛，何苦弄那冷冰冰的长城，又不能当娘们搂，活该！

黑蛋满心冤屈回了屋，看着那罚单又气又恨，不觉气火攻心，大病了一场。马兰找人开了几服中药，吃了半月，渐渐强些。还未下地，那边县上又来了两拨人，也都举着明晃晃的罚款单。一处是计生委的，说他超生多胎，要罚两万；另一处是城建规划的，说他没有建筑手续滥建违规工程，不仅也要罚款，还勒令他限期拆除。

接下来的几天，不断有人寻上门来，穿制服和穿便装的，戴大檐帽挂红胳臂箍的，总之络绎如蚁的队伍不断开进黑虎山村，下了车都直奔那三座耍怪小洋楼，进门便狮子口大开。这家扯一万的单子，那家扯三万的单子，把个一向自以为傲的黑蛋罚个眼蓝。

暮春的傍晚很是清寂，事先他没听到任何风声。是啊，这种事儿，傻子才会告诉他哩。黑蛋就着一碟花生米喝了二两酒。酒是好酒，当地产的粮食酿，劲儿大，咽一口下肚，胃里便像栽了火苗子，直往脑瓜顶钻。自打遭受一连串变故之后，黑蛋又养成了每天晚上喝二两的习惯。他不喝不行啊，他不把自己弄晕乎了，两个眼皮就不打架，他就翻来覆去睡不踏实。

"人哪人……"黑蛋一边喝，一边就常常这么感慨。他喝了酒就吃不下饭，所以一天比一天消瘦。马兰说，"你这不是自己作践自己吗？他们不把咱当人，咱自己就更要把自己当人，活他个人样给他们看看。"

黑蛋摇摇头，吱——又整下去一盅，脸就更黑更红了，像一块在铁匠炉中烧红的铁板。他说，"人哪人哪！你不知道啊……"

马兰就笑了，"我咋不知道，土埋半截的人啦，我啥不知道？"

"你不知道哇，你不知道……"黑蛋的神情有些凄然。

春夜苦短，远处传来几声狗吠，沉寂的村子就显得更加落寞了，院子里的家畜家禽听到响动，也叽叽喳喳回应，烦躁不安起来。

忽然起了一阵阴风，吹得门扇窗牖呼啪乱响，马兰起身去关了窗子，屋子里立刻暗下来。要下雨了，空气湿得要攥出水来。云团像一群受惊的兽群，黑压压地压上来。

马兰关上门，但是仅仅一忽儿，风就又把门狠狠推开，哐地摔到墙上，她惶惶迎过去想再度关紧时，冷不丁望见门框外突兀地立一人影，吓了一跳。

"谁？"她颤声问。

黑影动了一下，移到门内泄出的一缕光线下，是二丫。她披头散发，木呆呆立在那儿。

平日，二丫是绝不上这儿来的，她们之间从不串门，也轻易不讲话，陌生得好比路人，但是内心里，却有一种微妙的关系牵扯着，彼此都瞄着对方的一举一动哩。

"我找黑蛋。"

"进屋吧。"

"不了。我找黑蛋。"

屋里传出男人有些浑浊的话儿，"谁呀？"

"是二丫，"马兰回道。

"叫她屋里来，一家人咋不能进屋。"

二丫迟疑一下，大步流星走进里屋，黯淡淡的灯光下，炕上那个男人早已喝得有些过了，舌头被酒精烧得又硬又胀，眼珠恍惚地望了望她，说，"真是二丫呀，你……你……"

"我有事要告诉你。"二丫瞥了一眼紧张地站在旁边的另一个女人。马兰知趣地想躲开，但是被炕头端着酒盅的男人喝止住了。

"马兰你甭走。有啥事，说嘛，你说！"他的头微微晃动着，好像患了脑溢血后遗症似的晃。

"亮子……离了。"

"他离嘛，爱离离嘛，谁也没挡着。"

"是为我。"

"你？"

"嗯。"

"你要咋的？"

"跟亮子过去。"

"骚货！"

"随你骂去。"

"骚货，骚货，欠操的！"

"这是钥匙。"

"你滚，滚得远远的，别让我看见。"

"不用你提醒。"

二丫慢慢走到门口，这时院子里电光闪闪，雷声大得吓人，豆粒大的雨点子噼噼啪啪落下来。

屋子里另两个人张大眼睛，直瞪瞪看着门口那个女人的背影。她似乎低低说了一句什么，但是他们没听清，就见她一头扎进雷雨之中，一跳一跳跑远了。

雷声响成一片，暗青色的闪电扯得雨雾中的村庄像遭了天火一般。黑黝黝的山梁、一丛丛树林和低矮的屋舍如鬼魅般在电光中闪现一下，又跌入无底的黑暗中去了。

咔嚓，又是一个响雷，似乎就在屋顶炸响，梁灰噗噗往下落，屋里似乎有一股浓浓的硫黄味儿。马兰吓得浑身一抖，"妈呀，雷神发怒啦……"她喊，拼命想关住又被风吹开的窗子，但炕头的男人却仿佛什么也没听到，他的眼睛完全被那亮晶晶的酒瓶迷住了。他一边哧哧窃笑着，一边抓起酒瓶灌下一大口。"哧哧……好笑，好笑，"他说。后来，他终于忍不住似的哈哈狂笑起来，一边笑，一边摇摇晃晃下了地，就在边上女人惊恐的目光里，踉踉跄跄走了出去。

十一

"雷公电母啊，你把我黑蛋劈成八瓣才好哩。"黑蛋一边跌跌撞撞往前走，一边不住地望天吼叫着。他在泥泞的村口遇见赶着猪群回来的小柱子。他好像什么也没看见似的，不避不让直接突入了吭哧乱叫的猪群中。

"黑蛋叔！"小柱子喊着，拼命想拢住受了阻挡惊慌乱吼的猪们。风吹得树梢发出哭似的呜咽声，雷声隆隆，雨点子打得村街上的浮土噗噗乱响。本来猪们就受了雷雨的惊吓，现在又遇上了一个胡言乱语呵呵狂笑的大男人的阻碍，它们就更加怒气冲冲，汹汹地互相撕咬着，挤破了道旁一家的篱墙，漫进了那家菜园。"出来呀，出来呀，不听话的畜生！"小柱子跳着脚，哭叽叽喊叫着，但是一点用也没有，猪群从院门里漫出，又沿着土街狂奔，雾气中到处都是黑色的猪粪的臭气和闪电的硫黄味儿。

"呵呵呵，呵呵呵，来吧，劈吧，劈成八瓣十瓣才好呢！"

飞沙走石中，那个酒气熏天的男人快活地叫着，猪倌在瞬间照亮的电光中瞥见一张扭歪的骇人的脸。

"他疯啦，黑蛋叔疯啦！"

刚从村长家提上裤子的老灰女人问，"谁疯了？"

"黑蛋叔，黑蛋叔疯了！"扯着一片塑料布弓着身在雨雾中顶风行走的女人惶惶地抬起头，看见一个幽魂一样的身影，飘飘忽忽去了村后的老黑虎山。她觉得那个东西根本就不像人，而像水汽中的一团乌云，迅疾地飘上了黑森森的林子的上空。就在她一愣神工夫，狂风从她手中抢过了那张上下舞动的塑料，呼的一下也向远处飞去，像一只展翅翱翔的苍鹰。

"鬼，鬼……有鬼呀！"老灰女人喊，然后抱着头鬼哭狼嚎地向家中奔去。一只凉鞋甩起来，无助地落入了路边的柴火垛上。

黑蛋是沿着湿漉漉的长城台阶一级级爬上山的。他步态婀娜多姿，毫不费力，攀缘那些陡峭的台阶有如神助。风在耳边叫啸着，嬉戏着，一会儿揪扯他的头发，一会儿扇打他的耳光，一会儿又将他的衣襟鼓荡成帆……而雷则是紧追着他的脚后跟、他的后腔梢一个接一个在打。一个炸雷，把山崖上的那棵百年老松劈着了火，火在暗夜中燃烧，像一根熊熊火炬；另一个炸雷又把不远处的一块岩石炸成齑粉，石屑哗哗溅了他一脸。"雷公啊，我黑蛋一点也不怕你，你敢打我吗，你打一下让我看看，噫……雷公也欺软怕硬，雷公它不敢打我，雷公他听信我哩，嗬嗬嗬。"黑蛋一边仪态万方地向上爬，一边不忘继续往喉咙里灌酒。后来，酒不知是喝光了，还是被他跟跟跄跄的脚步给洒光了，他举起来倒了几次，竟一滴也没剩下，气得他狠狠将空瓶向雷火处掷去。

"给你吧，驴尽的东西！"他骂道。

但雷一点也没有离开的意思，雷贴住城垛口的墙体打，猛烈而又凶狠。有一刻，黑蛋感到全身都被罩在那种炫目的蓝光里了，他的肉体被整个罩住了，成了烧黑起泡的焦炭。或者，他的骨头成了灰烬，他的皮肤成了一堆焦肉。他浑身发抖，战战兢兢，牙齿互相击打得快碎了。

"我完了，我还张狂个啥？我前世肯定作恶了，遭到了天老爷的报应！天老爷要惩罚我哩，天老爷叫我平白无故地发财，又稀里糊涂地修下这么个鬼玩意儿，天老爷在看我笑话哩。哈哈！"

"天老爷呀，你看吧，看吧，看我这条狗在自己造的这个玩意儿上丢人现丑，撒疯耍怪，你高兴了吧。"

大雨如泼，闪电像谁点燃的导火索，在墨似的天边蜿蜒蛇行。他现在正在攀爬那座点将台的台阶，一串火球蓦然从高处骨碌碌滚下，撞到水泥垛口上，发出瘆人的蓝色弧光。黑蛋吓了一跳，像被击中一样呻吟一声，摔倒在地。他泥泥水水重新爬起身，倔强地继续向上攀爬，口里还哼着不成调调的曲子。

"孟啊姜女呀……千里那个寻啊寻啊……个夫唉……"他又滑了

一下，所幸没有跌倒。现在他终于爬上了点将台的顶端。豪雨如注，雨水顺着他的头发梢往下流淌，他伸出巴掌抹了一把脸，极目远眺，远处的村庄整个被雨帘遮挡住了，变成青雾似的模糊，而黑灰色的他亲手建造的长城，却起伏逶迤，蟒虫一样一直延伸至他的脚下。

"这是我修造的，我一砖一瓦修造的……"他喃喃咕哝一句，声音在黑虎山广袤、博大、寒苦的苍穹里回旋着，身子却慢慢瘫软下来，像是无骨一样倚坐在水泡明灭的城垛处。他想起小时候，他和小伙伴们在村前的河边嬉戏的情景，扎猛子，摸鱼儿，在细柔柔的沙滩上构筑城堡。他和小伙伴们齐刷刷掏出小鸡鸡，冲着堆起的沙丘撒上一泡热尿，待尿水与沙子凝成湿块时，用手将其起出，然后砌成古城堡……

那是多么美丽的时光呵！可惜，一切都像射出去的响箭一样，很快就逝去了。

逝去了，咋就逝去了呢？他用拳头捶击着冰冷的城垛，直播得手臂发麻，指头上的血和一小块皮粘在了水泥缝隙里。

他哭了，是那种牛哞一样的号啕大哭。

是压抑得太久太久的，泣不成声的长号。

是一个活在莽莽苍苍的辽东山峦中虫豸一样的家伙因曾经有过的狂妄、幻想和被打击、轻薄、嘲讽之后冤屈无助的哭号。

他浊泪长流，全身痉挛。

雷雨渐渐小了，沟底发出的惊心动魄的水声蓦然壮大起来，溪流激起蒸腾的水汽使黑虎山头阴雾漫漫。

酒一定是喝多了，也不知他在这儿坐了多久，黑蛋觉得腹胀难受，便摇摇晃晃站起来，想酣畅淋漓尿上一泡长尿，但是水淋淋的垛口太滑了，他还没来得及发声喊，人早就哧溜一下，跌入深谷。

十二

那一晚，是马兰带人漫山搜寻，才救了昏昏沉沉不省人事的黑蛋一命。他的腿摔脱臼了，幸好没有伤及骨头。村里会治病的兽医给他复了位，又将息疗养半月，这才颤颤下了地。当他重新出现在树荫下乘凉的村人们中间时，以往那个刚猛生硬的汉子不见了，展现在人们面前的是一张病恹恹的黄蜡似的脸，和一副瘦成一根筋的身子骨。

他无声地蹲在旮旯，人们笑，他也笑，人们沉默，他也一言不发。到了吃晌饭的辰光，听见马兰远远一叫，他便直起腰，拍拍屁股上的土，慢慢去了。

他的三栋小洋楼都被要债的和收费的抵顶了去，现在他和马兰住在村西的老房子里。那是一栋泥坯草房，又潮又暗，门窗上的几块玻璃缺损了，就临时用一块塑料布钉着。那还是他父亲遗下的可怜家产，后来废弃多年，如今成了老鼠们的天下。

他把屋子重新拾掇一番，搬了进去。

他在收拾偏厦里那口松木大柜的零碎物件时，发现了一个油纸包，打开，是一捆导火索和几支雷管。那还是他在细玉沟找玉矿时，从武装部一个朋友手中弄来的，后来一直没使上，就收在了那口装满杂物的木柜里。现在，在尘埃弥漫一片狼藉的破烂中，当他把漫不经心的目光重新搁到这些旧物上时，他的心咯噔一声动弹一下，他有些麻木的心咯噔一下被什么东西刺中了，畅快淋漓地刺中了。

那根蛇一样盘在一起的导火索哧哧吐出毒焰，冒出一股恶意的青烟……

他笑了，像个傻瓜一样笑了。

村长刘草帽在家一连吃了五个鸡蛋。今儿个是他生日，早上他就吩咐老婆给他煮鸡蛋，煮它十个鸡蛋，但他一连吃了五个就噎得直打嗝，硬是把香喷喷软颤颤的蛋们吃出了鸡屎味儿。

嗝，他喉咙咕噜一声，翻翻白眼儿。

看见他女人，他两只手胡乱挓挲一下，意思是水，快弄水来。女人麻溜颠着碎步奔向水缸舀来一大碗凉水。刘草帽接了，咚咚狠灌几口，良久，喉咙里又嗝的一声，缓过气来。

这几日他高兴哩，简直高兴死了。他没料到黑蛋会输得那么惨，那么不经收拾。哼，谁不老实，谁想起皮瞎折腾，老子就给他个眼罩看看。

孙猴子还能逃出如来佛手心？这是他总挂在嘴边的话。

现在，他正盘算着，怎样下一步把那水泥长城收归村有，收归村有也就是收归他刘草帽使唤。在这黑虎山村，除了天老爷，还不是他刘草帽说了算！

他翻翻眼皮，又王八盯蛋一样瞅着第六只熟鸡蛋，他不知是该再吃一个哩，还是就此打住。今儿可是他人生中的一个节日哩。

后来他就听见轰的一声闷响。

街上有人在跑，慌慌的。

一定又出了啥事情啦，奶奶的，一定又出了啥事情了……

“去，看看去。”他朝女人吩咐。但是门嘭的一声被撞开了，老灰愣狍子似的一头闯进来，把正在门口的女人撞个大腚墩。

不好啦！老灰甚至没顾上滚在地上的女人的呻吟，失眉吊眼地说，"不好啦，长城……长城被那小子炸啦！"

"谁炸了？"

"黑蛋！黑蛋把长城炸啦！"

刘草帽的脸白了，手里的鸡蛋啪地掉落地上，喉咙里又嗝——嗝地打起了响嗝。

黑蛋炸塌了他那长城最高处的烽火台，乡派出所那台破吉普拉着警笛，暴土扬尘开进了村，一直开到黑蛋家门口。黑蛋仿佛知道有这一天似的乖乖伸出手，温顺地让戴上铐子，末了还冲四周围观的乡亲们笑了笑，就低头钻进警车。

警车又呜哇呜哇尖啸着，一溜烟开走了。

这时才反应过来的马兰蓦地大放悲声号哭起来，嘹亮的哭音在夏日阴沉闷热的穹窿久久回荡着。

第二天的晚报登了一条新闻，黑虎山村农民怒炸长城。

文章登在娱乐版，长城二字很醒目，不过是带引号的。

据传，黑蛋不久即被放出，警察们是冲雷管炸药去的，他们盯的是罚款，是钱……至于黑虎山上那条用劣质水泥块堆砌起来的东西，任谁也不知该拿它怎么办了。

2007年3月

白旗沟的黄房子

一

在乡下，生产队散伙之后，最热闹的地场就数村中的小卖店了。自打日头慢腾腾地从东边的唐大山上青森森升起，谷草垛村的小卖店门前，就开始仨一群俩一伙地聚起人来。叼旱烟袋的上年岁老汉，纳鞋底织毛衣的老妇小媳妇，还有穿得土艳的脸上揩些廉价雪花膏的半大姑娘们……在乡下，如今青年小伙基本上比较少见了，就像山梁上沟岔子里绝少见到一搂粗的树。他们大都到城里打工去了，剩下些壮年的汉子，不是腿脚不利落的残疾人，就都是没啥"武术"的窝囊废，四喜子就是这路货色。

他是到小卖店赌牌——"敲一"或是"漏斗"，这是当地最火的赌法。一伙人聚在小卖店后屋，没白天黑夜地狂赌，甩牌甩得膀子都麻了，钱票一会儿进了那个挎兜，一会儿又小山一样堆在这个的桌前，后来有人青了脸，眼珠子瞪成灯泡，啪地拍出一把菜刀。另一个也红着眼，口里牛一样喘粗气。哗地撕开衣前襟，不是让人往那儿扎，而是露出腰带上的一排明晃晃的匕首……空气一时僵住，双方蛇头一样对峙起来，末了又都软下去，搅起浑水重来。

但是今天小卖店没有这番风景。今天小卖店像冬日收净庄稼的大地一样冷清，除了几个上年岁的老人蹲在墙根下晒太阳之外，就剩下二罕的媳妇明娟和老板娘草丫有一搭无一搭地闲唠。老牛倒刍一样有滋有味地磨着牙口。

明娟说，"我怀柱子时，嘴里馋榛子馋得跟啥似的，明明知道老东西柜子里有，可就是不好意思自己去讨，脸皮薄嘛。二罕知道了，跟他妈张过两回嘴，老东西硬是没给她儿子面子。"

"我家那老妖精还不一样，整天打扮得像跳大神儿似的，长马脸本来就黑，抹上白底粉就像上霜的驴粪蛋，别提叫人多恶心啦。我坐月子那会儿，正是寒冬腊月，鸡蛋金贵，她就天天给我炸鸡蛋酱吃，说是这么吃省，害得我现在也不敢吃咸的。心眼别提多黑了……"

她们这是在说自己老婆婆的闲话。媳妇总是婆婆的冤家。俩人正唠得起劲儿，四喜子敲着桌子说，再打二两。他是村里的混混——一个酒鬼。见了"八加一"（酒）就没命。自己又穷得裤裆摇铃铛，所以每次来都赊账。草丫知道指望四喜还钱就像盼望公鸡下蛋一样，所以就没好脸色地斥打他，"别给脸上鼻梁，没啦！"那四喜却嬉皮笑脸地嚷，别介呀，草丫姐，我四喜子还少往你这儿送钱了？以前每次赌牌，不都给你甩红！如今没的人赌了，又怪不得我，你拿我撒啥气……

酒鬼子的话分明是有刃的刀，草丫脸愧了愧，磨身去酒缸那儿，又浅浅给他打了半杯，眼光却凶凶剜那男人。"就这一次啊，别娘们似的老翻旧账！"

四喜子见了酒，面糠脸上的那两粒老鼠屎的眸子早蹿出火苗来，一边咂巴嘴，一边点头哈腰忙不迭溜一边快活去了。

这当儿，有一辆破吉普拖着黄尘从大路上寂寂走过来。

"干啥呢？"

大伙就都傻鸭般伸长脖往远处眺。正是春二月的尾子，天地苍苍茫茫，曲里拐弯的土路边凄然立几棵老槐树，枯瘦的枝条在仍然有些凛冽的冷风中落寞地抖动着，忽而又被轰然炸起的山雀团子的叫声淹没了。

车子走得急匆匆。红成猴腚的四喜子的脸还没从懵懂里惊醒过来，他们已经绕过村口的土坎，一直奔村西而去。一只狗懒懒叫一声，立刻引起另几只的附和。村前阳坡上，几个燎荒拾掇地的人影子也直起腰，呆呆地也瞄起那辆颠颠簸簸的破车来。

就在大伙正疑惑的时辰，眼尖的草丫突然失声叫起来，"是警车！"草丫这么一叫，正端着酒盅的四喜子的手猛劲一抖，酒液洒了一地。他惊慌地仰起脸，却看见草丫的脸白得吓人。

是啊，草丫不能不怕。五年前，她弟弟大军子就是因为赌钱赌红了眼，一刀扎死了前村的二亮被判了死罪的，后又在乡里的河滩那儿挨的枪子儿。这事大伙都知晓，草丫没理由见警察不怕。

但是今天，那顶盖上晃着灯的怪物却不是冲草丫来的。他们一路怪叫着直奔村西，越过村子正中的土烟房，又绕过村小学墙外的打谷场，一直开向门口有个池塘的那三间新盖的红砖瓦屋门口。随着两个戴大檐帽的陌生人钻出车门后愈走愈近的脚步，坐在草丫对面的另一个女人的心脏便跳得一阵阵紧又一阵阵慢，尤其当自家的大门被那两位不速之客咚咚擂响时，浑身发抖的明娟哼了一声，手里的针线活便掉在了地上……

二

明娟是一溜小跑忐忑不安赶回家的。这时闻讯赶来看热闹的村人早已围了密匝匝的一圈人，大家像看西洋景一样盯着那两个公家人。

乡下，寂寞呀！平日有个兔子大的人来，也会惹得村人兴奋异常，何况穿一身制服的警察！

明娟气喘吁吁到了门口，脸白得像个曹操，说你们找谁。为首的那个高个警察虎着脸问，"这是二罕家吗？"她说是。"叫二罕出来说话。""二罕……"明娟支支吾吾说不上来，却麻溜打开锁想往屋让来客。但是来客根本不买账。矮个男人一伸手，从怀里摸出一张纸条，在她眼前抖抖说，"二罕到黄房子找小姐，被派出所罚款，钱不够，打了欠条。"说着伸出手，两眼死死瞪着她，像要把她吸进眼球似的。

明娟听完，脑袋嗡的一下，木了。

过了一会儿，她嗫嚅道，"二罕没在家，能不能……缓缓。"

高个儿警察眼一瞪，冷笑道，"不认罚，还等着进城蹲笆篱子吗？"

明娟张张嘴，半晌说不出句囫囵话来。她瞄一眼立在四周兴致勃勃看热闹的村人，又溜一眼紧绷着脸的警察，脸上红一阵白一阵，心里又羞又气。正不知如何是好，她婆婆突然分开人群，一把抱住来人的腿，捶胸拍掌地干号起来，一副撒泼耍刁的蛮气势。

"作大冤的来，你咋不学好哎，你叫我这老脸往哪搁哎，你咋不随了你那死鬼爹一块堆去喽喂……"

"起来起来，"矮个那位不耐烦地跺跺脚，"这像个什么话，妨碍公务，你也得陪你儿子一块罚款蹲大狱！"

正当哭天抹泪的她婆婆一听，麻溜爬起来，躲到人群背后，全没了平日的霸气，再也不敢放赖。

明娟叹口气，扭转身惶然打开门，觉得那一刻就像被人扒光了衣裳。她一边淌着屈辱的眼泪，一边打开柜子的锁，拿出一沓票子，那还是她去年秋天采蘑菇、采山果，一分两元积攒起来的体己钱，平日连件时髦衣裳也舍不得买，如今却替男人还了风流债，这简直比当众挨了耳光还难堪。

"作死的二罕，等你回来的！"明娟愤愤地想，回来就跟他离婚！

下午的时间似乎过得特别漫长。猪在圈里哼唧，鸡和鸭在院子里叫。有一只鸡还进了灶房，跳上了锅台，扒翻了早上的半盆剩饭。明娟躺在洒满阳光的炕上，竟充耳不闻，理也不理。她的心阴暗得很，她的心不仅暗无天日，还隐隐流着血。

说实话，若不是人家指名点姓找上门来，若不是她目睹了自己男人那狗挠鸡刨似的几个字，她还真不敢相信，那平日蔫头蔫脑的男人会背着她做出这等丢人现眼的丑事来。

"黄房子，又是黄房子！"下晌草丫来劝她想开些时，就这么咬牙切齿咒骂过，好像她与那东西有不共戴天的仇恨似的。

其实，在此之前，明娟倒没少听村人讲过那个神秘的去处。黄房子的全称叫"两只蝴蝶歌舞厅"，但由于装修时把整个外墙涂成了艳丽的橘黄色，所以在灰乎乎的乡村里就格外抢眼，远远近近的种田人都管那儿叫黄房子，而真正的歌厅名号反倒无人再叫了。

虽说黄房子占用的是谷草垛村的地界，可因为歌厅离村子还有至少半里多地的距离，谷草垛人感觉上仍不把黄房子看成自己村的产物，更何况老板还是外地的呢。

自从村东大路拐弯处的山坳里建起这片黄房子，村里的男人们便人心惶惶，蠢蠢欲动起来，不断有人回来，神秘兮兮地描绘那儿的小姐如何如何白嫩，如何如何乖顺，又如何如何漂亮诱人。没脸没皮的四喜子就不止一次在小卖店炫耀，"那小丫头的奶子，啧啧，比发面馒头还暄乎哩！"

"你见过？"有人问。

"那当然。"四喜子就更得意了。"那小姐不仅让人管够摸，还会用奶子蘸雪花膏给男人满身蹭痒痒，蹭得呀……别提多舒坦啦！"

"闭上你的乌鸦嘴吧！"草丫每次听见，都啪地给他一巴掌，骂一句"没出息的东西……"可是如今，连老实巴交的二罕也去嫖小姐了，这让一向刚强的明娟如何经受得住？

她晌饭没吃，一直躺在炕上挨到傍晚。当窗外的夕照渐渐黯淡，又渐渐西斜时，耷拉着脑袋的男人才顶着一副暮霭般的脸子，回到了家。

他溜了一眼横躺炕上的媳妇的后脊梁，嘴嗫嚅了几下，悄没声回院里干活去了。他喂了鸡鸭鹅，又安顿好饿得乱哼哼的猪，这才返回灶房，把平日舍不得吃的鸡蛋一连打了三四个。他先做了一碗荷包蛋，用大号海碗盛上，还在糖罐里刮了两勺白糖放碗里，搅匀了，这才小心翼翼端来里间。

"明娟，明娟，起来吃饭。"二罕觍着脸说。

女人仿佛没听见，一动未动。

"看一会儿凉了……"说着，男人上前腾出一只手去推女人。不想女人冷不丁一回身，一把拨开热气腾腾的瓷碗，啪唧一声，地上霎时便汤水四溅起来。

"狼心狗肺的东西，滚开！"

二罕本来是赔着笑脸讨好来的，被女人这么一摔，那笑便来不及绽开就僵在脸上。他低头瞅瞅炕沿下的汤汤水水，本想发作，又一想自己的"罪过"，便委顿下来，用笤帚清理了一下屋地上的食物，又回院子里喂了大黄狗。

夕阳刚刚在西天那儿隐没，漫天烟霭给暮色中的村庄平添一层柔和的油彩。一只山杜鹃清越地啼唤一声，掠过门口那棵钻天杨的树冠，不知飞往哪儿去了。二罕无精打采蹲在台阶上抽了两根烟，直到下学的女儿榆钱儿回来，这才二番神情沮丧地进了屋。

三

二罕第一次去黄房子纯属偶然。

那是两个月前，正是闲得无聊的正月里，庄户人在漫长的冬季，除了像灰熊似的"猫冬"之外，也是偶尔进山拣点干柴，聚块堆甩甩扑克牌。偏偏二罕不好甩牌，更不会码麻将，所以一个人偶尔山里山外转悠转悠，看看他下的套子能否套着点野物——比如山兔子啦，野鸡啦，獾子啦等等。但如今的山林早已被盗砍得像生癞的秃头，东一块西一抹的连不成个片了，野物自然比以往少许多，有时十天半拉月套住一只，就算运气不赖了。这样二罕就大半时间闲在屋里，日子过得愈发扫兴起来。

幸亏他还另有一点消遣——跟邻村的一伙人踩高跷扭秧歌。

说起二罕的高跷，还真要大大夸耀一番哪。别看他平日蔫了吧唧，是个一锥子扎不出血的闷葫芦，而一上了跷，全身一披挂起那套艳俗的扮相，整个人就跟通上电一样活泛起来。二罕是个远近闻名的头跷高手。当那鼓点一响，金色火爆的唢呐调子一吹起来，二罕身上的一根根骨头便都动起来。他不仅能在高高的跷腿子上翻跟头、叠罗汉，还能引领得整个跷队步调一致地发狂发烧，得意忘形，并让围观的百姓们喝彩不断，手掌都拍肿了。

整个正月里，二罕几乎天天走东屯串西村的，他成了远近闻名的大明星啦。

所以有一天，当他率领的跷队演完最后一场时，大伙分了红包就都央求出去撮一顿，改改馋。一拨人吃三喝四去了乡上的一家小酒馆。一顿六十度的散白高粱烧下肚之后，一个个就都成了戴上蒙眼推磨的驴——找不着东南西北了。也不知是谁提起的，酒后要去黄房子唱唱歌，潇洒潇洒。二罕口里叫着不去，身子却不给他做主，一摊烂泥似的身子被几个豪气冲天各怀鬼胎的家伙一架，也就顺水推舟随了大流。

事后，二罕只记得那地场的灯光很暗，小姐的嘴唇真红，两坨又白又大的奶子真软，像他一塌糊涂之后胯间的家什……至于那个小姐具体长得什么模样，又是如何把他们搀扶进了单间，又怎样温软如蛇地躺进他的怀里，并在一番甜言蜜语和充满诱惑的温存之后，使他缴械投降成了俘虏的，他就无论如何也回忆不起来了。

"妈妈的，这叫什么事？"他想，这钱花得有些冤屈，那可都是这一正月自己挣下的辛苦钱啊，就这么不明不白打了水漂，他一连心疼了好几天。

但是小姐的姿势嘛……对了，还有小姐浪巴溜丢的呻吟又确实让人回味无穷。那些日子，二罕就像丢了魂儿一样，不断暗暗回味当时的情形，可是又如何也记不太清楚具体细节了，仿佛一场暧昧的春梦。

他决定再去一次，他的心一直痒痒着哩，好像被一只小猫的爪子挠呀挠的。他决定无论如何再去上一次，而且这回不喝醉酒，不花冤大头钱，像一个飘飘忽忽的鬼魂。二罕终于在老婆回娘家的那夜，一个人又冒险去了黄房子。

这回的小姐可是他亲手挑定的。本来嘛，他一推门，一进到挂着红灯笼的走廊里，冷不丁撞见一排木椅上坐了一大溜花枝招展的小姐，兀自先吃了一惊，竟有些手足无措起来，来时匆匆积存起来的勇气也在一刹那开始瓦解。这时幸亏有一高挑个儿的小姐亲热地迎上前，仿佛多年老相好似的一下便捏住了他的手。他的手正汗津津没处放呢，这下更是被火烫似的一颤，好在那小姐笑吟吟只管牵了他往里面走。待进了幽深的单间，扭亮床头那盏台灯，他这才看清，眼前分明立着一位天仙般妩媚的佳人哩。

"先生是第一次来吗？"小姐笑容可掬地问。他含含糊糊应一声，感到被人称作"先生"很新鲜，也很受用。

小姐让他坐到床上，便去褪他的衣裤。他反倒有些害臊起来，一直护着他的红布腰带，直到见那美人嘟起樱桃小口，生起气来，这才依顺了她。

103

小姐的样子真是令他魂飞魄散呢，当他洗浴过后，看到那一丝不挂的胴体时，眼珠一下瞪成了牛卵。

奶奶哟，他做梦一样任由小姐摆弄，直到小姐俯下头，叼住他的命根，天崩地裂，电火雷石，他叫了一声，一下就崩溃了。

这是让他的人生哲学发生颠覆的一晚，如果他有的话。

之后就是鬼迷心窍的牵挂。他说不清那小姐的什么地场好，却一想到那种妖媚的笑心里就猫抓似的难耐，尤其是那小姐温存的方式，更是叫长这么大闻所未闻的男人惊讶。惊讶之后是迷醉，吃了迷魂药似的迷醉。他神情恍惚想入非非，开始偷自己家钱柜里的钱，然后做贼一样找借口溜出去，接着尝试更新一种的肉欲。

那一段他总在心里小声叫着，小祖宗哟，肉肉的小祖宗哟，真是稀罕死人咧……俺二罕说起来，也是人高马大的三尺男儿，娶妻生子也过了十来年，却没想人间还有这等美事。女人哩……妖精！

想到妖精二字，冷不丁又吃了一惊，就有些怔然起来。

"我该不是魔怔了不是。"他又抬头望望天空，日头明堂堂照着，晃得人头晕。二罕眨眨肉泡眼，不出声傻笑起来。

四

明娟整整三天三夜没起炕。

明娟不仅三天三夜没起炕，还三天三夜水米没沾牙。二罕慌了。出出进进像热锅上的蚂蚁。他搬来了救兵——明娟的婆婆。又搬来了说客——明娟的好朋友草丫。

明娟的婆婆说，"榆钱儿他妈，你好歹吃上几口哟，看气坏了身子，还不是作践自己？再者说了，二罕也叫我狠狠骂了，骂得他屁也不敢放。他是知错了，像他那死去的爹一样，蔫不唧地都敢在外面跑骚！不过话义说回来，俺肚里掉下的俺知道，二罕他心眼不坏，也知道顾家，你就饶了他这回吧……"

明娟听着更气，屁股扭一下，脸冲了炕里，她不愿看见婆婆那张老鸹脸。

一会儿，小卖店的老板娘草丫进门来劝，说，"妹子呀，咱做女人的，可都是这么个命啊！就说我吧，爹娘死得早，就那么一个弟弟，还是个短命冤家，更甭提俺那个男人李有财了，一年四季不着家，说是上外面打工挣钱，可钱票子在哪呢，啊？城里的老板心黑着哩，干了几年不给钱，还叫人把有财打了一顿。我说咱不出去了，在家好好种地，也能活人。可有财还是惦着去外面，一走就是一年带八夏，我……我这不是守活寡吗！"

草丫说着，淌下泪来。

明娟在炕上也哭，眼泪流到嘴里，咸咸的。

"你说，"草丫压低了嗓音，"咱姐俩不是外人，你说一个大男人，常年尝不到女人腥味，能忍得了？"

明娟跟着往深里想，心里也一动。

"俺疑心，他在外面有了，他一定在外面有了啥猫腻，他个丧良心的，看俺抓住那野狐狸精，非扒她皮不可！"

就这样，草丫越劝，反倒越惹起明娟的火气来。明娟把眼一闭，挥挥手说，"你回吧，回吧，俺听着闹心。"

草丫就回了。走时，还一再叮嘱，"抓住那些骚狐狸，非骂她个狗血喷头、撕烂她的骚裤裆不可。"

二罕在外间灶房听得叫苦不迭。后来，他不得不亲自上阵。他明白"解铃还得系铃人"这个道理，所以这回，他自己赶在夜里人都散净之后，扑通跪在炕沿前，狠狠扇了自己两个耳光，倒把正昏沉沉的明娟吓了一跳。

"我不是人，我不是人行了吧！"

明娟欠起身，看见一个大男人跪立在炕沿下，腮帮子上当真挂两行悔恨的泪，那泪在明晃晃的白炽灯泡下亮晶晶的，心下就一软，想，杀人不过头点地，况且自己也还爱着这人，只不过要闹腾一番，给自己的委屈找个台阶下，给娘家人争个面子，也给这个贪嘴骡子一个教训。如今目的已达到，再僵持下去当真有些不妥，便叹口气，说"扶我起来"。男人终于得到赦令，欢天喜地爬上炕，搀扶女人下来，坐到饭桌前，又忙不迭地端来小米鸡蛋粥，仿佛侍候圣宫娘娘一般。

"看你还长不长记性！"女人望见男人贱巴巴的眼神，横了他一眼。偏偏男人想得寸进尺，吃过饭歇息时，脱下衣裤就想钻女人被窝，被女人啪地拍一巴掌，一愣，灯下呆呆看女人的眸子。却见明娟突然又冷下脸，说，"别碰俺，远点着去，俺嫌你脏！"

二罕眨眨眼，抱着被褥乖乖去了炕梢。

天气说好就好，就像两口子闹别扭，刚才还寒风凛冽呢，转眼又艳阳高照了。几天前那场倒春寒刚一过去，接下来这几日气候便温润暖和得赛似刚骟过的跑卵子猪了。不要说"春风不寒杨柳面"，连金子似的阳光滴落到草甸子上，也亮晶晶地四处流淌，像那位放羊的老汉随口哼唱的山曲儿：

三月里来开桃花，桃花正艳。
吕奉先在凤仪亭戏过貂蝉。
十二妻妾罗士信，
小狄青招驸马就在西梁川。
……

二罕去地里拾掇荒草，先用长柄铁耙沿田埂地垴挠一遍，再聚成堆，然后点火燎荒。当火舌在荒草间噼噼啪啪舐燃起来时，袅袅青烟中，猛听到羊倌遥遥传过来的山曲儿，不由得也受了感染，接了几句：

四月里开梨花，梨花甚香。
隋炀帝奸小妹气死他的娘。
吴王驾前西施女，
苏妲己乱了殷纣王。
……

他这几天心情很好，就像几条同样心情悠闲正在啃青的毛驴，它们一路沿山脚啃过来，长长的尾巴惬意地不时甩达几下。

咴——咴——咴，突然，从另一条岔路上拐过来的一只年青骒驴扬起脖颈，一边骚气地叫唤几声，一边用那双毛嘟嘟长睫毛的褐色大眼睛煽情地往这边睃。

于是另一条血气方刚的小叫驴立刻起而响应，也急躁地刨动前蹄咴咴长啸。顷刻之间，它们便忘情地奔向对方，交颈扬鬃地疾驰几圈，然后那激动万分的小叫驴蓦地一抬腿，便爬上扭臀塌腰的情侣的后背，毫不客气地将爱情的利剑呼啦啦刺入对方身体深处……二罕在一边看得兴致勃勃意犹未尽。他咽一口唾沫，舔舔干涩的嘴唇，不由得把脸扭向村东一座矮山的凹腰处，那儿有一排让他一想起来就心慌意乱的去处，就像吃馋嘴的狗总惦着骨头的来路。他痴痴呆呆愣怔一会儿，连燎荒的火跑了坡也没看见，直到不远处有人吆喝一句，这才惊恐地拣起树枝扑灭了火堆。

"褒姒娘娘生得那么俊，夏桀王无道失落了家邦。"他有气无力又哼哼了几句，听着就像另外几条毛驴子的干号。

下晌二罕再干起活来无精打采，他眼前总浮现着几个模模糊糊的人脸，它们重重交叠着，晃动着，又蓦然搅作一团。

"奶奶的，呸——"他吐了一口，晃晃脑袋，努力想把那担猪粪送到地场，却在走到一半时一下掀翻在了垄沟正中。

后来他独自坐下来，点上一根烟，喘息着闭一闭眼。

二罕心里长草了。

是的，二罕心里确确实实又开始疯狂地长草了，草势还来势凶猛哩。他看看四周，又望望远处，怔了半晌，忽然一摔烟头，爬起身，一溜烟消失在午后燎荒的烟岚里了。

五

"俺到底哪儿不好，唵？你说……"

明娟气疯了，她一边使劲推搡二罕的衣襟，一边高声叫嚷。

二罕像一只缩头乌龟，任女人怎么折腾，只管垂头耷脑不吭声，气得明娟狠狠抽了他两记耳光。

　　说实话，自打结婚以来，这还是明娟第一次跟男人动手。以往即使有时为了些家常小事吵过嘴，发过火，两口子叽闹几句，但顶天也就是赌气个一天半日的，到了晚上，窗帘子一拉，衣褂一脱，总归会有一方主动认错并温存一番，另一方也便阳光下的雪一般温软了，化解了。所谓"小两口打仗不过夜"是也。

　　但是今日不行，今日明娟的心里结的是一层厚厚的坚冰，任男人怎么装熊，也难于顷刻融化干净，冰冻三尺非一日之寒啊！明娟从来没这样心里冷过，拔凉拔凉的冷啊，三九天掉进深水井里的冷啊。她一说话嘴唇便一个劲儿打哆嗦，像极了村东的王嗑巴。

　　中午吃饭时不见了二罕的身影，明娟就预感到要出事了。她心里涌上一阵莫名的烦躁，搅得心里乱乱的，仿佛一捆乱麻。这个死东西，地里的农活儿正忙，他能溜哪去呢？她一边寻思一边去了村里的小卖部。

　　"草丫，看到我家二罕没？"明娟一脚门里一脚门外，风风火火就问。

　　"不知道，自己的男人看不住，倒来问别人。"草丫不知正为啥生气，嘴噘得能挂上个酱油瓶。

　　外间四喜子正与几个人甩扑克，闹哄哄吵嘴，似乎是为了一张牌——四喜子悔牌！

　　"家有家规，国有国法，牌有牌道，打牌嘛，讲究的是落地生花，哪有随便悔牌的道理。"

　　四喜子回道，"我抽错了嘛，我脑袋又没让门夹扁，凭啥有A不出出老K？"

另一家是个玻璃花眼的汉子，脖筋一跳一跳地嚷，"出错了活该倒霉，出错了就有理了？"一句话噎得四喜子直瞪眼，干嗑巴嘴，末了把牌一摔，不玩了！他也叫，"老子若不是钱都扔在了黄房子，哪能到这分上！"

草丫听得心烦，上前哗啦一声掀翻了牌桌，"滚！都给我滚得远远的……"看到母夜叉一样怒火中烧的女人，倒把几个剑拔弩张的男人给镇住了。大伙都像霜打的茄子一样，蔫头耷脑四散而去。一时间，平日热闹非凡的小卖店，只剩下尴尬立在一旁的明娟了。

"草丫……"

明娟想走，又不便走，后来她小心翼翼寻个凳子，坐下时，又抬头望望气鼓鼓的老板娘，"草丫……草丫你怎么啦？"

她看见一颗晶莹的泪豁然出现在草丫眼角，仿佛一颗透明的珍珠，沉甸甸挂在那儿。草丫猛然捂住脸，浑身颤抖着，嘴角由于委屈，一憋一憋想不哭出来，但是当站起身走近的明娟一抱住她，便山洪暴发一样决堤而出。

"呜呜呜……呜……呜。"

"你怎么啦？草丫。"

草丫只是拼命摇头。良久，待她终于平静下来时，才淡淡吐出一句：

"小卖店丢东西啦。"

明娟的心一紧，"丢的啥？"

草丫转过身边擦泪边说，"有人偷了钱匣里的钱。"

草丫这样说的时候，明娟觉得奇怪，因为谷草垛这地场，说起来也是个相当古老的地方。想当年老汗王建八旗，就派兵屯扎在这里，专门在河溪边开垦水田、种植谷物，以应付频繁的战事，要不怎么叫谷草垛哩，算起来也有百十多年光景啦。这儿民风淳朴，几乎从没有鸡摸狗劫的勾当出现，更别说男盗女娼了。男人都是顶天立地的汉子，女人都是勤俭贤惠的持家好手。想一想，这是多么让人自傲的事情呀。只是到了如今风气渐变，男人都时兴外出打工，便把一些歪门邪道也带回了村里，这让明娟心里隐隐有些不安。尤其当草丫说出有人偷走匣子里的钱票之后。

她劝慰几句，站起身往回走，临出门她一回头，瞥见草丫的眸子正亮晶晶望着她，见她驻足，立刻又闪躲到了别处。她躲什么呢？明娟暗暗想，觉得草丫的眉眼里话里有话。她肯定藏些什么，不告诉我，明娟不免有些不悦。

风从河套那边直吹过来，像是一匹透明的快马。它的马鬃长长地拂到女人颊上，麻酥酥有些说不出的惬意。天空阴阴晴晴的，远处田野尽头的山峦就隐在一层薄薄的云彩后，像是愈走愈远的羊群。

就要春耕了，谁家地里的粪肥都一堆堆码得齐整。地垄沟有一排新鲜的车辙辘印和新屙下的马粪，散发着草腺味儿。明娟横穿过田埂抄近路去了村外的黄房子。

门口停了两台小轿车和几台摩托车，宽大明亮的玻璃窗内坐着几名打扮妖冶的女孩子，见她进屋，都用狐疑的目光盯着她。这时一个三十多岁模样的胖女人走过来，上下打量她一遍之后警惕地问，"你找谁？来这儿干什么？"

"我……我。"

明娟来时本来理直气壮的，这会儿舌头仿佛突然短了一截，嘟哝半天也没说出个所以然来。后来她把心一横，脖颈一扬，硬生生回道，"俺找俺男人！"

"男人？"

"是呀，俺找俺男人二罕！"

中年女人冷冷地说，"不知道，这儿没有什么二罕！"

明娟见说，拨开女人就想往里闯，旁边柜台内蓦地立起一黑塔似的汉子，满满堵住去路。明娟一急，血往上涌，脸子红红白白地叫喊起来，"俺找男人咋不让找，俺找男人还犯法呀。"

旁边的小姐们都捂着嘴偷乐。明娟见状，受辱般就更急了，突然带着哭音叫一声，一头撞向黑塔汉子。汉子始料不及，竟被撞个趔趄。明娟趁机冲进黑幽幽的走廊，猛见有一小门的玻璃窗透着光亮，便不顾三七二十一地一掌推开，一闪身扑了进去，反倒把乌烟瘴气的单间里的几个人吓了一跳。

这时那黑塔男人和中年女人尾追过来，拉住明娟的胳臂往外拽，双方气咻咻纠缠一起。撕扯的间歇，明娟抬头往屋角的沙发上一瞥，分明见到自己要找的那个熟悉的身影，此刻正缩在一个袒胸露背的年轻女孩子身旁。她心里一震，低头冲黑塔汉子的手背狠咬一口，"啊——"的一声，撕扯她的手霎时一松，明娟一步迈过去，拉起惊慌失措的小姐一看，躲在她身后的那人不是二罕是谁？！

"天哪！"明娟听见自己号叫一声，一屁股跌坐地上了。

六

那天，明娟是被二罕从黄房子背回家的。她从下午一直躺到晚上，不说话，也没哭，只是重重喘气。

后来天渐渐黑了，农家院子里升起缕缕炊烟。做晚饭的时辰到了。明娟躺在炕梢，头冲里，耳朵听见谁家女主人开院门，有一头牛沉沉地哞一声，声调悠缓绵长，就像一个村庄的历史。

后来一切都平静下去，沉寂下去，仿佛陷入了死一般的洞穴。朦胧中听见有人拍打自己的身子，"醒醒，你醒醒……"

她浑身一激灵，一下坐起来，头发披散着，心跳得像要跳栏的小猪。她使劲眨眨眼，依稀望见是自己男人二罕，这才揉揉胸口，长出口气。显然，她是被白天的事情吓着了，这会儿丢了魂一样呆怔一下，又烂泥般软软瘫倒下去。

"喂，"二罕说，"你尝尝我刚烙的油饼。"

女人一动未动，没听见一样。

"喂，"地下的男人停了停，又叫，还稍稍推了推她的手臂。

突然，女人用力一甩膀子，端在二罕手里的盘子便一下飞了出去，香喷喷油汪汪的白面油饼叽里咕噜滚了一地。

"你——！"男人一气，扬起手，胸脯剧烈地一起一伏，脸胀成猪肝色，良久，又缓缓垂下，稀里哗啦收拾地上残碎的瓷盘。

后来，二罕把用水洗过的油饼拿给两个孩子，又熬了大米粥。这回，他吸取了刚才的教训，让懂事的大女儿榆钱儿端给明娟。果然，明娟起身喝了。

真正的夜幕降临了。除了家禽家畜的梦呓，除了山风大大咧咧从院子里的老杨树梢上掠过，什么动静也没有。

二罕喂完猪，又打发鸡鸭上了架，本想靠近媳妇的被窝睡下，又担心明娟发火，便知趣地抱着被子去了炕头。经过这一天的折腾，他也真是倦累了，所以头一挨枕头，不一会儿就鼾声大作。

他梦见自己在凛冽的寒风中艰难地行走着，四野低垂，阴云密布，而脚下的路却是冰雪覆盖的崎岖山路。"我这是去哪儿呢，"他一直有些糊涂，后来，好像是走到了河道上，冰原裂开长长的口子，露出激流涌荡的河底。他不得不小心翼翼探寻着走，生怕掉进冰窟窿里。突然，只听得脚下一阵可怕的坼裂声，冰层断开了，他来不及跳开，一下子掉入了冰水中。"救命啊救命，"他大叫着，一下子醒过来，发现被子被搋到了地下，自己光光躺在炕头，缩成一团。"怎……怎么回事？"他惊慌失措地坐起身，拉亮灯。

他媳妇明娟立在炕沿前，手里明晃晃攥着一把菜刀。

"啊！你……你要干什么？"

"剁下你裤裆里的玩意儿，喂狗！"女人硬硬地回答。

"你疯了吗？"男人下意识捂了捂裆部，浑身起了一层鸡皮疙瘩。

"我是疯了，我是叫你气疯的，我……我砍死你，砍死你……"女人忽然大叫着，举起菜刀扑过来，男人像安了弹簧一样一下蹦起老高。他顺手捞起一床褥子挡在俩人中间，左遮右挡，狼狈不堪。

这时睡在另一屋的孩子被惊醒了，哇哇哭叫起来。明娟一回头的工夫，刀子早被手疾眼快的男人劈手夺了过去。"你个臭娘们儿，找死啊！"男人夺了刀子，胆气立刻壮了，一边骂，一边抬手狠狠给了她一拳。"去你妈的！"他说，就看见女人的身子像被大风吹倒的稻草一般，翻滚到了墙角。

"妈耶，妈耶……"这时大女儿榆钱儿飞奔进屋，扑到明娟身上护住了母亲。

自此之后，明娟和二罕几乎天天夜里都干仗。即便不闹，也是互不说话，家里的气氛沉闷得像是凝固了一般，两个女孩走路都像老鼠，生怕弄出半点响声来。邻居听见两口子闹别扭，过来劝过几次，但是丝毫也不管用。明娟的心真是伤透了。

　　"我明天就跟他离婚。"有一次明娟跟前来看她的草丫说。

　　"唉，算了吧。"草丫听见，也只是长叹一声，"咱们女人就认命吧。"末了，草丫又一次叹息着。"你这儿还好着哩，你没看见我，守活寡一样，你还有啥不知足的？"

　　"你家有财不是在外面打工吗？"明娟问。

　　"说是那么说，其实……唉，"草丫明显心里有伤情，只是不便说，这让明娟大感意外。

　　有一天下晌，榆钱儿刚刚放学回来，明娟忽然叫过女儿，"榆钱儿，你过来！过来呀，妈有话问你。"

　　女儿懂事地走进里屋，明娟拉住女儿的手上下打量几眼女儿的眼色，突兀地问，"如果我和你爸离婚了，你跟谁？"

　　榆钱儿听见这话，怔了怔，一下子抱住明娟，眼泪像断了线的珠子一样掉落下来。

　　"妈，妈，你不能扔下我和妹呀！我能干活，能下地，书也读得好。你别狠心扔下我和妹妹好不好？"说得明娟也心酸起来。

　　但是到了夜里，明娟和二罕仍然照常开仗。为了不惊醒邻居和孩子，他们悄悄转移战场去了院里的牲口棚。明娟说，"我不和你闹离婚了，我和你一块死吧。"

　　二罕说，"这可是你说的，那你说，咱俩怎么个死法？"

　　二罕这几天虽说没去黄房子，但天天和四喜子他们打牌，没少输钱，所以心情更沮丧。

明娟想了想，说，"上吊吧，这儿绳子也有，咱一人一条，你吊这根椽子，我吊这根房梁怎么样？"

二罕四下瞅瞅说，"不行，咱这么一吊，舌头伸出老长，还不吓着孩子？我看还是喝药好。"

"那就喝药，"明娟冷笑道。二罕转身去拿药瓶，是药田鼠的剧毒，可是他一拿给明娟，却又被女人丢在了屋旮旯儿。

"我不想喝这东西，味儿那么难闻，呛嗓子。"她恨恨一跺脚，"再说一会儿被人发现了，弄到医院，又洗胃又灌肠的，死不了还让人笑话，何苦呢？"

后来两人都同意跳河。他们悄悄去了村北的大洋河，那儿有座横跨南北的大水泥桥。他们慢慢走到桥中间，那时候万籁俱寂，村庄在他们不远处的山脚下酣眠着，当然也包括他们的孩子，他们亲手喂养大的猪、狗、家畜和那五间明亮宽敞的瓦房。

而星星在天穹上闪烁，月牙儿钻进一朵云彩后面，久久不再露脸，一丝微风掠过河滩，掀起衣襟的下摆，使悲伤的女人不禁哆嗦一下。她慢慢淌下了热泪，咬紧下唇，一直不肯用手去擦，温热地流到嘴角，涩苦涩苦的。

直到这时，她才感到自己的生活真的出了问题，可是问题在哪儿呢？她又模模糊糊说不清楚，就像身边这位她曾经那么喜爱的男人，这会儿也变得既陌生又遥远起来，仿佛脚下湍急流淌的河水。

其实，她是多么爱她的家，爱她的孩子们，爱她实心实意依靠着的男人啊！可是眼下……眼下的现实，又叫她茫然无措不知如何是好，唉，活着真是难啊，难啊。她走到桥栏边，忽然心一横，闭上眼睛就想真跳下去，却被身后那双有力的大手一下抱住了。

"放开……放开我，让我去死！"明娟使劲挣扎着。"我死了，给你腾地方！"她说。

男人搂抱住女人，却不吭气。后来，女人的身子渐渐软下来，仿佛敞开闸门的河水，汹涌地返身紧抱住他，低声哽咽着，多少天集聚心头的委屈伴着泪水夺眶而出，稀糊糊的鼻涕弄了他一脖颈。

七

四喜子被人打了。这消息像一阵老北风，眨眼就在全村吹了个遍。

打人的是黄房子的老板，下手狠，四喜子的肋骨生生被打断了两根半。

明娟揣了鸡蛋去看，实际上是借着看人探探口风。果然，那男人癞皮狗一样躺在炕上直哼哼，明娟一进那两间东倒西歪猪圈似的屋门，就见草丫等一干人正在那儿坐着呢。

"哎哟喂，疼死我啦！"四喜子龇牙咧嘴叫唤。他这是刚被村长从乡上医院接回来，躲在家里窝火哩。

"为啥挨打？"明娟拽过草丫问。

"还不是跟那儿的骚货闹起来，惹恼了老板！"草丫明显有些不屑。

"那……"明娟紧跟着又问，"为啥不告派出所？"

旁边有一老头回过身说，"操，要不是那帮王八羔子的乡公安跟黄房子的人合穿一条裤子，他们也不敢这么蛮横了。"

"是啊，"另一个老太太瘪着嘴又说，"那些外乡人仗着钱票子厚，反倒欺负起本乡人啦。"

叼着旱烟袋的村长吐了口痰，也叹口气，"现如今，这社会风气是一天不如一天了！想当年，咱这谷草垛，哪儿出现过这等男盗女娼的事情？唉……"说着又狠狠吐口浓黄的痰。周围就响起一片议论和感叹，大家都同意村长的英明论断，都怀念以往那民风淳朴的年代，可是怀念归怀念，对于那所巍然而立的黄房子，谁也拿不出个对付的法子来。

回来的路上，明娟和草丫结伴而行。两个女人边走边说，话题自然还是围绕那个黄房子。草丫说，"怪了，你说村里的男人，咋都愿往那鬼地方跑哩，唵？"

"那些女人不正经。"明娟答。

草丫点点头。又问，"明知那些女人不正经，为啥还偏往那儿跑？"

"因为那的女人都骚气呗。"明娟又答。

草丫停下脚步，睁大眼睛问，"怎么个骚气法？"

明娟张了张嘴，脸忽然红了起来。她倒是听说过那儿的一些事情。零零星星她倒是听二罕说过那的女人如何如何，比如拿舌头舔呀，拿奶子蹭啊，在木床上颠来倒去摆出各种姿势呀，再比如拿嘴咬男人的那东西呀，呸，想起来真是羞死个人！呸，呸。

两个乡下女人站在春末夏初的村街上，你望望我，我望望你，心里翻江倒海似的，翻腾得厉害，却又不知如何再把这么个原始问题述说清楚了。后来，还是明娟聪明，明娟对着村东那片耀人眼目的方向恨恨抛出一句，"哼，男人……男人都不是什么好东西！"

可是话虽这么说，她心里同时又在暗暗地想，那女人就是好东西吗？她是指黄房子的那些女人，所谓母狗不翘腚，公狗不上身。如果不是那些放浪不要脸的外来女人，哪会有这么多闹心事儿发生？这样一想，她又开始恨那些外来小姐了。

下晌回到家，屋里院外一边干着活儿，一边仍然在琢磨上午和草丫说的那些话，一直到日头落山，猪呀鸡呀都喂饱了，该进窝的进窝，该入圈的入圈，干活的男人和放学的孩子也回了家。明娟晚饭做的是攥酸汤子，就是把玉米面发酵，然后用一只小小的戒指大小的铁套子，把和好的玉米面一条一条攥到滚着沸水的大号铁锅里，味道香醇独特，属于旗人特别爱的食物。如果再加上鸡蛋酱、山野菜和面饼，就更让人馋出口水了。果然，二罕和孩子们个个吃得满头大汗，每人至少都喝了不下两大海碗。

"哎哟，"二罕拍拍胀鼓鼓的肚皮说，"可不敢再吃了，再吃，肚皮非开花不可！"

榆钱儿、明娟都笑起来。

收拾完碗筷，孩子们都到西屋写作业去了，明娟洗漱完，又悄悄用一只特殊盆子洗了下体。这对他们两口子来讲，是个信号，二罕一见就明白是啥意思，心里就蠢蠢欲动起来。何况自打在黄房子出事以来，俩人还从没亲热过呢。所以一待女人洗完，他也赶紧拿出一只从不公用的瓷盆，把自己该洗的地方仔细清洗干净，然后急三火四锁上门，上了早已铺好被子的火炕。墙上的新式石英钟叮叮咚咚响了一下，才晚间九点钟，他紧挨着早已钻进被窝的女人身边，泥鳅一样滑溜溜地钻进去，按照老规矩，啪地拉灭电灯。

"别……"刚灭的灯转眼又被女人拽亮了。男人觉得奇怪，低头瞅瞅女人的脸，见那张熟悉的脸上正慢慢燃起一片红云，那双幽怨的眸子好像夏夜里的两颗亮晶晶的星粒，在长长垂下的黑发间闪闪烁烁。

"二罕……"女人低唤一声。

"哎，"男从狐疑地回答。

"俺，俺想像黄房子的那些女人那样弄。"女人说这话时，羞得不行。男人一听这话，反倒愣怔得不知咋办是好了。

"这……这……"

女人忽然一咬牙，一下子抓住了男人裆间的东西，一下子含在口里，埋头鼓捣起来，把男人吓得够呛。半晌，女人蓦地捂住嘴，裸着身子蹿至屋角，伸着脖子干呕起来。

"你看你，"二罕愧疚地递给她一块毛巾，"咱别弄了，求求你别弄了好不好。"

明娟擦擦嘴，赌气地说，"你是嫌俺不如那些骚狐狸精吧。"

"不是，"男人急了，赶快辩解。

"俺就不信，哼！"女人重新回到被窝，使劲把光溜溜的身子塞给男人说，"你弄啊，你弄啊，你想咋弄就咋弄，行不？"

以往，每到这时辰，女人都是把眼睛一闭，身子一僵，死人一样任男人折腾，可是今天，女人这么一主动，反倒叫男人有些不习惯起来。他左右为难，苦笑着，不知该如何是好了。

见男人仍没动作，女人一下恼起来，忽地上了男人身，说："你再不弄，俺，俺就跟你离！"说完一翻身，把后脊梁给了男人，再也不吱声了。

男人显然是被女人惹火了，他忽然立起身，把女人的身子像揉面团似的揉来揉去，翻云覆雨。女人咬紧牙关不吭气，蓦地，女人感到男人从背后进入了她的身体，好像小时候看到春天发情的叫驴和骒驴之间的勾当，女人顿时有种前所未有的受辱的感觉。一下，两下，她闭紧眼听见男人愈来愈剧烈的喘息声，感到自己的身体仿佛被刺出了血，自己好像变成了畜生，正在大庭广众下公然干着那事。一种明显的波涛汹涌的屈辱和愤怒一起，慢慢颤满她的心田，她忽然低叫一声，抬脚便把后背的男人踢下了炕。

八

今年春天春脖子短，又赶上几十年不遇的旱情，村民们好歹把地种上，待秧苗刚出一拃高，却又下起了连绵淫雨，看来，又是一个瞎年头。

小卖铺的生意却格外红火起来，老天淋淋漓漓像漏了底的锅，下个没完，倒成全了那些游手好闲的人。扎着绷带的四喜子一整天坐在小卖店里间的牌桌前，和几个来路不明的赌客赌钱，他们从早上赌到下晌，又从下晌赌到半夜，个个眼珠子熬成了兔子眼。

虽说草丫收的是赌桌钱（一桌通常也就十块八块的），但她更期待的是赌客们在她那儿买烟买水或买食物的利润，有时一天下来至少也能挣个几十块票子。总之，她希望来的人越多越好。

通常，每日来瞧热闹的也不乏十几二十多人呢。

有一天，是个淫雨绵绵的下午，一个外村赌客输光了所有的钱票子后，怀疑有人作假，便大嚷大叫掀翻了赌桌，还和另几个同伙跳着脚叫嚣要报复另两位对家。在场的四喜子这回却忍耐住火气没敢吱声，也许他那刚长好的两条半肋骨给他留下了教训。所以当外村赌客气焰张狂地指鼻子叫嚣时，四喜子反倒低眉顺眼钻到了人群里。却是另一位矮胖赌家独自出面，劝诫那两位火冒三丈的家伙。按理这事大家各让三分也就算了，偏偏那两位赌客不依不饶，非让赢家倒庄不可，这下惹恼了一位不显山不露水的蛤蟆眼矮胖子。只见他操起电话咕哝了几句，不一会，几名警察冲进小卖店，把惹事的一干人都带到了乡派出所，没收了赌资不说，还各自罚了一大笔款项。

最冤屈的要数草丫了，小卖店被封了好几日，又被以设赌的罪名蹲了几天拘留。幸亏后来村长作保，又交了罚款和取保的抵押，这才被放出来。草丫出来一打听，那貌不出众蛤蟆眼的矮胖子就是黄房子的老板！

"妈妈的，"四喜子说，"警察狗子专挑软柿子捏，我们被罚款还蹲笆篱子，黄房子老板却屁事没有，真是不讲理。"

二罕说，"这年头哪有讲理的地场，法律就是给咱草头百姓设的嘛。"

村长说，"听说那黄房子老板的什么亲戚是县城里的大官，警察自然不敢惹他了，要不，他怎么敢开那买卖。"

"就是，就是。"听的人都附和。

草丫听说，气得咬着牙，摔了一个杯子。

连日的淫雨把地里的秧苗泡霉了，也把村人的心情泡得更加沮丧。二罕在家里转来转去，后来说是去村后溜达，出去就消失了一天一夜。明娟在家里坐着发呆，后来看见雨水从院墙那儿的排水沟咕嘟咕嘟冒进来，不一会儿就把院子里的青石台阶淹没了。她连忙下炕寻找家什排水。"死鬼二罕哪去了？也不知回来照应着。"明娟一边骂，一边抄起一把铁锹，又拎起一只洗脸盆，一脚踢开屋门时，院子里的水早已漫过门槛进了灶房。

明娟也顾不得披雨衣遮雨了，挽起裤腿光着脚丫子就冲到泥水里，一边用沙土在大门口垒起一个堤坎，一边用水盆哗许哗许往外泼水。只一会儿，全身的衣裳就淋透了，湿漉漉紧沾在身上，凉丝丝的难受。

可恶的二罕，大雨的天也不着家。她越想越气，索性扔掉水盆回了屋。幸好这时雨停了，村街上的污水也渐渐退去。她们家因为地势低，一下雨就受水灾。和二罕商量几次想在房子四周挖几条防水沟，免得窝在这受水气，可是二罕总说等等再说。这一等，年复一年的，也不知等到啥时是个头。

当晚二罕竟没回家，明娟打着雨伞穿上水靴四处去找，村头小卖店也问过了，还是没有。她坐在炕上，望着夜晚的天穹暗自发呆，心里像进个兔子一样突突乱跳。

该不会出什么事吧？她不住猜测，又想到村东的黄房子，她觉得自己的男人自打上次闹别扭以来，信誓旦旦发过几回毒誓，谅他也决不会再去干那荒唐事了。

也许是在哪家与人打牌忘了时辰回家？明娟忍不住这么宽慰自己。

后来她实在困急了，和衣歪在被子上沉沉睡去，直到第二天上午，傍十点钟光景，她差点决定去村长家报警，才看见二罕无精打采进了院子。

明娟一气，故意躺下装睡。男人却径直进屋，也没找吃物，只瞄了炕头的女人一眼，竟一头倒到炕梢，呼呼大睡起来。

女人这一回可气得够呛，心想这算咋回事，无缘无故消失了一整夜，回来了也不打声招呼，这算个啥？他还把不把我当成他媳妇？

明娟慢慢爬起身，悄悄挪近正呼噜连天的男人身边，细细端量，果然在衬衣的衣领处发现一根长头发来，是那种染发水染过的棕红色头发。明娟心头的火腾的一下燃起来。她一把举起炕头针线笸箩里的剪刀，想狠狠在那个负心郎胸口戳个血窟窿出来，剪刀举过头顶的一刹那，却又慢慢放下了。

外面的天这时似乎开始放晴了，一缕雨后的阳光从乱糟糟的云缝中斜斜倾泻下来，映着屋子里那位脸色苍茫的女人的脸，也照着炕上一个疲倦至极的男人的梦呓。墙上的石英钟蓦然当当响了几回，吓得正聚精会神想心事的女人一愣，手中的剪刀当啷落在了地上……

九

草丫的男人有财在外头又有女人了，这消息像长齐全腿的青蛙，咕嘎咕嘎满池塘叫开了。村里人都交头接耳去小卖店看望，偏偏弄得女老板更不自在，仿佛干下缺德事的不是那个远在天边的汉子，而是这个脸子青一块紫一块的无辜女人。

"这叫什么事呀，"四喜子说。

"就是，"有人附和道，"只可怜那草丫，一门心思还盼望男人回家呢，却等来这么个倒霉消息，还是跟一个不三不四的舞女！"

"能是真的吗？"有人又有些犯嘀咕说，"当初还不是有财追求草丫，恨不能给人家下跪，如今咋说变卦就变卦了呢？"

"不会错的，"村长也说，"带回信儿的是跟有财同去打工的邻村汉子，他们同住一个工棚，吃睡都在一起，咋会弄错？"

"咳，草丫可惨了，一个人拉扯孩子……"有个老婆婆边说边抹眼泪。

"啧啧，可怜哪……"其他人也附和，一时小卖店的气氛黯淡下来，静得能听见落地的针。

明娟不知该怎么劝同伴，她在那儿默坐一会儿，一个人回了家。

后来她便收拾包裹去了通往村外的黄土大路，初夏的苞米苗刚刚触及她的腿窝。前一段受了涝灾，现在刚刚缓过身，火辣辣的阳光下苞米苗绿茵茵地望着顺眼。

明娟迈开大步一直往前走，挟在腋下的小布包里装着刚烙的几张油饼，这使她对长长的村路充满信心。路上空落落的没有行人，偶尔有几次和骑自行车或赶马车的人相遇，彼此也只是懒懒瞅一眼，仍然各走各自的路，就像湛蓝湛蓝的天空上那朵悠闲的云彩。

快到中午时，明娟终于走到了乡上。

那是一条不太宽的石板街，两边一家接一家的，全是诸如小旅店呀，洗头厅呀，日杂店呀，高挑着一对酒幌的小饭馆呀等商铺。明娟向路边的两个人问路。那两个人一边继续用一根木棍捅裹着大红绒布的木案上的彩色圆珠，一边顺手往前一指，头不抬眼不睁只管玩得上瘾。

她又继续往前走，过了一所中学的大门，又过了工商银行、农业银行的台阶，还是没见到她要找的门牌子。

恰好这时走过来一个干部模样的中年男人，明娟便小心翼翼再次上前问路。

"这位大哥，派出所怎么走？"

男人脚下仍然走得飞快，嘴里却回道："派出所啊，再往前五十米就是。"话还没完，人早甩下她自顾自往前去了。

"唉，这人……"明娟觉得当干部的真可怜，整天忙来忙去的，连说句话的时间都没有，哪有农民自在。

到了派出所，一进门就碰到一名年轻的警察，见明娟东张西望四处乱瞅，便突然呵斥一声，"嘿——找谁呀你？"明娟一吓，停住脚，怯怯生生说，"俺……俺找警察。"

年轻警察上下打量了她一遍说，"咋回事，说吧。"说完径自进了一间屋子。屋里还坐着两个着警服的人，正嘻嘻哈哈唠着什么嗑，见有生人进屋，突然不说了，也齐刷刷回头扫视明娟。

那年轻警察自顾自倒了杯水，咕咚咚狠灌几口，没听见明娟说话，就停住狂饮又转头看她，不耐烦地问：

"还愣怔个啥，快说嘛。"说完又咕咚咚灌水，由于喝得太急，有一缕水流顺着脖颈淌进他的衣襟里。

怎么像饮驴？明娟一边偷偷想，一边一字一句地说，"俺，俺想告状！"

"告状上法庭告去，咋跑这来啦。"旁边那个老的替年轻的警察说。

"是啊。"年轻警察放下杯子，这才倒出嘴正色说，"告状应上法院，咱这派出所只接报案。"

明娟急了，连忙说，"那俺就报案，报案你管不管。"

"当然管啦。"年轻警察拖长音，不相信地望了望她，"说吧，报什么案，是抢劫啊还是强奸啊？"其他两个警察就掩嘴偷笑，明娟一时有些恼怒，可不知如何是好，后来她定一定神，这才小声嘟囔了一句。

"俺告谷草垛村的黄房子！"

三个警察听见，一起古怪地转头瞅她，瞅了一阵，确定他们的耳朵没听错，女人也没像有病的模样，这才交换一下眼神，问，"你告黄房子什么呢？"明娟说，"俺告黄房子歌舞厅女人卖淫男人嫖。"三个警察一听，浑身一震，脸子呱嗒一下掉下来，立刻变了模样，仿佛遭到侵犯的狗，气咻咻龇起牙，满脸怒气地瞪着她。一个警察说，"你亲眼看见了？你没有证据，可不敢乱告。"

另一个老警察说，"乱告那叫诬陷罪，到时候可是你自己蹲大狱了。"

明娟张了张嘴，觉得一时半会儿又拿不出有力量的话来堵他们的嘴，不禁有些泄气，末了红着眼圈说，"难道俺乡下人，就任那帮外来的坏蛋欺负？"

年轻警察白了她一眼，不耐烦地说，"哎呀，你快回去吧，没见人家正忙嘛？"说着做出往外请的动作，口里还不住嘀咕着，"这种事见多了，捕风捉影的，不抓着现行告也白告！"

下晌，天气骤然热起来，日头毒毒地悬在穹空，仿佛一盆熊熊燃烧的炉火，烤得空气发出了煳味。

明娟去乡上的小饭馆买了两个烧饼，一边灰头土脸往回走，一边慢慢干嚼着。她现在又隐隐忽忽有些弄明白了，敢情告状得把那对狗男女摁在炕头上，警察验证了才会算数，这叫什么鬼话！她越想越气，索性坐在路边大柳树下的青石板上乘起凉来。

下午渐渐过去了，夕阳西下时，明娟从乡里走回了村口。一直到望见那排黄颜色舞厅的红灯笼，性格刚烈的明娟这才下定了决心，收集证据，告那帮龟孙子！

回到家，二罕早已做妥了饭，问她上哪儿了，她只说去了一趟乡里，买点东西。二罕有些犯疑，又问她买了些啥，咋没见包裹？问急了，明娟便没好气地扔出一句，"看病去了，真是讨厌！"

晚上，看孩子和男人都已睡熟，明娟便蹑手蹑脚下了地，先去女儿榆钱儿书包里摸索一阵，摸到一支铅笔和一本算草本，连忙掖在怀里，猫一样出了房门。外面漆黑一片。远处有一两声朦胧的狗吠，天上有几粒淡淡的星斗，她回身虚掩上门，快步往村东溜去。

十

其实明娟也不知什么叫证据，什么又叫现形。她只是想，把那些她认为肮脏、龌龊的东西一一记录到本子上，到时看你警察还有何话可说。

白天时她早已观察好地形。黄房子后墙处有两个柴火垛，攀着柴火垛就可以上到相邻的一棵老槐树杈上，顺着老槐树的枝丫就能荡到那堵一丈多高的青石大墙上，墙边还有一棵小栗树，只要稍稍借些力，即可溜到戒备森严的黄房子歌厅的后窗根儿了。

明娟屏住呼吸一间一间地察看。这儿一溜有二十几间唱歌房，由于夏季天热，后面又是一堵高墙，窗子就都开着，只挂了一层薄纱帘子，外面的人很清晰地能看见屋里的情形，而屋里的人都不易发现夜幕掩护下的外面。

她把屋子里几点到几点，有几个小姐，又有几位客人，一一都记在本子上。当然有的房间进行的那一幕幕令人作呕的丑事，真真把她看得惊心动魄，目瞪口呆。明娟满脸通红，眼睛几乎不敢再向里探望，尤其当她看见裸身男女肆无忌惮地交叠在一起，口里发出淫荡的呻吟时，窗外偷窥的女人头昏身软不禁瘫坐到地上了。

后来，她定定神，走到另一窗口。忽然，她听到屋里有个男人的说话声，而且那声音那么耳熟，是……是村长！她一惊，连忙探起头，天哪，果然是村长坐在里面，而且还把一只手伸进了那位小姐的衣襟下。这太让人震惊了！想到平日道貌岸然的人物，这会儿却也干起了见不得人的勾当，真是让她又惊讶又恶心。

就在这时，村长一下子解开了小姐的衣襟，两只又大又白的东西兔子一般跳出来，使得那小姐呀了一声，早被如狼似虎的男人扑倒在木床上。

"不嘛，不嘛……"那位显然比村长闺女还小的小姐装腔作势地挣扎着，但是村长不由分说褪下自己的裤子。窗外看得发呆的女人一吓，也呀地叫一声，屋内正挣扎的俩人同时抬起头。

明娟知道坏了，猫下腰想逃，慌里慌张的，身子还没爬上那棵小栗树，早被几个端着手电筒的汉子抓了个正着。

"谁？干什么的？"黑暗中有人断喝。

明娟哆嗦着，一句话也回不出。

后来她被带到一间小屋里，呼啦啦进来一群男人，领头的那位明娟见过，在草丫小卖店打牌时她就有印象，只是那蛤蟆眼老板不见得认识她。有人递上刚从明娟身上搜出的算草本，那老板拿过翻了翻，又望望瑟瑟发抖的女人，忽然啪地拍了一掌，吓得明娟浑身一颤。

"说，谁派你来的？"老板问。明娟闭紧嘴巴，只不作声。蛤蟆眼老板挥挥手，两个汉子便冲上来一阵乱踢。"说不说，唉？我最后再问你一句？"说不说，蛤蟆眼老板显然正在失去耐性。他咬着牙，说，"再不说我让人奸了你。"

"俺……俺自己要来的。"明娟呜咽着。

老板一甩手，转身自顾自先走了。

两个汉子互相使了个眼色，忽然一脸坏笑地按住了女人，只一拽，女人的裤子便被脱了下来。"不……不啊！"女人撕心裂肺地惨叫，一下便昏死过去。

天蒙蒙亮时，明娟被扔出了大门口。她浑身疼得厉害，下身流出的血把裤子都弄脏了一小块。那刚刚经过的一场噩梦似乎让这个女人素来柔软的心变木了，变硬了起来。她无声无息地挣起半边肿胀的身子，强忍住悲痛，一拐一拐向村里走去。

"你……你这是咋的啦？"二罕大惊失色叫了起来。

明娟一头扎到炕上，反锁上门，呆愣愣的像个石人。后来她打了一盆水，开始仔细洗自己的身子，洗了一遍又一遍，像是要洗去脑海里不断回放的那地狱般闪现的梦魇。

"俺的身子脏了，俺……俺还怎么活？"整整三天三夜，明娟反复在心里默念着这句话。此时此刻，她觉得黄房子仿佛不是一个死挺在那儿的物件，而是一个浑身散发着脓包和毒水的恶魔，一个肿瘤，一个地狱里青面獠牙的厉鬼！她恨得牙根痒痒，觉得自己若是不把那恶魔降服了，就没有半点生路了。

就这样，整整三天三夜，这个叫明娟的乡下女人头脑发胀地一遍遍这么苦思冥想。

太阳出来了，太阳照在谷草垛村的原野上，太阳照着湍急流淌的大洋河，太阳也照耀着巍峨挺拔的唐大山。在这段日子里，草丫、村长、明娟的娘家人相继来看过她。有人试探着问起那晚的事，却无论如何也套不出半句口风。明娟决心把那段耻辱深深埋藏在心里，永远也不让别人知道。这样一直到了八月中旬，大地里的玉米已高及人的肩膀了，夏蝉在树上整日唱个不歇，窗外到处都是深沉的浓绿。女人决定干那蓄谋已久的行动。

那天正好赶上乡里的集日，二罕去集上买了些刚下来的山梨，又顺便捎些治气管炎的中草药给他妈，去时撂下话，晚上就不回来了。二罕要在那儿吃过饭后给他妈煎药。

明娟心中窃喜，面皮却没显山露水。她先去了一趟小卖店买了一些煤油（这玩意儿以前哪儿都有卖的，如今只有偏僻的乡下才能偶尔见着），然后又谎称要去村北会跳大神的马寡妇那儿看看病，女儿榆钱儿便懂事地照顾小的写作业去了。

约莫夜半时分，村街口上人罕狗寐的，明娟鬼魂一样飘过去，脚步轻得连她自己都好生奇怪。

现在，黄房子对她来说，已不再陌生和神秘了。虽然只来过两次，她却能轻车熟路径直奔向后墙下的柴火垛。她攀到树干上四下观察一会儿，见四周确实连个鬼影子也没有，这才小心翼翼把柴火贴大墙顺过去几捆，然后吐了口气，灵巧地滑下去，拧开煤油瓶盖，一滴不剩地倒在了码在窗口下的柴草上。

"烧！烧死你个丧良心的东西！"她在心里狠狠地骂。

就在这时，不远处房山头那儿火光熊熊。有人大喊，"起火啦！起火啦，快来救火呀！"一个慌慌张张的人影出现在大墙下的栗树那儿。天哪，那不是草丫吗？火光中只见草丫艰难地向上攀爬着，有几次差点掉下来。有人正敲打着铜盆大呼小叫的，大墙的另一头，已经有几个家伙端着明晃晃的手电筒包抄下来。跳啊，明娟在心里猛喊一声，跃上墙头的草丫好像也感觉到了下面的动静，但她已来不及回头细瞅，身子一跳，便消失在茫茫夜幕中了。

十一

黄房子的大火足足烧了两个小时，靠东边的十几间歌厅完全被烧落架了，远远望去，一地狼藉，仿佛掉光了毛的乌鸡。

好在众人救得及时，又切断了向西的火道，使这家红火一时的歌舞厅保留下三分之一的财产。

明娟被抓进了看守所等待审理。公安局审了几次，但明娟只承认想去放火，却没承认火是她放的。不知怎么搞的，省城报社的记者知晓了这个案子，他来看守所采访几次之后，很同情明娟的遭遇。不久，一篇题为《弱女子怒烧歌舞厅，乡下人讨还文明村》的文章便在一家有名的晚报上刊出，并且很快被其他媒体纷纷转载。一时间，谷草垛村的黄房子被烧的事件闹得沸沸扬扬的，连县里某书记都过问了此事。

县公安局的人本想尽快结案，平息这场对他们不利的风波，但是上报检察院几次，都被以事实不清为由发回重审了。

这时，村里由草丫带头，率领四十几名妇女闹到了乡里和县政府。她们黑压压跪在水泥台阶下，手里拿着呈给县长的由全体村民签名的血书，要求释放无辜者、扒掉黄房子歌厅、遣散小姐们、还谷草垛村一个安宁文明的良好环境。虽说村民们被随即赶来的警察们轰散，但声讨请愿的余波却很快使事情有了神奇的反应。两个月后，明娟终于被无罪释放了。

当时，尽管黄房子歌厅的老板也加紧四处活动，听说省城的某领导也亲自打来电话过问这件事，可是各级领导似乎怕这些无所顾忌的村民们真的被惹恼后，上京城去上访，或者，事情一旦被激化，再引出更大的麻烦，一切便不好收拾了。所以在市县乡三级层层官员们要安宁而不要动荡的前提下，这个倔强得有些胆大包天的乡下妇女没费更多周折，被无声无息放回了家。

出看守所那天，正是秋收季节，阳光金子似的洒落下来，使面色苍白的女人不自觉眯起眼。

她望见二罕、草丫和榆钱儿都站在大门边等她。女儿看见她时，忽然叫一声，鸟儿一样飞过来，一下扎进她怀里哭起来。

二罕笑呵呵迎上前，一个劲拉榆钱儿。"哭啥嘛哭，你妈这不好好的吗？"

这时身后那扇沉重的黑森森的大铁门咣当一声关紧了。

草丫攥着明娟的手不撒手。"明娟姐……"她哽咽一下，赶紧捂住嘴，抽泣起来。

"上车吧。"二罕借来一辆拖拉机，对明娟招招手。

"不。"明娟咬住嘴唇，道出一个字。

"上车吧。"草丫也热热地往车上拽。

"不——！"这回明娟扬起头，尖利的目光刺得二罕一愣。

"你……你这是……"男人不知所措地搓着双手，咧咧嘴，觉得女人住了两个月拘留，人变陌生了，不像从前那个熟悉的老婆了。

"咳，你这是何苦呢？"草丫见状，也上来劝。后来，大家强扯硬拽的，好歹让明娟坐了上去，农用拖拉机浑身一抖，屁股冒出一股黑烟，颠颠簸簸上了公路。

是的，明娟望着刚刚收割过的光秃秃的田野，内心也像那一排排尖利的苞米茬一样，空空荡荡起来。

两个月的拘禁虽不算长，但两个月失去自由的生活却足以把一个淳朴善良的乡下女人变成另外一个人了。她似乎看透了眼前的一切，看透了以往的生活。她觉得自己正在变得愈来愈轻，仿佛微风中的一根羽毛，仿佛山埂上一丛蒲公英成熟的种子。

拖拉机进入村口时，明娟不由自主向村东方向眺望起来，眼前的景象不禁让她一阵呆怔，阳光下黄房子院里正在大兴土木，一派热闹喧闹的施工情形。这次盖的大概是三层小洋楼哩，脚手架高高的几乎超过了老槐树！好几辆重型卡车正穿梭般进进出出，装卸着什么建筑材料。

"他们……他们在做什么？"明娟嗫嚅着问。

草丫犹豫着望了二罕一眼，末了有力无力答道，"听说是要盖什么洗浴中心。"

"洗浴中心？"明娟奇怪地自言自语，"咱乡下人又不习惯进澡堂子。"

"唉，"草丫摇摇头，"其实还是养一群小姐给男人按摩玩弄的地方。"

明娟一下没了声响。

停了停，草丫又补充道，"这东西，听说还是黄房子老板盖的。"

一边的二罕便劲捅一下草丫的肩膀，草丫连忙缄口不说了。车过黄房子旁边时，二罕无意中一扭头，瞥见坐在一边的明娟的脸白得像一张纸。

　　四喜子被砍了半拉脑壳，这回不是在草丫的小卖店里，而是在村外的大洋河边。尸体是放羊的老羊倌发现的，被警察验完后拉回了村，停在他那两间破烂院落里，明娟没敢去看。不过，即便她没去看过，眼前也能浮现出一幅可怖的画面来。那张丑陋的、脏兮兮的脸上，一定狰狞得吓人，并且落满黑压压的苍蝇。

　　想到这，她无端地笑一笑，吓了二罕一跳。

　　"你……你病了吧？"二罕伸手摸摸明娟的头。

　　"没病。"明娟不耐烦地挡开了。

　　"那……你想吃啥？"二罕又问。

　　"没胃口，啥也不吃。"

　　近来，二罕一直小心陪护着明娟，生怕她想不开，出了闪失。但女人一直这么不温不火不阴不阳的态度，又分明让他觉得害怕。

　　"你说，你到底咋的啦？"二罕闷闷地问。

　　"没咋。"

　　"没咋是咋的啦，让人憋得喘不上气来。"男人委屈地嘟哝着，去了院里。他走得很急，没发现有一滴泪留在女人左眼的眼角处，仿佛一颗闪闪发光的钉子。

　　而窗外槐树上的一只秋蝉，正命命啊命啊地叫个不停。

十二

明娟准备要远走高飞了，她要离开这个生活了几十年的小村庄。这念头随着秋天那裹着黄金叶片的脚步愈去愈远，竟一天天强烈起来。

到了十月底，她终于偷偷置备下了外出需要的东西。衣物啦，日常用品啦，钱票啦等等，重要的是，她还有了一封寄自南方某城市的来信——那是邻村一个相识的小姐妹从某个歌厅发出的。

晾晒好的粮食已经入仓，小女儿也已入了村小学。明娟把该带的东西拾掇好，藏到屋角的大柜里。

上午，她把屋子从里到外收拾一番，又把积攒下的衣裳洗了洗。下晌，她独自坐在炕上发呆。秋风一阵紧似一阵地刮过来，树杈上的叶片已经掉得不多了。女人的心慢慢生出伤感，觉得人活着真是不易啊。

人若是总不长大该有多好！她想起童年时，虽说生活困难，但整日里无忧无虑的，多让人羡慕啊！

二罕去乡上用苞米换些馇子，回来时天已蒙蒙黑了。明娟燃起大锅，切了一块咸腊肉，做了她最拿手的炒馇子，一家人吃得满头大汗，都说新打下的粮食就是好吃，就是香。

晚饭后明娟烧了一大锅热水，说是要洗个热水澡。往常乡下人只有到年关时才能这么奢侈地用大锅烧水洗浴的。

水开后，灶房冒出滚滚蒸汽。明娟插好门，端来木头洗衣盆，脱光衣裳，慢慢坐到盆底，一股通体舒泰的感觉油然而生，弥散到全身每个关节、血脉，一直过电般通到脚趾尖。

明娟洗了足足一顿饭工夫，这才换上一身干爽衣服走出灶房。她一进里屋，看见坐在灯下直瞪着眼瞅她的男人，抿了抿嘴角说，"你干愣怔个啥，还不赶快洗去。"二罕又盯了她几眼，狐疑地去了灶间。

当两个人胶合在一起时，女人似乎一下回到了新婚蜜月时分，那时他们好得有多邪乎啊，往往只要对方一个眼神、一句暗示性的话，就能立刻点燃彼此心头的情欲。他们在新婚的火炕上，在村外的小树林里，在长满厚厚青草的大草甸子上，在一切能提供给他们拥抱、亲嘴、深深拥有对方、占有对方的场所忘情地翻滚着、起伏着，就像一条河水汇入了另一条河水。

而今晚的情形仿佛真的回到了从前，女人的热情让男人吃惊，而男人的力量也使女人痴迷，当身体和身体赤裸地碰撞着，终于融合为一体时，女人的喉咙里只管一个劲地低唤着，"二罕，二罕哎……我的好二罕哎！"而男人也同样叫着："明娟哎，明娟！我的好明娟哎……"

天亮了，早晨了，女人贪贪地睡了个懒觉。当她起身梳洗打扮时，发现男人早已下地去了，孩子们也已上了学，家里只剩下她一个，当然还有院子里的十几只鸡、鸭和两头肥猪。

她觉得渴望已久的时机终于来了，赶紧从热锅里拿出两只馒头，又胡乱吃些剩粥，收拾好包裹，临出门时，内心不免又伤心起来。她四处看了看，仿佛要尽力把眼前这熟悉的一切看个够，都铭刻到记忆里，仿佛她从此真的会永不再回到这个家一样。她又一次流下了泪，想了想，还是留下一张纸条，放到炕头上，一狠心，锁上门，抬腿出了院门。

村街上冷冷清清，寂寥得很。她原来一直担心遇上熟人不好解释呢，却天遂人愿一般，一个邻人也没碰上。当她快步出了村口，走上通往远处的乡道时，阴沉沉的空中乌云翻滚，像是要有迟来的秋雨了。

忽然，她听见岔路里有人遥遥喊一嗓，扭头望去，却是二罕跟头把式追过来。不知为什么，她蓦地转身向前疾跑起来。没跑多远，脚上穿的皮鞋甩掉了一只，女人一个趔趄，跌坐地上。

"你……你跑什么？"二罕追得上气不接下气，一把拽住她的手。

明娟一甩，挣脱了，将将额前的发帘，说："你回吧，俺肯定要走了。"

二罕冷笑一声，说："去哪，也是去南方做鸡吗？"说着抖出一个信封来，正是邻村姐妹的那封来信。

明娟心一沉，但随即便迎上男人讥讽的目光，硬硬说："是又怎么样？你不是就稀罕小姐吗？"

男人的目光便软了下来，上前央求道："明娟，咱们回家去吧，咱好好过日子不好吗？"

"晚了！"女人拣起有些散落的包裹，"真的是晚了，俺可不想再过这么苦巴巴的日子啦！"她努努嘴，说："你回去吧，回去好好照顾孩子，俺到了给你回个信。"

男人又仔细看了看女人的眼睛，发现里面有一种让他畏惧的冰冷的东西，便气馁下来，知晓这女人一旦打定了主意，十头牛也甭想让她回头，便叹息一声，抱着脑袋蹲在了空荡荡的乡路上。

2007年6月

鼠年月光

回忆过去的生活，无异于再活一次。

——马提·亚尔

　　湍急的大洋河和沙粒涌荡的大沙河在辽东南莽莽苍苍的丘陵群中蓦然巨蛇般缠绕在一起——咆哮、交媾、喘息，又汹涌东去，嘶喊着汇入辽阔无边的黄海。那两河交汇的岸畔，嵌着一堆土坷垃似的褐色小山村，一律黄泥草舍、石头院落。大约三十多年前，我们一家人因为我父亲工作上的缘故，落脚在了那个只有三十几户人家的、名叫沙里寨的山旮旯，并且一待就是漫长的八年时光。可以说，我的整个少年时代都是在那条河水凄清冷冽的大河边度过的。我特别迷恋于黄昏时分夕阳在唐大山渐渐湮灭的情景。那时候如血的暮霭洒在泛着涟漪的水面，四周浮起一层梦幻般的烟，淡淡的月亮宛如一抹遗留在黝黑天际的指纹。大地是那么神秘和苍茫，仿佛来自远古的呼唤。我常常一个人在沙滩边的岩石上木呆呆地陷入遐想，对未来似乎天生就有一

139

种说不清道不明的忧伤和酸楚。我知道成长像遗精一样是无奈的，而朦朦胧胧的爱意却使我这个小学五年级的内向少年产生了深深的惆怅。

我父亲是个水文工程师。水电学院毕业后就分到了一个大型水库建设工地当技术员，不久工程下马，他又被重新安排到辽东的几个水文站工作，不想一干就是一辈子。当然了，这期间他马不停蹄地恋爱、结婚、生子、偷情、打篮球……从一个水文站调到另一个水文站，他总是顺着河流走。可以说，辽东南莽莽苍苍大山里的那些星粒一样撒播在水势汹涌的大河边的水文站，都有过我们一家人生活的痕迹。这是真的。我们就像是被洪水滚动的沙粒或卵石，叽里咕噜顺势而下，后来便滚到了位于辽南的凤城、岫岩和宽甸三县交界的一个名叫沙里寨的乡村里，那儿有两条激流交汇白浪滔滔的大河——大洋河和大沙河。我们的家和那栋造型奇特的水文站就坐落在岸边的一处悬崖上，当我们在院子里弹玻璃球时，一不小心色彩斑斓的玻璃球就会滚到石崖下的水流里。我们在那块兔子不厕屎的荒凉之地一待就是八年！

我父亲是个游手好闲的人。他喜欢打篮球、吹牛皮、大碗喝酒、瞎胡闹。他天生是个乐天派，从不知道害愁，和我母亲正好相反。他来自繁华的大都市，出身于破落的资本家家庭，从小就养成了好吃懒做的做派，从来就没有热爱过神圣的劳动，这一点也跟我母亲相左。（她老人家勤俭吃苦，任劳任怨，一直到现在。）所以在我儿时的印象中，两个人总为房前屋后的那点田地打架斗嘴。我父亲随时会找一切借口逃避和开溜。除了说站里的事忙外，就是说要跟公社里的球队比赛，所以种菜种粮的任务基本上就落在了母亲和作为长子的我的身上了。

对于懒惰这点母亲大概还能忍受，最令母亲气愤的大概就是他不懂节俭胡乱花钱。那时每月他才挣四十二块五毛钱，要养活一家五口人，日子自然紧巴巴的。可是父亲毫不放在心上，每次出差，回来时总要把钱花得一干二净，就像我家那只破了个洞的水桶一样。有时还跟水文站的会计借钱花。所以每逢开资，他们二人总要大吵一顿，在沙里寨的那八年之中，我父亲几乎没有领过一回满额工资！

在那样饥馑的日子里，能填饱肚皮的粮食真正成了每家每户所要面临的最重要的问题了。

我们种粮、割草、砍柴、养猪……在那个僻远、荒凉的小山沟里，我们这七户水文站的家属们似乎真正成了自给自足的当地"土人"啦。

我父亲水文站的测量流域归松辽水利委员会管。"松辽"也就是指松花江和辽河的意思。当然在业务上，他们直接归省水文总队和市水文大队管。由于生活太过艰苦，食物匮乏，水文站中那些基本都是大学毕业生的知识分子们就都变得嘴馋贪心起来，一提"肉"类就流涎水，于是他们经常借口上级来领导了搞搞会餐：既喝当地产的六十七度高粱烧，也吃当地生的那种又壮实又凶猛的大笨狗！（一条狗只卖八块钱，去收购站卖掉狗皮，实际上还背不上六块。简直太便宜啦！）

时间久了，当地百姓们都管水文站叫打狗站。谁家想卖狗换个油盐零花钱，就会主动牵狗找到水文站来的。我父亲他们可以说从来就是来者不拒，甚至还赊欠狗债。

当然啦，到了后来，似乎不仅仅只限于狗类了，当地产的纯种绒山羊啦，拉磨用的毛驴子啦，老病之后不能做活计的耕牛啦，他们都买过。每到宰牲时候，几乎成了我们这些孩子快乐的节日。我们不仅喜欢看那种白刀子进红刀子出的壮观刺激场面，还喜欢喋喋不休地议论狗的哀叫、羊的眼泪和老牛垂死挣扎时的蛮劲儿。

有一次，一头牛被绳索捆绑后，四个汉子从不同方向狠拽它木桩似的四蹄，连吃奶的劲儿都使出来了。那牛却纹丝不动，反倒把四个壮汉累得气喘吁吁狼狈不堪，后来老牛一声闷吼，手足无措的杀牛者吓得扔下刀便躲到了树后，惹得围观的我们哈哈大笑。

手持尖刀的中年男人姓黑，也是从城里下派来的，人很虎性，爱显摆，所以这项谁也不愿干的屠宰大牲的"刽子手"的活儿就落到了他的头上。

他就住我家隔壁，我管他叫黑叔，关于他的故事，稍后再慢慢细唠。

还有一次，河对岸卖狗的老汉把狗牵来后，刚刚坐渡船回到对岸，那狗便咬断绳索涉水而逃，慌得水文站的人一路紧追过去，一直追到老汉家，这才央求那老汉再次把猖獗狂吠的畜生重新牵回。这次拴狗用的套子是八号铁线，水文站的几个人凶狠地揍了那狗一顿，卖狗的老汉见状一个劲儿央求，等他走远再打。大家见他可怜，也动了恻隐之心，谁知不待老汉过河，狗便不顾钢牙蹦碎，咬断粗硬的铁线，又回到老汉屁股后面。看着狗满嘴鲜血的惨样，老汉心软了，几乎想不卖了，但钱已攥到手，又不好反悔，所以第三次把狗牵回水文站。这次不待老汉走开，几个人便痛下杀手，只几钢锤，那狗便头骨碎裂，昏死过去。大家忙着烧水剥皮，一旁的老汉却一屁股跌坐地上，早哭成了泪人……

当然，水文站后来不仅吃狗肉，什么牛呀，羊的，只要不是人肉，大伙便对其大感兴趣。有一回，当地人用自制炸药做成的炮炸死一条大鱼，那鱼足有两米多长，花鳞甲片，大嘴巴生在颌下。乡人皆以为炸死了鱼怪呢，都惧怕得不行。几个胆壮的将鱼拖来水文站，只卖了十八元。我父亲把那怪鱼用利斧劈成几段，一家分一段，用大铁锅烀吃，肉味臊，肉丝硬，类似老母猪的肚腩皮，难吃。

据说那鱼叫中华鲟，发洪水时从江里逃上来的。

说起来也怪不得父辈们残忍嗜血。那时候，像我们全家五口人属农村非农业户的，每月拿粮卡到二十几里外的公社粮店领粮，每口人细粮每月也就十余斤，平均每天还背不上一斤，每顿饭还背不上二两呢，这怎么够吃？我们兄弟三人正是长身体的时候，个个吃起饭来如狼赛虎的。由于很少吃上肉，饭量就奇大，母亲不得不在房前屋后开垦些烂石地，种上些苞米、高粱和黄豆、青菜，混在有限的细粮里给我们填肚子。那时，我多么渴望吃上一顿不含苞米面的纯正的白面馒头啊。可是我的肚子就像一个无底洞，似乎总也难以填满。我总是饿得头昏眼花。每天一放下书包，我们哥仨儿一见母亲面就会同时这么喊："饿死了，饿死了！"母亲总是长长叹息一声，愁怨地望着越来越瘪的粮口袋。

由于日子苦，母亲带着我们也和当地农人们一块上山打食儿。春天草儿刚一冒芽，我们就开始扛着筐翻山越岭挖山菜了。蕨菜啦，刺嫩芽啦，老母猪豁子啦，牛钵罗盖啦，苦苦菜啦等等，我全都认识了。到了阳春四月，河柳一青，我们便到河堤上的榆林里采摘新发出的榆树叶，当地人管它叫榆钱儿。用榆钱儿熬出的汤鲜得了不得。我这辈子也忘不了它的清香味儿。之后呢，到了五六月份，雨水充沛时，我们会三三两两上山采蘑菇。我对蘑菇有点外行，有一次采回的蘑菇，差点把全家都药死。我家最小的三弟弟中毒后直翻白眼，幸亏附近有一位乡下的"赤脚医生"桃子姐姐送来些中草药，这才救活了瘦得像狗崽一样的三弟。还有一回我的二弟采蘑菇时，误将一条花纹华丽盘成一团的毒蛇当成了蘑菇，结果手刚一伸出，虎口就被咬出俩针眼儿大的血丁，当晚胳臂肿胀成水桶。

母亲坐在灯下，一边为弟弟敷药，一边低低哭泣起来。

山里的农活特别累。春天播种时，往地里送粪，都是一担一担肩挑身扛运上坡梁的。每一担粪肥少说也有一百几十斤，对于一个十二三岁的少年，身子骨还是嫩了点，一趟下来直打晃，更甭说翻沟越坡了。夏天给猪割草，割瘪谷（一种山上野生的名叫榛材的树叶，晒干之后留作冬季喂猪），一麻袋又湿又重的榛材叶子背下山，身上的汗像下雨，手臂上全是蒿草、荆棘拉出的血道道。尤其是那种名叫洋拉子的毒虫子，蜇得皮肤又红又肿，疼得人直打哆嗦。秋天庄稼熟时，收割、打场、磨面，就更忙了。至于到了冬天，我的整个寒假都是在白雪皑皑北风呼啸的山上度过的，那是一年中最苦最累的活——砍柴。每天清早，冬阳出得晚，玻璃上的厚霜还没融化，我就约邻居的小伙伴们大的拉着小的，小的扯着更小的，一边嚼着苞米面饼子，一边挟着镰刀往山里走去。附近山沟里的柴都被砍光了，我们往往要走五六里崎岖不平的山路，才能找到茂实的好柴。主要是青冈柳啊、黄菠萝呀、蜡树呀、桦树啦等等。山上风大，温度低，我们干活时全身淌汗，所以头上总是热气腾腾的，不久就结成了冰溜子。下山时负重，每个人尽量扛得多些，那种扎成鸟翅形的马架子忽闪忽闪在肩上，一口气常常要跑出几里山路才敢选个有高坎的地方歇上一歇。因为如果选不好地场乱放，再次扛起时就很难把二百余斤的重物自己掀上肩头了。

父亲几乎从不上山砍柴。母亲没办法，又疼我和弟弟，有时不得不请当地的山民帮忙，砍一天柴中午供一顿白面馒头鸡蛋汤。那也是一半人情一半酬劳的意思。供这一顿饭往往要吃掉我家三个月的细粮。（我曾亲眼看见一个山里壮汉一口气吃掉八个海碗大的白面馒头。）我看得目瞪口呆心惊肉跳。后来我下决心独自承揽我家一年全部的柴火，就是为了免于让那点有限的细粮落入"虎狼"之口。

何况还有和我们同居一室的老鼠呢。

说起我家的老鼠，我真是又气又恨。它们不仅狡猾、贪婪，且又胆大妄为。我家的口粮袋经常被它们嗑咬得千疮百孔，甚至连母亲视为命根子的木箱子也不放过。那还是母亲结婚时唯一的嫁妆，如今也在箱底板上赫然留下一个手腕粗难看的洞和一堆木屑。母亲简直气疯啦，她一边恶毒地诅咒老鼠们不得好死，一边在锅台炕角撒上老鼠药，但是却一只老鼠也没毒死。

"它们懂人语哩，"母亲无奈地说。

是的，那些小精灵一样的家伙与人畜待久了，完全能听得懂人语。据说如果你想毒死它们，在下药前千万不能谈及此事，否则，鬼精鬼精的老鼠们知道了，就会一传十十传百，不再吃任何可疑的食物了。

　　而老鼠们继续在我家的灶台旮旯儿留下令人恶心的老鼠屎，它们的活动猖獗着哩。每到夜里，我家纸糊的天棚上就会响起它们疯狂的嬉闹声和嘶叫声。夜晚是老鼠的天下，老鼠们欢快得滚成球，跳起了秧歌、二人转。黄泥铺成的屋地也成了大小鼠辈们散步、游行、示威、演说、唱歌和谈情说爱的广场或舞台。只要我家那盏四十瓦的，挂着灰尘油垢蜘蛛网的昏暗白炽灯泡一灭，老鼠们便大摇大摆走出洞穴，或鞋里，或柜脚下，或窗沿上，总之，这些黑暗洞穴之王们是多么快活啊！这同样也是拖家带口扶老携幼的灰色种族——人类最近最近的冤家。每当我因半夜憋尿突然拉亮灯时，便会目睹到它们忽啦一下消失得无影无踪的情形。

　　它们还是怕人，我想，讨厌的小东西！有一次我看见一只显然很小的幼鼠，在灯亮那一刻惊讶地望着我，又黑又圆的眸子好奇地盯了我好一会儿，直到我跳下炕，才刺溜一下消失在家具的阴影里……

　　母亲催促父亲想办法，父亲答应了好长时间，才在附近山民手中借了两副鼠夹子，支在老鼠出入的角落。

　　头一天晚上，我迷迷糊糊睡着之后，忽听一声细碎的惨叫，接着是父亲赤脚跳下炕拣起鼠夹。就见一只大鼠扁扁被夹在黑铁鼠器中，一条细腿在微微抽搐、痉挛……

　　"夹着啦！"弟弟们欢呼一声，纷纷光着屁股跳出被窝看稀奇，竟忘了害羞。直到母亲照那瘦腔拍了一掌，这才手捂羞处缩回去。

　　初战告捷使父亲信心大增，立即借来更多的鼠夹安置下去，但是事情并没有向着我们期望的方向继续发展。老鼠们似乎吸取了血的教训，它们另辟蹊径，跟我们展开了游击战、捉迷藏，神出鬼没。每天晚上，我们只听见鼠辈们在我们身边大肆嬉闹尖叫，却再也没有扩大过战果。

相反，狡猾的敌人倒更加肆虐张狂起来，不仅在锅灶上屙起令人恶心的鼠屎，还把我家柜子里母亲那件珍藏多年也舍不得穿的毛料外套嗑了个洞。

"天哪……"母亲捶胸顿足，心疼得两顿没吃饭。

更糟的事还在后面呢。我的三弟弟因为和邻居的孩子藏猫猫玩，爬到柜子后头时，不小心一脚踩上了鼠夹，啪的一声，几乎要把他细如麻秆的腿脚夹断。

"得尽快想个法子。"那几天，母亲一边做活，一边皱着眉头念叨着。

下个逢五日赶乡集时，母亲背回的筐里，多了个绒线团一样毛茸茸的东西，我们拥上前抢出一看，是个刚刚能站住脚的褐色虎纹的小猫崽。

邻居黑叔是父亲的同事，他虽也是来自大城市，却由于父母都是工人，家庭人口多，生境困难，所以参加工作后，在谈及个人问题时，竟做了当地乡民的倒插门女婿。

那是一个苦熬多年的老寡妇和她的一个有些呆相的女儿的家庭。一切都是老寡妇说了算，女儿只是言听计从的木偶。家里气氛阴沉。老寡妇轻易不出门，所以面皮苍白，目光凶狠，倒是那年轻媳妇有着无知的欢笑。

"哼，黄世仁他妈！"父亲说。是的，那终日缩在阴影里的老妖婆，的确像电影《白毛女》中那个心如毒蝎的地主婆！

黑叔是个没什么心眼的直肠子。除了饭量大，贪吃，和永远也难得填饱的肚皮外，几乎没有什么让人嚼舌根子的事儿啦。就连村西的桃子姐姐也说不出个子丑寅卯。

　　我一直对那位年轻风流的赤脚医生心存芥蒂。这首先要归罪于她的美丽。那时我还不知道性感这个词，我只知道看见她，会让男人们目光贼亮，像发现诱人食物的鼠们。

　　有一次队里来了两个外乡的鼓书艺人——一高一矮两个瞎子。桃子姐姐坐在木墩上，敞着怀儿奶怀里的孩子。身前身后的男人们的眼就都直了，稠稠地往她身上瞟，连热闹非凡的《薛仁贵征东》也没人理会了。在密实的人缝和呛人的旱烟味里，我窥见那位迷人女人胸口的两坨肉上，有一圈红红的乳晕，像秋季里成熟的大山楂果子，让我一连咽了好几口唾沫。

　　母亲在一旁，剜了父亲好几眼。

　　还有一次，我在睡梦中听母亲幽幽地质问父亲："下班不回家，跑那骚女人家里做啥？"

　　"不是给她修修电灯开关嘛……"父亲支支吾吾。

　　"电灯开关？"母亲说："呸！黄鼠狼给鸡拜年！"我故意翻了个身，父亲就不再言语了。是的，父亲不像黑叔，但黑叔做事总是要吃些亏的。比如每天他一上班，他那位平日里哼哼唧唧总说胸口疼的丈母娘，便颤巍巍踮着小脚下了炕，一边手捂胸口皱眉头，一边叫她女儿，也就是有些白痴的黑婶点火做饭。她管好吃的东西叫好嚼咕，她总趁女婿不在时偷弄些好嚼咕娘俩享用，而且每次都吃得干干净净，不留一丝痕迹。

　　老太婆的心毒着呢。

她女儿，也就是黑婶，说话还有些大舌头，凡事都听妖怪老太婆的，就像老妖婆的应声虫！老妖婆说东，她就往东；老妖婆说西，她就往西。她自己完全没有主见，也不知疼爱丈夫，仿佛一根木头。这不，每天清早，无论是上山割草，或是下地干活，老妖婆总是千叮嘱万吩咐，直到把那木头媳妇弄得头跟鸡啄米一样，这才放心离去。尤其是要到十里八村赶集时，更是一遍遍将快出院门的黑婶召回，嘀嘀咕咕吩咐一会儿，待木头女人刚扛筐走出院门，便又尖声喊回，细细叮嘱，隔壁的母亲只听那木头媳妇"嗯哪，嗯哪"连声应承着。如此七至十回，这才消失在赶集的土路上。

更有趣的是，黑婶怀孕时，妖怪老太婆竟要求她站着大小便，说是蹲下身子会坐下病根。母亲总愿偷听隔壁的"新闻"，但对这种匪夷所思的做法还是惊愕得不知所措。她迅速告诉了水文站其他几位家属。很快，有关黑婶站着拉屎撒尿的逸事便风一样流传开了，变成一件人人皆知的笑料。有人见了黑叔便逗他，听说你老婆会站着撒尿，是真的吗？黑叔听了咧咧嘴，一副无可奈何的苦相。

那只猫我给起了个名字，叫小虎。它的眸子像淡青色的月光。它的尾巴直直地立起来，忽然一抖，发出波纹似的浪线，轻盈得仿佛没有骨头的羽毛。它走起路来轻飘飘的，烟一样来去无声。当它喵喵地叫唤时，又像耍娇的小孩儿，叫得人心里痒痒的。

我说："小虎小虎，去捉老鼠！"

小虎看看我，懒懒伸个懒腰，卧在暖洋洋的炕头上，一会儿便打起了呼噜。

但老鼠们还是很害怕。小虎刚来时，屋子里一连肃静了好几天。

我听见那只奸诈狡猾的灰鼠王对小的们说："小心点孩子们，来了个咱们的天敌！"

一只小老鼠好奇地从洞口伸伸脑袋，忽然看见一双绿莹莹的大眼正一眨不眨灯泡般瞪视着它，吓得妈呀惨叫一声，麻溜钻回洞穴深处了。

太好啦！我想，即便小虎没捉过一只老鼠，但是有它在，鼠辈们就心惊胆寒，一物降一物嘛。

我把好吃的东西都喂给小虎吃，什么鱼啦，捉住的蛤蟆啦，蚂蚱啦。我一刻不停地盼望着小虎快点长大。因为小虎长大了，有了力气，才能统统把那些丑陋的地鼠们吃个一干二净。

说起来小虎在短促的一生中也捉过两次老鼠，不过每次捉住时，它总是要尽情玩耍个够。也就是说，它并非真的喜欢吃掉它们，它只是觉得好奇，或是觉得好玩，就那么蹲坐在地上，一边用爪子拨弄吓破胆的囊中之物，一边扑闪着猎豹般警觉的眼睛。如果老鼠因过于害怕而丧失了逃跑的本能，小虎就更觉无聊，就只会用那鄙视的目光俯视它利爪下的可怜虫们。

有时，它也会装成麻痹大意、东张西望的样子，表面上仿佛放松了警惕，但是只要狡诈成性的老鼠一逃窜，它就会像突然弹起的弓子一样风驰电掣般扑击过去，一爪便将企图逃生的灰鼠踩在了脚下……

"它还真是不简单呢！"父亲赞许道。

这只有着斑斓如火的金褐色毛皮的小猫，不久就对那种丑陋、阴暗、贼头贼脑并专门以偷窥别人的东西为本事的动物失去了兴趣。它几乎不再搭理鼠辈们的活动了。它白天养精蓄锐，夜晚便如夜游神一样出去，出没于沟壑蒿草之间，我弄不清它都吃了些什么，但是清早睡醒时，会发现小虎肚子溜圆，心满意足回到家，灵巧湿滑的舌头还不时舔刮着嘴角的残汁。

而老鼠们则越来越大胆，越来越猖狂。它们在纸棚顶嬉戏、啸叫，大模大样地在屋当央溜达，明目张胆地钻到紧闭的抽屉里、锁好的木柜里、刚刚收下并装满的粮仓里，并且留下偷食剩下的粮屑以及粪便。

"真是太气人啦！"母亲叹息着。

有一回，我亲眼看见一只肚皮溜圆的胖鼠从洞口走出来，恰好遇见刚从外面回来的小虎。它们静静对峙一会儿，谁也没有任何举动。空气中似乎能听见彼此的心跳和呼吸，我以为一场恶战迫在眉睫，因为那只胖鼠的个头绝不比小虎逊色。但是我想错了，小虎只是漠然看了胖鼠一会儿，抽抽鼻子，便扭转身，慢腾腾回到散发着温热的炕头。而那只一动不动瞪圆绿豆粒眼的大鼠，则不屑地哼了一声，不慌不忙走过门槛，去了。

我几乎气歪了鼻子："小虎，你怎么不抓老鼠呢？"我伸出手，狠狠推了小虎一把。它冲我喵地叫一声，似乎有些委屈，不耐烦地挪了个位置，继续做起它的美梦来。

我没有料到更糟糕的事情在后头呢。

关于黑叔的贪吃还发生过一桩让人津津乐道的事情呢。

黑叔喜欢和父亲一块宰杀买来的牲畜。因为当地有一条不成文的风俗，宰牲者有权得到牲畜的下水，什么肠子啦，肚子啦，心肝肺啦等等。而且每次用水文站的那只大铁锅煮肉时，黑叔又可以有机会先行尝尝鲜儿。所以每回，总是不等锅里的肉完全煮烂煮熟，黑叔便已蹲在火焰熊熊热气腾腾的煮肉锅前吃饱了。（他一会儿用刀子削片肉尝尝，有时甚至还带着血筋呢。）等到正式开宴时，黑叔便只能干瞪眼珠，贪贪瞅着众人狼吞虎咽，干咽唾沫干着急。他实在吃不下了，哪怕一小块肉。他把自己撑得直打饱嗝，而且一连两天见到肉就恶心。有人说，他是吃肉吃伤了。

黑叔和黑婶那时已经有了一个儿子，大概有五六岁的样子，因为患有小肠疝气（民间称之为气卵子），怕累，所以每当黑叔看到儿子乱跑乱动时，总要大吼一声：气卵子——掉啦！

最让人难忘的还是黑叔和人赌吃的故事，想起来至今还让人感到后怕呢。那是一个夏天的中午，水文站食堂蒸馒头。因为每到汛期，测量水情的任务重，大家中午饭就在单位吃。那天中午食堂师傅做的是雪白雪白的发面馒头、香喷喷的鸡蛋甩袖汤，大家都摩拳擦掌，等着中午好好改改馋，饱餐一顿。上午大家一边忙活着，一边不时嗅着厨房里飘出的缕缕香气，肚子早就叽里咕噜乱成一团了。

"咋还不到点呢？"父亲瞅瞅墙上那只老式挂钟，暗自嘀咕着。

黑叔则拍拍肚皮吹嘘，说厨房那只大号铁锅蒸出的二十几个馒头，还不够他填牙缝的。

"你是说你自己能吃下一锅馒头？"父亲问。

"那还用说！"黑叔吧唧一下嘴巴，"不就是一锅馒头嘛，小菜一碟！"

"吹牛！"父亲说。于是他们一个不服气一个，很快就打起了赌：如果黑叔能吃下一锅馒头，饭钱由父亲出，反之他就得请大伙一次酒。两个人这么一较劲，所有人都来了兴趣，纷纷涌向食堂，掀开白汽弥漫的木锅盖，一场可怕的比赛马上便开始了。

一开始，黑叔吃得挺快，一只馒头也就三两口就下了肚。他得意扬扬瞟一眼父亲他们，又一手一个抓起另两只热气腾腾香气诱人的馒头。这让围观的人们不由自主都咽了一下口水。大伙目不转睛地看着。当黑叔吃下八个馒头时，吞咽的速度便明显放慢了，每咬一口，都慢吞吞在口腔里翻滚好多回，才使劲往下一咽，喉头鼓起一个明显的包，老鼠一样顺食道蹒跚而下。

大伙看得目瞪口呆，父亲说："这家伙的肚皮……简直就是无底洞嘛！"

黑叔困难地笑笑，继续往下吞咽。大伙的心也开始越揪越紧，当他抓起第十二只馒头时，父亲也有些怕了。黑叔这时每吞咽一次，脸上的表情便极其痛苦，仿佛吃下的是木头、石块、沙土……他用舌头上下翻搅着馒头块，力图将它们搅碎，以便顺利咽下，但那膨胀起来的馒头块仿佛故意赖在口腔里不愿动弹，每次运动到喉咙口，却又狡猾地溜回舌苔上。后来，黑叔强行将其吞下，却噎得眼泪都呛出来了。他木木看了看大家，身子僵硬得笔直，连弯弯腰都困难了。"算我输了行不？"父亲真害怕了，他用力抢下黑叔手中的馒头，连同剩下的，一股脑扔到茅房里，事情这才总算有了结果。但大伙却没有任何欢呼的快乐，只是默默看着黑叔艰难地踅出屋子，消失在黑云滚滚山风猎猎的院门口。

黑云压城的暴风雨说来就到，只一会儿外面便电闪雷鸣，汪洋一片了。

"老黑，老黑在哪？"父亲焦急地吩咐大家分头寻找，几个人忙不迭钻进雨雾中，找了几个地方，仍然没有丝毫踪迹。后来还是父亲比较有经验，他一直寻到了泊在测量点上的木船处，看见白浪滔滔的沙滩上，一个身影侧躺在水浪和沙岸的交际处，任凭那腥气四溢的潮汐拍打着身躯。"老黑……是老黑！"父亲一伙赶过去，看见黑叔只穿一条兜裆短裤，倚躺在那儿，脸上苍白得像个死人！

他是在借助水浪的力量消化食物哩。

"蛇！"母亲惊叫起来。

正是晌午，小虎捉了一条花花绿绿的俗名野鸡脖子的小蛇蹲在炕头玩耍。母亲吓得浑身发抖，连连后退，连地上的水盆也碰翻了。

母亲一向怕蛇，自那次拣蘑菇二弟被蛇咬伤后，对蛇这种冷冰冰、滑溜溜的动物就更厌恶了。

"他爸，他爸……"母亲大叫起来。小虎此时对那只纤细但野性十足的小蛇玩兴正浓，它扬起利爪，左逗弄一下，右逗弄一下。那花斑环颈的小蛇蓦地昂起头，呼呼啦叫着，吐出分叉的舌焰来。

我很为小虎担心，但小虎显然没把那蛇放在眼里。它们僵持一会儿，是蛇先败下阵来的。蛇颓然一软，像一截乱绳头，小虎以闪电般的速度一口咬住了它的脖颈。蛇在小虎嘴里扭成麻花，后来便一动不动长拖拖被甩到了炕角。

这时父亲赶回来，用一根木棍把死蛇挑走了。

母亲跌坐在屋角好久，终于安下神来。她把受惊吓的罪过完全撒在了小虎身上，拿起笤帚疙瘩狠狠抽了小虎一顿。

但是情形并没因母亲的暴怒而平息。在此后的一段日子里，小虎似乎也狂热地喜欢上了这一游戏。它频频从山野里捉回小蛇——花斑的、灰鳞的、无毒的、剧毒的，总之凡是我们能叫上名字的蛇，都成了小虎爪下的俘虏。我们家成了可怕的蛇窝了。有一次母亲在炕角撞到一条死蛇，顿时吓得魂飞魄散。还有两次我在地下的木柜盖上发现一条奄奄一息的名叫五步倒的剧毒蛇。最可怕的一次是一家人睡觉睡到半夜时，父亲的手无意中在被窝里触碰到一摊凉滑柔软的东西。他拉亮灯一看，竟是一条名叫白带子的土蛇。幸亏那蛇无毒！父亲也吓一跳，浑身一激灵，抓起蛇一把甩到地下。

"这个死猫！不能要它啦！"母亲对父亲说。我们对此都没意见，除了小弟不懂事地嚷嚷之外，我们都不能再容忍这种担惊受怕的恐怖日子啦。于是，经过一番密谋，在下一逢五的集日，父亲用筐背上小虎出发了。

集离我家至少有十几公里，赶集的山民十里八乡乱得很。父亲把装有小虎的箩筐放到集上后，就去附近酒馆喝酒了。父亲每次赶集，都要去酒馆喝上二两，其实也就是盘韭菜炒鸡蛋，或一盘青椒炒肉，一共一元两角钱。但母亲对此仍旧很生气，认为父亲是大手大脚的败家子。两个人没少吵架，有一次还动手打起来，结果母亲被打成乌眼青，闹到水文站领导那儿，要求离婚。但那年代是断断不可以离婚的，因为无论怎样，只要一离婚，父亲就会受处分，所以那些年离婚成了母亲要挟父亲的法宝。后来终于还是父亲向母亲认了错，但赶集喝酒的品行却始终没改。

那天父亲自以为弃猫任务完成得很好，所以傍晚一路哼着小曲回家时，没承想一进屋就碰见满脸怒气的母亲横在门口。

"咋的啦？"父亲不解道。

"还问我？"

父亲一说话，口里喷出阵阵浓烈的酒气，这更使母亲火上浇油。"你就知道灌猫尿。喝，喝，喝！你到底干啥去啦，嗯？"

"干啥？扔猫啊，咋的啦？"

"哼，"母亲哼一声，一脚踢开门。父亲往里屋一瞅，顿时目瞪口呆，那只猫——那只名叫小虎的黄褐斑纹的大猫正得意扬扬趴在炕角，绿莹莹的眼睛嘲弄似的望着他。

"他奶奶的，邪了邪了！"父亲惊叫道。

第二天，父亲用船把小虎送到了对岸。"猫不会凫水。"父亲一边划船一边独自嘟哝着。对岸归属另一个县——宽甸县管辖。过了一片乱石滩就是一大片一望无际的苞米地，然后呢，又是巍峨高耸的唐大山，周围几十公里无人烟。父亲想，把猫扔到这么个地方，看它还有什么招数。况且大洋河水急浪大，一只小猫是断断不能回到原岸的。然而父亲又想错了，那只猫——那只鬼机灵的名叫小虎的大猫仅仅隔了一夜，在第三天早晨太阳刚爬出东面的山垭时，竟带着一身露水和泥印子回到了家里。

"喵——"它叫了一声，吓了大伙一跳。

而鼠辈们更加猖狂起来。它们肯定知道了小虎被遗弃的事情。它们欢呼雀跃，整个夜晚在屋当央及纸棚顶闹腾，真真的滚成了球！

黑叔家看来也不得安宁，那个老气横秋的老寡妇开始在每天傍晚领着黑婶手拎铜盆一边咣——咣地敲打，一边拖起长腔阴森森地叫着："三毛野兽——灰鼠精子，臭！"

老妖婆步履蹒跚走在前面，表情木讷的黑婶亦步亦趋紧随其后，他们和那轮大得怕人的金色月亮一道，绕着屋舍推磨的驴子一样兜着圈。阴沉古怪的声调给这神秘可怖的山村夜晚增添了一股说不清道不明的哀伤气味。

这天，公社来人，要水文站家属也参加当地的计划生育，母亲和黑婶等人就分头坐车去了乡医院，回来时却闹出了笑话。那个笑话不仅让黑叔名声扫地，也让水文站的集体荣誉遭到了当地乡民的埋汰。

黑婶是个二百五！也就是潮乎、傻瓜、白痴的意思。"黑叔娶了个傻老婆。嘻嘻——"邻居的女人和母亲那几天交头接耳嚼舌根，黑叔还气得摔坏了水文站的电话机。

事情的原委是这样的。妇女们到了乡医院，一个接一个排队进手术室结扎时，黑婶却在走廊就脱了个一丝不挂，惹得几十名乡下女人围着看稀奇。这还不算，黑婶结扎之后，竟忘了穿那条膻气熏天的花裤衩，一个人车也没坐，赤着脚连滚带爬跑回了家。她满头大汗头发凌乱地对老寡妇说："妈耶，妈耶，可不好嘞，山上……山上有老虎，呜呜呜地吼。"

她把山风吹起的松涛声当成了虎吼。

另外，她脱下鞋拎在手里赤脚跑据说是为了跑得快。

隔日清晨，乡医院来电话，让水文站去取遗失的花裤衩。站长找来黑叔，黑叔气得眼眶冒烟，蒙受滔天大辱般当场摔了电话机，后被站领导给了记过处分。

"花裤衩……"父亲不怀好意地抽抽鼻头，看一眼神情沮丧的黑叔。黑叔麻溜低下头，再也不吭一声了。

盛夏的一天黄昏，天边堆积着凄艳黯然的残霞，我、两个弟弟和父亲乘坐那条水文站测量水情的小木船，慢慢向河对岸驶去。父亲肩挎气枪，手里拎着一只扣紧盖子的圆形箩筐。我摇橹，小船吱扭吱扭渐渐靠近了对面的沙岸，我们一个个默不作声地跳下船，神色庄重地紧跟父亲向沙滩深处的一个沙岗走去。那儿有一棵婆娑的老柳树，浓密的柳枝倒垂而下，远看去活像一个怪诞女人的头像。

到了目的地，我们围成一个半圆。父亲将小虎从箩筐拎出，咔的一声折下枪管，压上铅弹，然后面无表情地猛然一回折，瞄准了小虎的太阳穴。

"喵——喵，"那猫似乎明白了末日的降临，哀哀地叫着，我们神情紧张，漠然望着它。

砰的一声，大猫的身子像那轮铜汁饱满的硕大的月亮，赫然一挺，之后是一阵猛烈抽搐，血顺着脑袋流到眼睛里，使它的面孔显得异常狰狞。

砰，父亲又补了一枪，这回小虎不再动弹了。我拎着它明显发沉的尸体，放到事先挖好的沙坑里，给它做成个小坟。

天似乎一下子就黑了下来，一只夜鹰蓦地在我们头顶啼叫一声。我感到有些害怕，尤其是弟弟们，我们心里都有些发毛，而周围的气氛的确有些恐怖。

当晚我做了个噩梦，梦见那只死猫昂着血淋淋的头从窗台爬进来，我吓得浑身大汗，一挣，醒了过来。

月辉如水，在屋子里流泻着，而凌乱如墨的树影像谁画在了窗纸上。

"喵——喵"，我分明真真切切地听到了它的叫声，真的！夜空点缀着几粒冷清的星斗，风吹得屋后的树枝咔咔山响。我拥紧被子，暗想：猫有九条命，也许它真没死，或是死后阴魂不散，月光般在四周游荡，而地洞里的老鼠们在那一晚也静悄悄停止了喧哗。

"三毛野兽，灰鼠精子——臭！"隔壁老妖婆和黑婶的吆喝声。又在傍晚时分暮霭满天的穹空中夕烟一样飘荡着……

父亲仍爱到赤脚医生家坐坐。桃子姐姐会唱山曲："二月里来开杏花，杏枝叶儿多，武松打虎就在景阳坡。十三太保李存孝，赵子龙大战长坂坡……"桃子姐姐唱着的时候，目光中会渐渐飘散出一种迷茫的神态，一种很古的情绪也会在屋子里的男人们心中袅袅升起。

> 三月里开桃花，桃花正艳，
> 吕奉先在凤仪亭戏过貂蝉。
> 十二妻妾罗士信，
> 小狄青招驸马就在两梁山……

我偷望着桃子姐姐被山曲撩亮的俏脸，心想长大后，我要是娶媳妇，就要娶这个模样的。

关于那支气枪的来历，我真的有些记不得了，总之是生性爱玩的父亲一次出差时，突兀地背回的东西。母亲曾经抱怨过他不务正业，但是父亲不为所动，仍然雄赳赳气昂昂背着那杆威力并不大的家伙上山打鸟。

我喜欢有枪的感觉，喜欢弯折枪管铅弹上膛时的咔嚓声，喜欢射击之后枪口飘散出的淡淡的蓝烟和机油味儿。我自己有时候也会偷偷把枪拿出去放上几枪过过手瘾，但我的射击技术很差，只打过一只俗名驴粪蛋子的山雀儿。我和我父亲不能比，他老人家不仅枪技好，枪感也绝。打枪几乎不用瞄准。但我父亲是吃过枪的亏的。那是我们家刚搬来沙里寨的时候，父亲一下子对这些莽莽苍苍重重叠叠的大山和山坳里数也数不清的野物着了迷。什么山鸡呀，野兔呀，狍子呀，獾子呀等等。父亲借来一杆当地人养蚕轰鸟用的土猎枪（老洋炮），开始了漫山遍野的狩猎生涯。那些日子，我们家时常会有野物野味出现在贫瘠的饭桌上，我对野兔肉炖蘑菇的吃法念念不忘。

有一次，父亲打山鸡时，偶然看到树杈绿叶间有一蓬蓬松松羽毛的野物，他来不及细想便开了一枪，结果打下的是一只灰猫头鹰——它的一只翅膀中了铅弹，出现一个手指粗的血洞。它凶狠地怒视着来犯者，凛冽冰冷的目光中透出一股逼人魂魄的寒气，父亲不禁打个哆嗦。当地人把猫头鹰啦，狐狸啦，黄鼠狼啦，蛇啦都当成图腾的神物，冒犯了是要遭报应的。果然，不久父亲在水文站扯电线爬上电杆时，那电杆忽然断折，生生把父亲的腿砸断了。母亲为此却大加喜悦，因为那令她一直担忧的灾祸终于化解而去了。

"山妖山神！"她放心舒口气，说。

猫有九条命，猫的阴魂一直弥漫不散。我有时猛然抬起头，会看见它坐在窗台上，绿莹莹的大眼睛一动不动直直盯视着我，仿佛能看透我的骨头。

而老鼠们平静一阵之后，又重新活泛起来。我看见那只鼠王从洞穴里耀武扬威地走出来，站在光天化日下的屋当央，长长打个哈欠，像审视自己的领地一样四处逡巡着。后来，它傲慢的目光和我对视了足有一分钟。然后，它扭转身体，扭晃着圆硕的屁股，拖着那根肉滚滚的尾巴，摇摇摆摆回去了。

我长久地盯着那些越来越狂妄的家伙。我知道鼠洞中的一些秘密——谁是鼠王，谁是哨兵，谁是母后，谁是小姐，谁是丫鬟，谁是携剑带刀的勇士……我还知晓它们每日的活动规律——早餐的时间，睡觉的时间，嬉戏做爱的时间和觅食散步的时间。尤其是到了晚上，通常是我们吃过晚饭，唠完闲嗑，一家人哈欠连天准备熄灯睡觉时，正是鼠国的群鼠们跃跃欲试准备夜间出征的时刻。首先是一只机警的小鼠自洞口探头探脑向外瞭望一番，待看到炕上的人呼噜连天没有危险时，便会回身报个平安：天下太平啦！天下太平啦！这时便是那只威猛的勇士先自出洞警戒，然后才是那位不可一世的鼠王肥胖壮硕的身躯困难地从狭窄的洞穴门口出现……

我在无数次无聊地望着鼠国人马辉煌的仪式之后，有一天突发奇想，我把我的作战计划如此这般跟父亲密谋一番，父子俩在这一问题上竟达成惊人一致，我们同仇敌忾，准备协同战斗。

又是一个古老的夜晚降临了，月光像一支祭奠亡人的谣曲。而这个夜晚对老鼠们来说，跟以往一样，没有什么稀奇，也不会让谁感到异样。

但这是一个血腥杀戮的酷烈之夜！

我和我父亲在那一晚早早调换了睡觉的位置。（因为通常情况下，我们家睡觉的次序是这样的：炕头——也就是最重要最尊贵的位置，自然是一家之主的父亲。然后就是母亲，然后是娇宠的三弟、二弟，最后炕梢的那作为长子之位的才是我的。）但是今晚我父亲屈尊躺到了我三弟的位置，我则紧贴其右，我们爷俩中间多了一杆上好子弹的气枪！

一切准备妥当之后，我们早早关灯上炕休息。父亲和弟弟们还假装打起了酣畅的呼噜。约莫有一袋烟的工夫，地下旮旯有了些微动静。我即便闭着眼，也知道是哨兵鼠在窸窸窣窣出来活动，然后是勇士鼠，之后才是大鼠王，最后才是十几只毛皮锃亮的鼠子鼠孙们。我和父亲都纹丝未动，我们在等待一个时机，等待鼠辈们更放肆大胆，更得意忘形时刻的到来。时间一分一秒地流逝着，性急的小弟甚至暗暗捅了捅我的胳膊，但是我毫不理会，沉下身屏住气，像什么也没听见一样，直到鼠群四处分散活动，各自为政寻找可食之物时，我才慢慢抬起头。

月光下我听见一只老鼠和另两只正在你争我抢地嬉闹，有一只还坐在木柜盖上唱起了难听的歌谣，吱吱吱，叽叽叽……还有一只似乎对本来就有些歪斜的桌腿感了兴趣，正喀吱喀吱地磨着尖利的牙齿呢。

我怒气上涨，牙关紧咬，猛地一拉灯绳；灯光大亮，群鼠们的丑行一下便暴露于光天化日之下。父亲的枪没瞄准屋当央的老鼠，而是一直稳稳瞄着火炕对面墙角那眼赫然洞开的鼠洞——群鼠们的必归之路，既便于瞄准，又可掌握守株待兔的绝佳战机。果然，一切正如我们事先料定的那样，灯光一亮，鼠群仓皇而退，争先恐后逃向洞口，全然不顾鼠国的尊严。一时间，天下大乱，鼠叫连连，你拥我挤，扭作一团。尤其那只肥硕笨拙的鼠王，早丧失了往日的威仪，一头扑向鬼哭狼嚎的鼠洞。"砰——"父亲的枪响了，月光一颤，只见那鼠王身子蓦地一挺，把洞口堵得满满登登。

"好！"我叫了一声，和弟弟们一起跳下炕，手持炉铲棍棒一顿乱拍，大小老鼠顿时尸横遍野。因为鼠王的尸体堵住了鼠洞，它们只能东一头、西一头地到处乱窜。等到鼠子鼠孙们四散逃净时，地上已摆放了六七只血肉模糊的尸首。

　　我一边打扫战场，一边用炉钩将那只灰毛鼠王从洞口拽出，它似乎还有一口气哪，正用失神的眼光悲戚地望着我，它瞳仁中那轮血红血红的月亮正在慢慢变暗。"砰——"父亲对准它的脑袋又补了一枪，这回它狠命蹬踏几下爪子，头一歪，闭上眼皮断了气。

　　一个时代结束了。

2008年5月

伏天的风

女人开始慢慢脱衣裳。

这是一座旧烟房，黄泥卵石砌就的墙壁坑坑包包，贴墙根的地场还结着藓斑。傍晌午的阳光明晃晃从光秃秃的土门射进来，使正在喘息的男人微微眯缝起眼皮。

女人开始是迟迟疑疑一粒一粒解着扣子，那张蒜头鼻翘嘴唇的脸上还残有两道泪痕，但解着解着忽然就加快了速度，忽然像是恨不得一下撕开似的嘭嘭嘭一口气将剩下的半截呼啦拽开，活脱脱两只山兔子一样丰满的胸脯就蓦然从花布衫里蹦跳出来，满满盈盈塞住了男人的眼。

"你看哩，锁柱他爸你看哩！"

本来，明贵是要到集上给锁柱买书包的，锁柱的书包老坏。那浑小子上学不好生念书，整天给明贵惹是生非，今儿个剪了女同学的辫子，明儿个打碎了教室的玻璃。明贵常被学校的眼镜校长叫去斥打，好在明贵有这耐心。

所以昨天晚上，明贵把锁柱的书包倒了个底朝天，然后从哗啦啦牵肠挂肚的破烂里拣出几本狼撕狗掳的课本，最后一脚把破铁枪、河卵石、牛筋弹弓等惹事精踢进灶火堆，自然也包括漏洞百出的那个书包。

就这么明贵一清早上集来买书包。

集市设在两村交界的一处河滩上。正是盛夏伏天，太阳老早就从卧牛山上爬升起来，牛卵一样晃晃荡荡吊在半空，空气中有一股淡淡的青草味和汗腥味。集上卖服装的、日杂的、蔬菜的和农具的零零碎碎叫嚷着，那嘤嘤嗡嗡的喧吵像趸进了马蜂窝，间或会有一两声打情骂俏和嘎嘎的野笑，使原本就乱糟糟的氛围更添起几分闹哄。

明贵正低头摆弄手中的书包时，一抬脸撞见了凤丫。他咧咧嘴，就又低下头去解书包的带子。他不想跟凤丫搭茬儿，他想一搭茬儿就不知该说啥话好了，总不能问那些叫她下不来台的话吧？他把头垂得不能再低，但是女人偏偏这时候叫了他一声：

"锁柱他爸。"

"锁柱他爸，上集哩。"凤丫问。

他抬起头，瞥了她一眼，发现凤丫的蒜头鼻子有点红，脸盘也比以前粗糙些，两眼正哀哀地望定他。他的心就咯噔一下。

"俺……俺有话要给你说哩。"凤丫的翘嘴唇上下翕动着，当初就是这两片肉肉的东西让他心跳和着迷。他站起身，看见凤丫飞快地扭动腰肢往前走，而他哩，则鬼使神差跟在后面，一转眼就进了这座废弃的烤烟房。

有什么在头顶上扑啦啦扑打翅膀，掉下一些灰土。

"他是下死手打俺哩。"凤丫说。他看到胸脯上一条条紫道道的瘀痕，触目惊心地亮在那儿。"他说'打掉打掉'，他让俺把肚里的孩子打掉。俺不打，他就下狠手打俺哩。"凤丫脱完了衣裳脱裤子，他想说别脱，但是凤丫把红腰带扯头一拽，裤子就很便当地秃噜褪下了，露出肥突突大得有些出人意料的屁股。

女人是在迎着光线的地场舞弄这些动作的，半晌午的光线被女人搅和得很乱，就像此刻男人的心境。

"他说'我打死你，打死你'，他说'你扛不了啦你就滚……'呜呜呜……"凤丫鼻涕眼泪一齐抹，因此就把一张哭脸弄得很脏。

"呜呜呜，俺不想跟他过了。"凤丫说。

"狼扛的，他怎敢这样？"明贵瞥了一眼青紫瘀块的屁股，就想抬腿踢一下什么，这是他的老毛病了。但是他没选着目标，情绪上就有点躁。

"狼扛的，俺都没舍得打，他倒下得了死手！"明贵在暗影里转来转去，他怎么也弄不明白，一个大男人凭啥会对女人下得了手，而且还都是那种地方。俺稀罕还没稀罕够哩，他倒下手打。俺和她生活那么多年，她给俺戴绿帽子俺都没动她一指头。她为你离了婚，还为你怀了孩子，你竟忍心下狠手！明贵越想越恼火，终于砰地抬起一脚，把凤丫撂在地上的扢筐踢到旮旯里。

"狼扛的，他真是欠收拾哩！"他一边说一边转过身，看见女人还光光亮着屁股，就又吼叫一句："穿上吧！还挤啥猫尿？"

他说："他敢打俺老婆，俺今晚就收拾他。"说罢哃哃哃，一口气出了土门，把还在迟迟疑疑的女人和一座摇摇晃晃的旧烟房远远甩在后面。

河滩上马蜂窝一样的集，此刻也炊烟一般稀落了。

明贵是午夜时分往村西晃荡过去的。先前，他一直跟几个臭麻将篓子在一家小卖店里"砌城墙"。明贵今晚的手气一直不赖，想什么有什么，所以"和"得那几家眼珠子发蓝，但因此他也就不能提前下桌。好容易熬到半夜，又恰好赶上他刚点了一把炮，就长长打个哈欠，顺水推舟地说："不玩了，不玩了，困得眼皮都撑不开了。"一面说一面出溜下炕，也不管那几个家伙冷嘲热讽，一个人往夜深处赶。明贵今晚心里装着事儿哩。

夜风扑面吹来，他浑身一紧打个激灵，脑子也霎时清醒许多。白日里的燠热到了这时辰才清爽起来，而村庄都舒服得开始陷入梦境，月亮也像是要打瞌睡一样隐入厚重的云团，谁家圈里的猪们迷迷糊糊吭叽两声，就又应和着它家主人的鼾呓沉沉睡实，远处溅起一阵狗吠，仿佛蓦然亮起的灯火，闪了几闪，倏忽又熄灭了。

凤丫的家在村子的最西头，孤家。所以明贵也不必忌讳撞见生人。他不走前门走后门，阴魂一般伏在后窗根下。一切都是约定好了的，如同一个阴谋，但明贵直到现在也没想透到底要把那家伙怎么调理。

"不识好歹的，我非把他个大鳖头踹成个球哩！"明贵想。

估摸那野汉子也是刚刚回来的架势，女人颠儿颠儿地跑前跑后，一会儿端来一盆热水，浸好毛巾给他揩脸，一会儿又蹲下身，把那双厚皮老茧的臭脚丫子按进铜盆里，贱贱地给他搓刮。末了水淋淋担在盆沿儿上，等那条裹上来的毛巾给他擦干……明贵看得生气，憋闷，转回头，伏下身子，暗暗冲窗根儿下的沙土草稞儿里啐了一口。

下贱货！明贵跟凤丫一铺炕上滚了这么多年，却从来没享受到这般伺候。想想人跟人真他妈巴子怪诞，一物降一物兴许就是这么个理儿。我明贵哪点赶不上他？家里外头，钱也没少挣，可她偏偏就死心塌地硬离喽跟上个他！狼扛的，还不就是个破鞋野汉子？

这时辰屋里忽地就传出凤丫哀哀的叫唤，后窗根下的男人显然吃了一惊，支棱耳朵仔细一听，立马脸热心跳勾下头，敢情那贱娘们儿正跟野汉子那个哩。凤丫叫得刺耳，像春天里叫秧子发情的猫，男人也干得欢，把一铺土炕折腾得嗵嗵山响。渐渐地，外头火烧火燎的男人有些挨不下去了，眼里蹿动腾腾绿火，虽死勾住头恨不得掖藏到裤裆里去，但汗津津的手掌还是把随手攥住的茅草揉成了碎片。

虽然屋里黑魆魆早熄了灯，但明贵着了火的眸子里分明能看到炕上蠕动的一堆白肉。长这么大，他还是头一遭看这西洋景，他觉得耳根子滚热，脖筋砰砰乱跳，太阳穴嗡嗡直响。老天爷哟，俺再也憋熬不住咧，俺非干死他不可。他抖抖站起身，睁大双目往屋里望，到处都漆黑一片，啥也瞅不出个囫囵模样，想想又恐怕不是那汉子的对手，不如等他睡实再说，人就又委顿下去。

忽然间听得亢奋不已的一声闷吼，接着便是死一般的静。灯亮了一下，是凤丫光溜溜起身，去灶房间的尿壶上响响地撒尿。她穿过堂屋时，有意无意冲后窗瞥了一眼，然后扭扭搭搭上了炕，伸手拉灭电灯。一时明贵窥视的眸子，又被那炫目的肥臀烫得闪乎。他使劲咽了口唾沫，恨不能有孙大圣的本事，弄一把瞌睡虫撒进去，心下只盼着浓浓的呼噜声起，偏偏屋里的一对冤家你一句我一句说开了悄悄话。

"哎，"男人说，"我叫你上乡里卫生院，你咋不去？"

"俺就想给你生下个一男半女哩。"女人幽幽地说。

"生？生你妈个×！"男人大光其火地骂着，翻了个身，"明儿个你还不去给我拿掉，小心打断你腿！"

"你……你咋就这么狠心？"女人显然抽泣着，停了停，还是那么一句："你咋就这么狠心？"就又低泣起来。

"号，号个鬼来！我还没死哩。"男人更加不耐烦起来，"我可不想要个野种！嫌我心狠，你就趁早滚蛋！"

凤丫嗔怒地说："俺把挺好的一个家都毁了跟了你，你就这么待俺呀？良心叫狗吃啦？"

"良心？"男人冷笑一声，"良心多少钱一斤？你说！"男人顺手从枕头底下摸出一沓钱甩了过去，像甩刀子一样打在女人脸上，又乱糟糟散落一地，"够了吧，唵？你看够不够？不够，这儿还有。"一边说一边又甩，又落，像甩刀子一样耍着威风。

女人眼巴巴望着他，像是明白些什么，又像是还糊涂着，默了一默，才蔫蔫跟了一句："你……你是腻烦俺啦？又有人儿啦？"男人不吭，女人幽怨地哽咽着，似乎又抹眼泪，却抹不掉那分伤情和悔恨，抹不掉溅在名声上的污秽。那许多逝去的日子如这夜色一样滞重着，僵硬着。黑暗中传来女人那句带着哭音的絮语："寒碜哪，俺还怎么见人哩……这么快，你又有了人咧……"便再也没了声息。

七年之后，他被从地广人稀的满洲里抓了回来。一位审问他的法官问他为什么要杀死前妻的男人，他把头摇得像拨浪鼓一样，说没想杀死他：

"俺只是想收拾收拾他。"

"收拾收拾？"法官不解。

"俺只是想照那个大鳖头踹上几脚，就这。"他说。

"大鳖头？"法官还是不懂。

"俺有这毛病，一生气总想踹点什么。踹点什么就好过了。"他说得很诚恳。

是的，那天后半夜，月很暗，风很腥，屋子里此起彼伏的鼾声响得很稠很浓。他一直瘫子似的歪在后窗根，浑身筛糠一般抖得厉害。他想他得踹点什么了，就从后窗翻进了屋，他听见自己喘得跟狗一样，手和脚都像通了电。他一步一步往那炕沿跟前蹭，每一步都仿佛踩在鼓面子——轰轰山响。但是炕上睡死的汉子竟然没听见，竟然像是容下空儿等待那一时刻的到来。他蓦地一跃，蹿到了炕头上的棉被上，他觉得被子很软，野汉子的身子很软，大鳖头很软，他就这么使劲儿往下一踩，然后噗噗，听见沉沉的一声闷哼，接着是骨头碎裂的脆响。汉子的手和脚似乎竭力在蠕动，但是被夜色中的另一双柔软的手给摁住了。而立在炕上的那个男人的亢奋比干那事还厉害，他抡圆了腿拼命踹着踹着，一边踹还一边嗷嗷地叫唤道：

"狼扛的，她给俺戴绿帽子，俺都没动她一指头，你还敢耍戏她！"

"你动俺女人俺就踹你，往死喽踹你。你起来啊，起来啊！"他又说。

血肉模糊，脚底下真是血肉模糊。

被捕后他对审讯他的法官这么陈述：

"俺就想把他那大鳖头踹得跟球一样才解恨！"

从那栋腥气四溢的孤房里逃亡后，他把她带到了寒冷、广漠的北大荒，辗转流离，最后在满洲里给人扛木头。他就是靠挣这份血汗钱来养活凤丫的，但是他们分居两处，再没有睡过一铺炕。

"你们真的再没干那个？"公安问。

"操。"他说。

他笑着摇摇头。

枪毙他的那天春阳高照，人山人海。他五花大绑被押解在警车上，不断冲熟悉认识的乡人点头招呼。当远远看见人缝里那张蒜头鼻翘嘴唇的粉脸时，眼球突地一亮，全身陡然活泛起来。不知怎么就挺胸腆肚地哼唱起这么两句山曲儿：

> 正月里，锣鼓敲，
>
> 大街上高跷扭得多热闹。
>
> 索伦杆上红灯挂呀，
>
> 众人都来瞧，小寡妇去观灯，
>
> 无人领着哇，哎呀我的天。

人群中的女人听着听着不禁泪流满面。警车到了刑场，犯人下得车来，前面早已挖好一个圆圆的沙坑。沙坑底部洇上一洼明堂堂的水，泛着细碎的光。明贵仰起头，望了望黑黑白白的太阳，又望望四周刚刚返青的山包，觉得头有些晕，心也有些躁，心里就极想再踢点什么。忽然瞥见他跪着的膝盖前有一块三棱的石头，也许一会儿扑倒时，那尖利的石头一定会硌得他肚皮疼，就想挣扎站起来，拼力再去踢一脚。然而就在这时，身后忽然迸一声炒豆似的脆响，他觉得脑壳一热，瓦蓝瓦蓝的天和明堂堂的太阳刹那间裂成了两半……

2001年4月

171

火

一

　　二拐子被抓的那天早上，他家门口的那棵老核桃树上忽然飞来两只黑乎乎的老鸹，叽叽呱呱叫了好一阵，把这个三十七岁的光棍汉从酣睡中吵醒。那时，兰子家昨日刚上梁的新屋在清晨绚烂的阳光中丑陋地矗立在一片黑灰的山坡上，大火不仅使东边的一间完全塌成废墟，也使另外四间乌烟瘴气，仿佛被烤焦的土鸡。

　　二拐子这一夜可以说是倍受煎熬，他不像以往纵火之后能心安理得坦然无忌，而是辗转反侧难以入眠。在那铺滚了三十余年的土炕上，这个因在白日的救火中受了些轻伤的中年男人艰难地进入了梦乡。他先是梦见自己在乱云如絮的大风天赶路，后来又梦见他坐在兰子家新房的客厅里，和那个打扮得妖里妖气的女人拜堂成亲。短暂的梦境使他苏醒之后依然沉浸在幸福里，而破烂不堪的窗子外面，他疯疯癫癫的母亲正用棍子驱赶那两只讨厌的老鸹："滚开，不吉利的东西……"老太太挥舞着木棍，身子一跳一跳向上够着。一不提防，其中的一只尾巴一翘，屁下一泡屎，正落在疯子的脑瓜顶。多年以后，当那位木头一样的二拐子的父亲坐在院子里回忆起当日的情景时，对这一不祥之兆依然心有余悸。

而懒懒散散躺在肮脏被褥下的二拐子却没有任何预感。他的眼前依然回放着昨日的那场大火，当火借风势从柴火垛窜向厨灶大棚，再蔓延到刚刚落成的大梁上还飘着红绸布的五间新瓦屋，灾祸似乎没用一顿饭的时间就结束了。那是一段充满刺激和色彩的画面，在二拐子二十年间无数次的纵火中散发着格外绚丽炫目的光彩。"那时天空忽然一道闪电，响起霹雳般的雷声。"二拐子对审讯他的警察供述。而许多赶来参加上梁仪式的十里八村的乡人却说，那是个响晴响晴的晴天，万里无云，连一丝微风都没有，人们普遍感到燠热难当，都像打蔫的狗一样张口喘息，专往树荫下拱。

那时，我从审问他的警察嘴里得知，这个长着一张凹沟脸，一只手（大概是左手）有点残疾的中年案犯已然不止一次纵火焚烧村人的柴草垛了。从六月二十日到八月初，短短的一个多月时间里，他竟然点燃过附近两个自然村的十七户人家的柴草垛。当乡派出所的警察们把他从臭气熏天的被窝里像拎一只土鸡一样拎出来，并动作麻利给他铐上手铐时，二拐子的疯症母亲站在一旁一边拍手嬉笑，一边跳着赤脚叫唤："好吔，好吔！我儿坐上轿车喽！"

二拐子面带微笑，仿佛真的是去赴宴一样乖乖上了车。他一点都不惊讶，惊讶的倒是那两个吊儿郎当的警察。他们觉得上司让他们抓这么一个木讷可笑的穷汉子，这本身就有点荒唐，有点匪夷所思。而且十里八乡都晓得的这位放火者如果再度入狱的话，对他们自己并没有丝毫好处，弄不好还会遭到一些村人的白眼，所以他们对二拐子就表现出相当的客气，这也让我这个做过专栏作家的人感到困惑。

就这样，当我透过这位神情沮丧的警察的回忆，看到那天，当他们拉响警笛在尘土冲天的乡村公路上疾驰时，许多面露不满的村民纷纷拥到路边向他们咒骂着吐口水，有的孩子甚至还拣起小石子远远扔过来，而狗群的狂吠更使执行公务的民警们好像变成了落荒而逃的罪犯。

这的确让人忍不住想要发笑。我想，对于一个公然纵火的惯犯，村人的容忍和默许在某种程度上体现了这个僻远封闭的小村子的愚钝和无知。而从那位说话霸道办事精明的村长那里，我在他闪烁其词的语调中竟吃惊地发现了一个可怕的事实，即村长大人也预先就知道这场即将燃起的火讯。是猜测吗，还是罪犯事先露出了蛛丝马迹？不是，都不是！依照二拐子父亲的哭诉，那天他儿子睡得挺实，本来还打算早饭后把钉在窗棂上的破塑料布扯掉，以便让更清凉的风能畅通无阻地涌进低矮的堂屋里来。然而，当上午十时左右前往上梁人家随礼的乡亲们看到披件皱巴巴外衣的二拐子也走在他们中间时，不少人脸上浮现出抑制不住的兴奋，因为他们知道，好戏就要开演了。

二

上梁那家姓那，和这个村子里的大多数人家一样，祖上都是在旗的，即通常人们所说的满族。全家一共六口人，两个老人，三个女儿。那兰子在三个如花似玉的女儿中排行老二，如今在城里做鸡，也是三个女儿乃至整个村子中长得最美的女子。

这几天，那兰子正动员出嫁的姐姐和刚满十四岁的妹妹也跟她一块进城做鸡："这可是当今最好的职业了，整天既吃得好穿得好，还大把大把挣钱，不干才傻瓜呢。"她姐姐犹豫着，说要回家与丈夫合计合计。她妹妹则立刻表示了同意，小姑娘本来就对上学不感兴趣，一时半会儿又不想在村里谈对象，正想找机会上城里逛逛呢！更何况，她们家如今能在村里继村长之后盖起五间新崭崭的大瓦房，还不是因为兰子在城里赚了大钱，村人早就羡慕死了。

当然，在请了风水先生择了黄道吉日之后，她们并没忘记准备一小垛柴火，以备同村的那位纵火者纵情点火。

这似乎已成村子里的惯例了，每逢娶亲、上梁这样的喜事，放席那家没准便会摊上一回火灾，村人对此并不感到愤怒，更甭说屈辱什么的了。不就是几捆柴草嘛，由他烧去。精明的人家有时会把一大垛柴分成几个小垛，使那个点火成瘾的家伙能在哔剥燃烧的快乐中，遗留下一小部分遗憾。

但是那天那位穿扮得和乡下女人截然不同的那兰子，却忽视了一个重要细节，即由于前来随礼的人太多，她们家并排搭起的三个大厨灶的草棚会使新起的屋子与柴草垛连成一片。这事如果她预先跟城里来的那个相貌猥琐的野汉子说说就好了，也许见多识广的她的野男人会事先发现这一纰漏；抑或她能跟那个乡里来的干部交个底也无妨，那位据说是个副乡长的胖子一定会在案犯纵火之前及时报警的，而绝不会愚蠢地拖延到一片火海之后。

"我一点也不恨他。"兰子望着被烟熏黑的四壁说。

"是哩是哩。"她佝偻着腰的父亲也随声附和。"说是烧着旺财，烧着旺财哩。嘿嘿……"老爷子咧着没门牙的大嘴傻笑起来。

那是一栋在整个村子都鹤立鸡群的房子。宽度是有十米挂零，水泥和青石板全是从县里运来的，窗子和门用的是当今最时髦的塑钢材质，厨房里的瓷片全部都是带花纹的高级优质瓷片，而卫生间里竟然还安装了坐便，这在北方乡下极其少见。为此上了年岁的老年人一直弄不懂人如何才能坐着屙出屎。而那些天真活泼的孩子们则顽皮地一次次用手触摸，以致招来大人们不住地斥骂："滚开，看弄坏了赔不起。"

那兰子那天穿的是一件几乎裸露出整个后背和大腿的连衫裙，那具曾被无数城里的男人们抚摸过的肉体散发着让人昏眩的香气，同时也像某种刀子一样放射出咄咄逼人的魅惑的光芒。小伙子们（当然也包括一些老年男人）全都不敢正眼瞧她。但是他们又忍不住一遍遍偷偷窥望过来，并装成若无其事似的忙前忙后张罗些事情。在乡下人有限的想象里，实在难猜测这位俊俏女子在无数个陌生男人的身体下会如何被蹂躏般地打开，关闭，再打开，像传说中着了魔法的匣子。而那个左手萎缩成鸡爪状的光棍汉子此刻正混在上梁的人群里，每望一回兰子的背影，心头的血液就会突兀地冒出一股青烟。

"啊……"他觉得喉头焦渴，双手不住颤抖，额鬓上冒出热汗来了。

我是在事发后好久才从警察的笔录中看到二拐子面对讯问呆滞的目光的。当那位装腔作势的老年刑警用公鸭嗓问他放火的动机时，无动于衷的汉子一直望着老刑警的那对招风耳。他觉得一个长着这么一对兔子耳朵的人一定是个有意思的男人。他本应问他一些有趣的问题的：比如他在火里看到的幻景，他周身脉管中因为火势的渐旺也逐步达到燃烧的快感。而晃着招风耳的那人却一直声色俱厉地追问他那个最无聊最不便回答的问题。所以二拐子摇动一下他那只有些变形的残手，满不在乎地告诉他：他只是想点把火释放一下心中的憋闷？

"你是说你是故意放的那把火？"老警察问。

"不！"二拐子把脑袋摇得像拨浪鼓似的，因为他又重新沉浸进臆想当中，脏兮兮的脸上露出变幻莫测的复杂表情。"你是没见到那火……啊，那火和以往的都不一样，都不一样。"他答非所问。

在场的几个警察也陷入沉思。数日之前，他们看到这个表面怒气冲冲，实则内心充满饥渴和快慰感的乡下汉子，从闹哄哄等待开席的男女老幼的人丛中悄悄溜出，穿过满地污水的厨灶间和坐在大门口正呜里哇啦吹奏喜歌的鼓乐班子的间隙，来到那垛去年砍下的干爽的柴草垛后面。他没有急于掏出打火机点火，而是掏出了裤裆里的家伙撒了泡痛快淋漓的长尿。就在臊气冲天的尿窝子上，他看到自己裆间的那个闲置多年，从没派上用场的丑东西正怒气昂昂地抬起了头，指向蓝得仿佛能融化掉一切的苍穹。"咔嚓——咔嚓！"在这种响晴响晴的天穹下，他呼呼响的耳畔却真切地听见一阵闷雷在远处的田野上炸响了。

二拐子没有受到拷打，因为在场的包括招风耳刑警在内的其他三名警察都知道他的放火动机，也都清楚他在那兰子上梁之日即将前往的勾当，只是他们想通过案犯亲口说出以便记录在案罢了。所以他们对犯罪嫌疑人的审讯进行得异常耐心，从下午到午夜，再到第二天的傍晚，一场旷日持久的审讯似乎将进行到无止境的永远。在审讯者和被审者都精疲力竭的熬煎中，他们几乎都不同程度出现了幻觉，仿佛看到自己的童年。是的，童年的他们正像大多数正常的孩子一样，都有玩火的嗜好，都有过对狂蹈的火焰出神入化的冥想，而当垂头丧气坐在那喘息的案犯突然以不容置疑的口吻说出那句他们期待已久的供词来时，他们都如释重负地长出一口气。

"因为我家太穷了，太穷了！这回你们满意了吧？"

三

虽然我不认为这是可以纵火的一个缘由，但作为案犯的那个乡下男人有理由充分这么认为。他觉得为此他可以无数次地放火下去，一直到他摆脱贫穷为止。

"那不算啥犯法。"村邻们说。"如果烧几捆柴草就要蹲大狱的话，那药死鸡鸭鹅狗和大牲畜还不得判死罪了？"

连挥舞着木棍四处追赶黑老鸹的二拐子的疯母亲也说："我儿是无罪的。"这就使这件案子出现了奇妙的转向，仿佛鸟儿在空中翱翔时的优雅转弯，这位从小就因胎带的残疾而一向好吃懒做的汉子，在全体乡人的包容乃至纵容的环境下，如果不去点燃那把火，一场热闹非凡的上梁仪式仿佛就少了极其精彩的一笔，而在城里因为做鸡而内心充满优越感的那位俊俏女子，也便没有了释悔谢罪的叹息。

几年之后，当我再度采访过二拐子的父亲、趾高气扬的村长和一对招风耳的警察之后，我仍然不能从这件不断回放的事情上得到一个完整的认识，更甭说深刻的体味了。不错，我是这个村子里一粒漂泊在外的种子，我在外地生根抽芽，但是我的根永远指向那块埋着我无数祖先的玉米地。可以说，我是多么了解那些土里刨食的乡亲们啊！可是对于村子里发生的那些沉浸在烟熏火燎的古老岁月里的琐碎小事，在我有限的记忆里就仿佛散佚在沙滩中一些闪闪发光的金箔，要想把它们收拢到一起，还真得花费一些力气哩。

二拐子家里的穷在十里八乡是出了名的。那两间土房子完全可以用家徒四壁一贫如洗来形容。所以你在这家里听不到一声狗吠，也看不到一根鸡毛。在那两间狭窄阴暗摇摇欲坠的黄泥草屋里，躺在臭烘烘的炕头就能看见一角天幕。（如果是在深夜，你还可以不费力气地欣赏到月亮和星群。）然而白天，如果你一脚迈进屋子，双眼就会顿时一片漆黑，没有十秒八秒钟的适应期，你是不会看清屋子里的情景的。因为他家至今还是用烂塑料布和高丽纸糊钉的窗户，这也是村子里蝎子的尾巴——毒（独）一份。

"你可不要小看了二拐子家。"有一次村长在听了我对贫困村民的救助计划后对我说："他们家穷也是胎带的，二拐子他玛（满族人的父称）就是村里当年最有名的二流子，后来在"文革"中带头造反，夺了村委会（那时叫大队）的权，当了好几年的大队长哩。"村长说这话时，正盘腿坐在小炕桌前喝酒，他捏着陶瓷做的七钱装的小酒盅，说一句一仰脖，吱地抿一小口，然后捡几粒花生米扔到胡子拉碴的嘴巴里。"二拐子的爷爷当年当过胡子，还杀过人。"我一惊，问："杀的谁？"村长咀嚼花生米时，腮帮子上的肌肉隆起又陷落，像牲口棚中的马咀嚼草料。

"他看上了本村地主那老黑的小老婆水香，后来勾结山上的胡子杀了老地主，领上那女子也进山入了伙。"

"后来呢？"

默了默，村长才懒懒抛出一句："死啦——"他叹口气又摇摇头，这才补充道："是死在仇人的乱刀下，身子被剁成肉酱，喂了河里的王八！"

我不禁打个寒战。在和村长有一搭无一搭的闲谈中，我一直想问他一个长久隐藏在心中的那个冷冰冰的问题。但是我总是犹犹豫豫，生怕冷不丁捅出来，那刀子一样锋利的东西会伤害了这位一村之长的尊严。但是在那个沉闷、阴郁的夏日的午后，在热汗如雨的忧虑中，我终于忍耐不住壮着胆子向他发问："既然你知道那家伙一次次纵火，为什么不加以制止呢？"

　　"这话怎么说的？"他瞥我一眼，觉得奇怪。

　　"二拐子一连放了那么多回，为什么不制止呢？"我倔强地坚持着。

　　"噢，是这样的，"村长似乎松了口气："我是知道他要放火，可是我并不知道他什么时间放火呀。"

　　村长回答得那么自然、肯定，以致我也认为事情就应该是这么个处理结果的，换个神仙来也一样。

　　"况且……"村长沉吟一下，接着回答："他还是个蹲过大狱的人。"

　　我心里一动，似乎开始能在冥冥中揪住事件滑溜溜的尾巴了。

　　"你是说，他借此威胁过村人吗？"我问。

　　"那倒没有。"村长哈哈一笑，连连摆手。显然，对于多年以前的那一连串纵火案，以及刚刚二十唧当岁就被五花大绑押进会场还开了公判大会的情景，这位在本村一踩乱晃的人物似乎一点也不愿再度提及。他立即转了话题，把问题牵扯到在城里当鸡的那兰子身上，说是这年头干啥也不如养个漂亮丫头，那可是一本万利的好买卖，比倒腾黄金来钱还快。说着他又嘿嘿坏笑起来。

　　"嘿嘿嘿，老弟你说，见过世面的女人的味道就是不一样，喷喷。"他有些色眯眯地眯缝起眼帘，嘴角扯出一丝充满淫欲的涎水。

现在，村长的目光似乎越过呆怔在他面前的那位专栏作家的脸，看到了不久以前。是的，不久以前的某天下午，也是这么个时分，他家的院门吱扭一声响了。他以为是条狗呢，他家那条老狗常常会自己开门进进出出的。抑或是他那干瘪的老婆下地归来。他翻了个身，正要再次进入梦乡，鼻子却慢慢地嗅到了一丝异味，确切地说，是来自陌生肉体的奇异香味。他晃晃脑袋，使劲睁开肿胀的眼皮："你——？"他说。

随后的交易似乎水到渠成地做成了。兰子家需要一块宅基地，而掌管此等大权的村长需要一次有异于村里其他女人的性事。他们把地点选在了傍晚时分，村西瓜田闲置的小窝棚里，当落日的余晖将那具异常丰满的胴体描绘得充满淫荡和肉感时，浑身瘫软的村长只来得及要求道："像给城里人那样弄。"就一泻如注了。

当然，在惊天动地的那兰子的呻吟声里，他不会察觉不远处的小槐树林里，一双同样欲火中烧的眸子鼓瞪得像一对牛卵。

四

"我一定要放它一把火，一定！"二拐子在目睹了村长跟那兰子的丑事后，对小卖店的老薅儿说。

老薅的老婆叫大喇叭，老薅本来不打算再赊给二拐子香烟抽的，因为自打去年这位刑满释放的前纵火犯回到村里，就没给过他一分钱。"他总是赊烟抽，他总是说等我挣到钱了就还你。可是天知道他真的能否挣到钱！"老薅愁眉苦脸对他老婆抱怨。

"你不好不赊他。"大喇叭喜欢打麻将，而小卖店又是绝好的麻将场所，村里的闲妇懒汉有事没事总要到这儿聚聚，所以用不着费劲，大喇叭很快就会组织起麻将局。

"幺鸡！"她甩出一块牌，说。

"可是不行啊，"老蔫仍然嘟嘟囔囔絮叨："他一来，拿眼一瞭我，我就手发抖，我怎么敢不赊他呢，怎么敢不赊他呢……"

周围人就笑，说难道他眼光里长刀子了不成，怎么一瞭人人就打抖？

老蔫老婆就又甩出一张："白板！"她皱皱眉，一边焦急地理牌，一边不耐烦地斥打男人："瞧你个熊样儿，亏你裤裆中还吊着个老茄种！"

立在一边的老蔫眨巴眨巴眼，对老婆的话一点也不生气，因为他自己也承认自己是个窝囊废，所以他面对老婆的讥讽，屁也不敢放，悄没声地溜回前台，想了想，蓦然留下一句："听说二拐子又要放火了。"

大喇叭手中此时正捏着一张北风，这时忽然就抬起头问："谁说的，这消息可靠吗？"

"是他亲口告诉我的，那还有假！"老蔫一边清理柜台上的杂货，一边斩钉截铁地回道。见满屋人都目不转睛耸起耳朵听着这边，就愈发得意地显摆："为这，我还赊他一盒大会堂呢！"

"二拐子已经放了十七次火了。"一个人沉思着自言自语。

"是啊，那一年，"一个山羊胡须的老汉回忆道："他也是在放了第十八次火时被抓走的。一晃十几年过去了。"气氛似乎有点伤感。大伙一时全没了继续麻下去的兴趣，他们各自拍拍屁股上的尘土，回家去了。

就这样还不到一刻钟，村子里的犄角旮旯、沟沟岔岔，全都传遍了二拐子想要纵火的消息。有一些人害起怕来，他们怕错过了看那场火的机会；有一些人兴奋起来，尤其是年轻人和淌鼻涕的孩子们，他们纷纷猜测二拐子会点谁家的柴草垛，从村东猜到村西，又从前沟猜到后沟，那十七户被点过的除外，总之余下的五十余户人家，大伙全给念叨一圈，却谁也没认为这次起火的能是那兰子家。

　　老蔫比我整整大一旬，但老蔫和二拐子同龄，他们都是属猴的，除此之外，他们俩还都是在一个院子里光屁股长大的玩伴。二拐子管老蔫叫哥，老蔫是二拐子没出服的堂兄。

　　回想起二拐子一生中最早的一次纵火经历，对于这位见了老婆就像老鼠见了猫一样的男人来讲，是一次极其愉快的精神之旅。那还是在二拐子上小学之前，老蔫刚满八岁的那年秋天。两个小伙伴本来在刚刚收割的玉米地里捉迷藏，后来他们跑到了另一处黄豆地。老蔫顾头不顾腚拱到一垛豆捆子上，被二拐子轻易就找到了。因为嬉闹了有一会儿了，两个人觉得有点腻烦，正坐在那儿无聊地四处张望时，鬼头鬼脑的二拐子忽然一拍脑门儿，说咱们烧豆子吃吧。"好啊。"老蔫连声附和，二人便回家取来了火柴，把豆子垛中间扒出一个鸟巢大的空窝，二拐子先用火柴点燃了一把荒草，然后迅速将蹿起火苗的荒草扔到空窝里，不一会儿，火舌便把整个豆子垛全部引着了，熊熊火苗越蹿越大，像他们看过的跳大神儿的巫婆。并且浓烟滚滚的豆子捆还噼噼啪啪响起了密集的爆裂声，仿佛过年时燃放的烟花爆竹，空气中飘溢着一股奇妙的异香。

　　多年之后，老蔫一想起当时的情景还说："那是我嗅到的最难以忘怀的香气，但是却把我俩吓坏了。我们刚刚跑开，就听见有人一边敲着铜锣一边喊，'起火啦，快救火哟！'村里人抄起水桶脸盆便向起火的豆子垛跑，把悄悄趴在远处山梁上偷看的两个孩子吓傻了。"

我不清楚那次偶然的纵火对一个年仅八岁的幼小心灵造成的刺激到底有多重，但我能肯定的是，当一股殷红的火苗以优美神奇的舞姿越过豆捆升窜向广阔无垠的穹窿时，那双充满稚气一直凝视着的眸子刹那间被照亮了，像一块宝石熠熠闪烁，并且在他对世界尚且懵懂的大脑里留下了深刻的、不可磨灭的记忆。

所以当日后有一次我来到空荡荡的二拐子家时，屋子里弥漫着凄惨冷清的气氛。二拐子他玛老拐子一个人坐在门槛上磨一把锈迹斑斑的月牙镰，看见来了客儿，连忙恭敬地站起来往他那破败寒酸的土屋里让我："快屋里坐，屋里坐。" 我说："不了，就在院子里坐吧。"

院子里到处都是枝蔓丛生的荒草，仿佛久无人迹的样子。我挑了一块石板坐下，却没看到疯子。

"跑啦！"老爷子叹口气，低下头往塌腰的磨石上撩点清水，继续使劲磨起镰来。

"地里的庄稼……怎么样了？"我试探地问。

"唉，撂荒啦……"他擤一把清鼻涕，抬起浑浊的眼仁儿。"自打二拐子被带走，地就他妈拉巴子全撂荒喽。"

我这才发觉，他家荒草丛生的院子里，竟连个苞米仓都没有。见我黯然无语，当年的生产队长把手往衣襟上抹抹，伸手在兜里摸旱烟袋，慢慢点上，吸了一口，满是皱纹的脸庞便笼在淡淡的烟气里了。

"不是靠那不孝的孽种做，而是我自己没了心情下地啦。老了，乖乖等死吧。"他说，蓦然涌起的剧烈咳嗽使他停下抱怨，吐出一口黄褐色的浓痰。

五

"应该蹲大狱的是那兰子，而不是什么烧了几捆柴草的二拐子！"村长和招风耳警察咬牙切齿地诅咒。

"是因为她在城里当小姐，赚下大把大把的非法收入吗？"我们一边哗啦哗啦搓麻将牌，一边漫不经心地议论。当时在场的还有村里的会计，也就是小卖店的老板老蔫。

"他娘的，"村长粗鲁地对我们说："那骚货，除了用下面干，还会用上面。"

昏暗的灯光下，我看见老蔫的眼睛像两粒刚屙下的羊粪球，冒着腾腾骚气。

"啊哈，只要能和她干一炮，死了也甘心，我从未想到女人也会那样——"老蔫充满憧憬地感慨道。

那时空气污浊，与外面皓月当空的美景正好相反，我听见一种奇怪的夜鸟啼叫一声，凄清的声音传得极远极远。

因为村长连胡了几把，他桌前的票子堆成个小山。所以这个平日趾高气扬的魁梧汉子心情极好。他打出一张牌时，不无夸张地说："好受过了就是不好受的事体喽，我现在尿尿就像尿玻璃碴子！"

招风耳警察怪模怪样笑了起来："咯咯，咯咯咯。"他的声音像一只正下蛋的母鸡："他妈拉巴子的，那脏病用高锰酸钾药水咋洗也不管用，卵子染成紫色也不管用，照疼！"几个人叽叽嘎嘎就又笑了一回。

我这时才明白村长话里的含义，即那兰子该抓的真正原因并非是因为她在城里做鸡，也不是这种能够不断传染给馋嘴男人们的麻烦，而是另一种搅动村子不安分的东西。可那东西到底是什么呢？我沉思起来，又觉得可惜。可惜那个村里第一个暴富起来的女人，本来也有机会将这一人类最古老最神秘的自罚式的疾病，同样传染给后来的那个纵火犯的。如果那样的话，我又想，是否会因此打消后来的那场大火呢？

但有一点可以肯定的是，如果那兰子屈从于二拐子的威胁，自然也就结束了一个三十七岁老光棍的童贞之躯，这不光是那位曾想可笑地保持尊严的妓女的不幸，同时也是一个对女人想入非非却从没真正尝过女人滋味的老男人的不幸。因为他以往所有关于女人美好的幻梦都将被击得粉碎。

"你……你就给我一次吧，我都看见了！"残着一只鸡爪手的光棍汉拦住女人可怜巴巴地央求。

"你看见了什么？"兰子竖起好看的柳叶眉问。

"嘿嘿，"二拐子显然有点害羞了，他腆着凹沟脸，两只老鼠眼不安地瞅着别处。

"说呀！别吞吞吐吐的。"女人正急着去镇上，盖房子的料大概又不够了，急等着她去办。

"嘿嘿，是……是，你和村长……"男人被逼不过，忸怩半晌，终于这么说。

"不要脸——呸！"女人冲他吐了一口，唾沫星星溅到对面那张汗津津的脏脸上，立刻被一双可耻的舌头伸出舔去了。

"滚开！"女人恼怒地想绕开道走，又被那堵欲火熊熊的肉墙挡住了去路。

"可怜可怜我吧，就一次，不……半次也成，行不？"男人一把抓死了一双嫩手。

"啪——"一只山雀子听见巴掌抽在脸蛋子上的脆响，啾——啾叫着惊恐地飞走了。男人显然被激怒了，他强行上前想撕扯女人的衣衫。"来人呀，救命啊！"那兰子疯子一样顽强地抵抗着二拐子的进攻，狠命用脚猛踢男人的裆部。缺乏经验的光棍汉痛苦地呻吟着，手捂私处弯下腰，女人趁机像一只惊恐的山鹿蹿出，渐渐跑远，消失在茂密的树林里。

对于这件事我一直在想，一个肯于向无数男人敞开的肉体，却唯独对狂热的这一个死死关闭，除了利益的原因之外，是否还有性学家们所有的"肉体的本能排斥"？

然而不可否认的是，他们不属于截然不同的社会阶层，包括村长、老蔫儿、招风耳警察和我。是的，我至今仍能看见那个同时拥有美丽面孔和糜烂生活的女人慌乱逃跑的身影，树枝嚓嚓作响，青草倒向两边，有如齐刷刷分开的绿色波浪，而正在枝头啁啾啼叫的小鸟，则纷纷如蒲公英的种子一样随风飞翔。

那兰子是怎样懂得那种只属于自己生活的尺度的呢？长久以来这一直是引起我极大兴趣和愕然的问题。一个生于黑土长于黑土的乡下女人，像一个活过百年的妖精一样熟练地掌握着驾驭生命的真谛，这是一个相当可怕的问题，不是吗？当整个村子都陷入一场荒谬的道德混乱中难以自拔时，那兰子反而成了一个出淤泥而不染的贞节烈妇。

我怀疑她是以对二拐子的羞耻来掩盖另一种更大的羞耻，毕竟她也是一个不幸的女人啊！可是对于习惯于生活温饱的乡人来说，她试图掩盖起来的痛苦又有谁会知晓呢。

六

"刚开初那会儿，村里人一直以为是谁触怒了蛇仙、狐仙、黄鼠狼仙儿所致的火灾呢。有不少人到寺庙里烧香拜佛，求慈悲的菩萨保佑平安。可是后来那火越烧越频，还形成规律性的了。"村长好像捞着救命稻草似的对我喋喋不休地讲。平日里，他是一个自以为是的人，在村民中也极有威信，村里的大事小情，总有他那高大的身影和铜钟般的说话声。似乎可以这么说吧，这个连续当了十几年村长的人，俨然成了村民们的靠山，成了遇事茫然者的主心骨。

可是现在，当红日西沉，西天燃起凄艳的暮霞，远方隐隐约约传来女巫跳大神时敲起的羊皮鼓的神秘声响时，村长那张很男人味儿的脸庞上的肌肉却明显痉挛起来。

根据村长的叙述，我又一次想起我最后一次在看守所里见到二拐子的情形。当他被告知因为放火将又一次被定罪时，他的反应不是以往的麻木无知，而是一个无辜者的惊恐不安。

招风耳警察说，他至今也说不清纵火的真正原因。

"这就对了，"我对他说："一场在众目睽睽之下进行的纵火案，怎么能简单地判定一个人的罪？"

一连几天，我一直在翻阅从前的卷宗，这是在一个法院工作的朋友帮助下秘密进行的一项调查，因为我不是报社的记者，也并非有主管领导的签字和首肯，所以若想尽可能将那堆足有一人高的卷宗详尽阅读一遍，并从中找出我所需要的东西，确实有诸多困难。有一天深夜，当我在错综复杂而又枯燥无趣的文字中左突右击寻找出路时，蓦然发现一个可疑的疑点：当年作为第一控告人的名字竟然是一个我从未见过的女人的姓氏——花××。因为在我有限的记忆里，还未在二拐子村听说过这么奇特的外来姓。我连忙抄起电话给招风耳警察打电话。对方显然正在睡梦中，因对这个搅和了美梦的突兀电话心存不满，所以拖延好久才不情愿地拿起话筒："谁呀？三更半夜的……"

"是我。"我对他报了姓名，他仍然满腹牢骚地嘟哝着："又不是死了人，就不能等到明天？"

我向他打听花××是谁，他愣怔一下，又是好半晌才回答："二拐子的疯讷讷嘛。"说完就扔下了话筒。

空气蓦然僵硬起来，我有点怀疑自己的耳朵。讷讷就是满语母亲的意思，在东北偏僻的乡下仍有村民沿袭这种称谓。我呆呆地望着日光灯下惨白惨白的天花板，觉得那个招风耳警察的回答仿佛梦魇里的声音，显得既缥缈又遥远。

"那肯定不是真的。一个疯母亲举报自己的儿子纵火，从哪儿看都是天方夜谭似的错误。"我呆了呆走出屋门。

外面黑漆漆的，万籁俱寂。天穹上只有空寥的几颗冷星。我所暂住的乡里招待所的这栋旧楼死气沉沉，仿佛就我一个人住在这儿。当一阵夜风吹过时，树叶发出簌簌低响。

听说这栋楼的某个房间里吊死过一个女招待员，但我是个胆子奇大的人，对此竟一点也不感到恐惧。在院子里四处走了走，昏沉沉的脑袋顿时清醒不少，我开始重新审视这些日子我所经历的人和事，一直到凌晨。当东方天际的山顶呈现出淡青色的鱼肚白时，我才回到二楼顶东面我的那个房间。

丁零零，电话仿佛预知我的到来，骤然响起。

是村长，他在我耳边用兴高采烈的声音告诉我，二拐子的疯母亲找到了，就在刚才，是早晨挑水的村民发现的。

"是嘛。"我说。

"不过，"村长沉吟道："发现时就死了，尸体泡得老大，像发面馒头。估计至少三五天了，你要过来看看吗？"

我丧魂落魄，感到一阵恶心。

这事是在距二拐子被警察从被窝里像拎土鸡一样拎出来的几个月之后。当他在狱中回忆那场大火时，对自己从前所点过的所有火焰的快感都因囚禁的腐烂和痛苦而消解了。他不知道自己在干些什么，有过什么样的爱，又有过什么样的憎恨，只是觉得在那个拒绝过他的俊俏女人的眼神里，这两种极端的情感竟然是相互关联紧紧捆绑在一起的东西，真是奇怪！

之后的许多年里，我一直试图去梳理梳理那个乡下蠢汉内心的肌理和秘密，但是大千世界芸芸众生往往在某件积习成癖的日常行为中呈现给我们的，不是命运的安排和生活的规则，而是继续活下去的动力。

二拐子从梦中醒来就下了地。他先是到院子里转了转，后来听见树上的老鸹叫了三声，又在他母亲的扑打下仓皇蹿入半空。他觉得腻歪透了。他气急败坏地呵斥那疯子："滚，滚得远远的。别叫我再见到你……"

这时从村子的另一头传来嘹亮高亢的唢呐吹奏声，是那兰子家上梁日雇来的鼓乐班子在演奏。本地时兴红白喜事时办一场的。二拐子按捺不住急剧膨胀的情绪，急忙披件皱巴巴的外衣，慌慌张张出了院门。

路上，有意无意之间，他按了按衣兜里的火柴盒。阳光很好，风也很好，就像二拐子此刻的心情。有那么一瞬间，他似乎犹豫一下，拿不定主意是点呢，还是不点。直到他到了那五间气派非凡的大瓦屋前，看到忙忙碌碌的人群间，那位满面春风招待客人的女人赤裸而肉感的光洁后背，这才像挨了刀的狗一样抱着膀子绝望地暗哼一声，下定了纵火的决心。

"我感到脑袋轰地响了一声，是我身上的血先着火了，真的，是我自己的血先冒烟起火了，烧得我全身又烫又热，像是一块红通通的铸铁！"被审讯的案犯对警察说。

那时，招风耳警察和我有些困惑地望着他，一缕微笑闪电一样浮现在他丑陋的凹沟脸上，汗水像狗尿一样臊烘烘弄湿了二拐子黄褐色的头发。他的眼睛炯炯发光，他凝视我的脸时，却仿佛眺望着极远的远方。

"那火烧得真好哇，火苗伴着滚滚黑烟越长越大，越蹿越高，一会儿就上了房檐儿和屋梁，把天和地照得倍亮倍亮，好像节日里燃放的烟花……"

就这样，透过案犯那种痴迷的回述，我看见他兴奋异常地伫立在疯狂扭动的火焰前，大汗淋漓的脸在火光中一闪一闪的，仿佛皮影戏里的某个著名角色。当现场随礼的乡人们一边惊慌失措四处逃生，一边寻找家什准备灭火时，那位一直立在火堆边观望的汉子终于流下了快慰的眼泪。

2007年5月

黑日子，
白日子

一

　　赵老槐坐在炕头儿上，左一盅右一盅地啁闷酒。外面零零碎碎飘着细雪花，冬季里光秃、丑陋的沟沟岔岔开始变得柔和起来，亮堂起来，赵老槐却看也懒得看。赵老槐一门心思全在那只七钱装的白瓷酒盅上。放下筷子端起酒盅，"吱——"然后再放下筷子端起酒盅，又"吱——"几乎不吃菜，尽管菜是热乎乎咕嘟嘟炖在黄泥火盆铜火锅里的酸菜猪肉炖粉条子，并且一阵一阵快活的颤动送出来诱人的香气，但是炕头儿端坐的汉子只管把心思用在了辛辣似火的高粱酒上，只管跟酒较上了劲。他的脸越喝越黑，眼珠子也越瞪越圆，像两粒羊粪蛋。

　　"吱——"赵老槐闭目合眼一仰脖，又一股火噜噜的东西顺着喉管顺进了肚。"好啊，下雪天干啥？下雪天就是歪倒热炕头儿上，不紧不慢溜几两酒儿，抱着老婆睡觉。"赵老槐不止一次这样跟人说。

"大雪封门的日子你晕晕乎乎抱着女人想怎么睡就怎么睡，真是神仙一般快活，人这一辈子还求个啥？"他还这么跟人说。可惜这都是五年前的事了，随着得肺痨的老婆越来越干瘦，最后一蹬腿儿哇的一口污血，他便成了名副其实的鳏夫。唉，她就是那个命。虽说这年头肺结核早就不死人了，但她偏偏得了那种最难治的。钱儿没少折腾，病却越发沉重。穷日子能熬，富日子不能享啊。一想到这一层，赵老槐就该哼那两句驴唇不对马嘴的小调了：

> 东村有个金光棍儿，
> 今年年长一十单八岁儿，
> 就缺个保媒的人儿，
> （夹白）呀啊，你年纪还小哇！
> （白）人小心不小么！
> 胡椒粒小辣人心
> 秤砣小压千斤，
> 哎咳哎咳哟 ……

赵老槐闭着眼，用筷子敲打桌子，敲一会儿，自己摸过酒壶倒酒。他的手又粗又厚实，毛森森的手背上全是丑陋凸凹的疤痕；而他的左边袖管空荡荡瘪呲呲的。他的左边袖管里的胳臂在那座红火一时的小镁矿的塌方事故中碎成了几块，永远埋在了黑咕隆咚的矿井里。"他妈个巴子的，我活了大半辈子咧，这回真成了一把手！"赵老槐咧着又厚又紫的嘴唇子，一边说还一边笑。他觉得那是他的疼处，也是他的荣光。

咱家吃的白面和粳米，

她家吃的高粱拉子

小奴我也愿意

哎咳哎咳哟……

他又哼哼唧唧地唱，冷不丁儿想起一张冬瓜脸，气就不打一处来。"杂种操的李来钱，"他骂，"罚老子的票子，罚回去给你买纸烧！"李来钱是乡公安。几天前，赵老槐去乡上舞厅泡女人，被李来钱抓了个正着。赵老槐求爷爷告奶奶，磨破了嘴皮子，最后又磕头又作揖，还是被罚了三千块钱才了事。赵老槐一想起就憋屈，憋屈了就要咒几句才解气。

"杂种操的，俺又没泡你妹子！"

说起来，赵老槐这几年也不容易。老婆一蹬腿儿，给他扔下驴驹子似的一对双胞胎，一个叫大锁子，一个叫二锁子。赵老槐虽说前些年开镁矿手头有俩积蓄，可是这又当爹又当娘，风风雨雨缝缝补补的日子，也忒不容易，更别说夜夜睡冷被窝了，苦哇。有时忍不住啦，不免愿往女人堆里扎。村西的张寡妇，村东的破鞋大兰子，他都有一腿。可进歌舞厅泡小姐，赵老槐还真是大姑娘坐轿——头一回。偏偏头一回就栽在那张冬瓜脸手里，赵老槐一想起就恨得咬牙根儿。

"啊——呸！"他一扬脸，那团带着些浓浓酒腥味儿的东西就从他的舌尖上激射出去，子弹一样在空中划过一道弧线，落在了墙旮旯，远远一瞧，像只苍蝇。他为自己又准又远的吐痰功夫很得意，不觉气也顺畅了，摇头晃脑又端起酒盅。

门帘呼啦一挑，媒婆小凤仙儿一脚门里一脚门外戳在那儿，一脸讪笑着说："哟——，半天晌午的，一个人儿滋润哩。"

也不管别人愿不愿意，扭扭搭搭进了屋，水蛇腰一转悠，屁股就颠上了炕沿，伸手抓过酒盅，自顾自也吱的一声，啯个盅见底儿。

"哟——"依然是那声一扭八弯的调门儿。"老槐哩，你要不欢迎，俺就走，你可别后悔。"说罢水蛇腰一闪，掉过屁股做欲走状。

"这回又给我领回个妈来啦？"赵老槐说。

憋得难熬，赵老槐曾求她给撮合个女人。小凤仙儿当时一拍胸脯打了保票，可领来几个娘们儿，不是一脸褶子，就是瘦成一根筋。赵老槐想想就有气。所以那媒婆说走，赵老槐连窝都没动。偏偏那水蛇腰款款扭搭到门口，抬手高高撩起门帘儿，变戏法一样变出个大活人来。赵老槐羊粪蛋似的眼睛懒散地顺着帘缝儿打量过去，一罩上便定定拿不回来了。

"哟呵，这驴劲的女人。"赵老槐不由得咽口唾沫。

二

下雪天屋里暗，但是那女人往屋当央一站，还是把男人的眸子逗引得突突泛亮，久久不愿挪开。女人也说不清好看在哪儿，只是让人看了周正，顺畅，心里舒坦，而且皮肤还白，倒不像乡下女人了。

见赵老槐只管呆骡子似的上下打量，小凤仙儿顺手将了他脸颊一把，特意正话反说："老槐兄弟要看不顺眼，我就把她领回去。"

赵老槐哼哼唧唧害牙疼似的。

"老槐你放个屁哟。"小凤仙儿白他一眼。

"嘿嘿，嘿嘿……"赵老槐只管上下左右地打量，看完了奶子看腰身，把个媒婆气得拽着女人的手就要走。

"回来，我的姑奶奶，我又没说不要。"慌得赵老槐咧着大嘴跳下坑，连鞋都没穿。

女人叫淑贤，是离黑驴沟不远的龙王庙村人，三年前和丈夫离了婚。由于她没有生育能力，曾和前夫抱养了一个闺女。

赵老槐以前的老婆又黑又瘦，又常常躺在炕上喝汤药，就甭提男女之间的那种事了，如今见着这个站在眼前没生育过的丰腴女人，自然满心欢喜，连连招呼吃饭吃饭，又给媒婆甩出两张老头票和一迭声的感激。

"驴劲的你，这回算替俺办了件顺心事儿。"

女人一直低眉顺眼地不敢正视老槐。吃饭时，侧着身扒拉饭粒儿，赵老槐看见女人的脸盘子很白净，手却挺粗糙，心想是个肯做活的勤快人儿，也就暗暗赞许。尤其女人顺下的睫毛又长又密，撩拨得汉子心里痒痒的，就跟媒婆商议后面的事。媒婆说："不如早些办了吧。都是过来人。"

"请几个至亲吃吃喜酒，也就行了。"赵老槐说，"我可不是图希省钱。"

那女人慢言慢语的，也没异议。当下定下了日子，双方都松了口气。

"只是，"临末女人忽然提出，"我不能撇下茂成不管。"

"茂成？"老万奇怪，"哪又冒出个茂成？"

"咳，茂成是淑贤的前夫。五年前得了脑血栓，瘫在炕上。家里实在太苦了，两口子才不得不离婚。他们也是给逼的没法子，才合计再招一男人倒插门儿，来维持一家人吃口饭……"媒婆小凤仙儿像打机关枪，一口气啪啪啪倒出来事情的原委。

老槐的眼珠直了。

"啥？娶老婆我还得娶回她男人？"

赵老槐连连摆手，"去去去，你驴劲的耍戏我咧。"

"老槐兄弟呀，这淑贤可是百里挑一的好媳妇。不是我夸她，要模样有模样，要人品有人品，家里地下，样样来得，你还想咋的？虽说不能生育，可你都有俩小子啦，不能生育要我看，不是缺陷倒是优点哩，是不？省了多少麻烦？换个非得跟你生俩的主儿你试试？再者说了，淑贤只是命苦，丈夫要不是瘫炕上，实在没着落了，两口子也不能生呲呼啦硬离了。人家茂成当年都没嫌她不能生育，如今她怎能撇下他不管？我看这正说明淑贤心眼好，贤惠！"小凤仙儿说得口干舌燥，唾沫横飞，那赵老槐就是不吭气。

无奈，媒婆扯起女人的手，说："淑贤啊，咱先回，让老槐兄弟再合计合计。"

老槐这才抬起头，一眼瞥见女人一脸的热泪，不觉心里一颤。

晚间躺在炕头，直瞪瞪瞅着房檐，翻来覆去睡不着，眼前总是浮现出一张泪湿的脸，耳边又想起媒婆的一番话，折腾到天亮，起身下炕洗把脸，一抬眼瞥见镜子里的一双羊粪蛋眼变成兔子眼，不觉摇头叹气，冲西屋两个锁子喊一声，让他们自己弄饭，就披衣往村东小凤仙儿家赶去。

"哎，驴劲的娘们儿……"

这么骂的时候，明显底气不足有些无奈。

一夜的雪早停了。

三

事情赶在春节前办下了。腊月里年猪也杀了，喜宴的菜也不用太准备，草草请个厨子办下三四桌酒席，请了村里的长辈及头脸人物，媳妇也便进了门。

只凭空多了个用担架抬来的瘫子茂成，引得村人好一番议论。

当初媳妇淑贤是想找个倒插门的，偏偏赵老槐死活不从，非得叫女人三口到黑驴沟来。"咱有这么多钱，又有这五间大瓦房，凭啥带俩儿子上你那龙王庙？"赵老槐虎瞪着眼说。淑贤一寻思，也是。再想找赵老槐这分家境，也难了。况且人家又应下俺带前夫，也就不易了。哎，人哪，该认命后也得认命，闪身拽过一个花衫姑娘，说："这是俺那香香。"

赵老槐知道媳妇淑贤有个捡来的丫头，却不承想长成大姑娘了，又出落得这般鲜亮，那眉眼倒有几分像淑贤。正愣愣打量间，耳听见淑贤招呼："快，快叫爹。"

香香顺着眼，手指摆弄衣角，也没叫出口。

赵老槐摆摆手，"算了算了，还是叫叔吧。"香香这才红着脸，低唤一声："叔——"磨身就跑了。

相比之下，赵老槐那两个锁子，就爽快干脆多了，他们都在乡里住宿读中学，家里有了喜事，自然也都请假回来。老槐高声大喊的一咋呼，俩人儿脸不红眼不眨，齐齐唤了声"妈——"把个淑贤喜的，只管一个劲儿地拍打那双壮实的肩膀，眼里还浸润了些泪花儿。

赵老槐家一共是五间新盖不久的红瓦起脊房，宽敞明亮，在黑驴沟也是数一数二的富庶。原先爷儿仁住就显得空落落的，如今新添了三口人，又有一个半大姑娘、一个瘫子，反倒挤得流满。香香是个姑娘，自然住小西屋。中间隔道壁子，是大锁子二锁子。剩下东屋一铺大炕，中间又没啥遮挡，只好让瘫子茂成睡炕头，老槐和淑贤睡炕梢儿。原先老槐想从中再上道壁子的，但淑贤没让，淑贤说茂成晚上翻个身小个便啥的，需要人照顾，老槐只好作罢，但一想心里就别扭。

"哟呵，当着男人的面睡他女人，他就让？"老槐嘴上没说，心里琢磨。

当天晚上，送走客人，淑贤在外面收拾碗筷，老槐在屋里闷闷吸烟，偶尔拿羊粪蛋眼珠瞟瞟炕头睡着的那张黄瘦的男人脸，心里越发惶惑。待到淑贤收拾停当上了炕，老槐还愣愣的不知所措。"歇息吧。"哑默中女人的声音在响，接着是慢慢地脱去衣裳。借着窗棂外的夜光，老槐隐隐约约中看见，模糊一团白白的身影，倏忽一闪便进了被窝，这才迟迟疑疑挨到炕沿前，三下五除二褪下衣裤，撩开被角贴顺进去，身子一阵温软，憋闷了好久的男人一下子激动起来，欲念绷紧周身，火苗呼呼乱蹿，猛然翻身压上，压得女人娇喘连连，几乎叫出了声。

炕头那边"咳咳"干咳几声。

黑暗中这边的动静霎时轻下许多。但还没停，仍在深深地动作，渐渐快感从脚趾尖传向脑瓜顶，进入佳境的男女双目如电，而身体如跌浪窝，上上下下，把一床粉绸缎被子掀得如同潮涌。男人嘿嘿哼出了声，女人只管死咬住双唇扭动肚腹，当那声沉雷几近炸起之时，炕头那边忽然长长地叹口气："哎——"声儿不大，却足可撕裂夜幕。

老槐忽地就从浪尖上跌了下去，周身发软，几近窒息。

"驴劲的，"他在心里骂。

"奶奶的，"他又在心里骂。

女人在黑暗中伸过一只手，女人的心思老槐知道，但心里的光火还是使他一扭身甩掉了那份歉疚的温存，倒头便睡起来。夜渐渐深了，不知不觉中，赵老槐再婚的第一夜就这样疙疙瘩瘩过去了。

四

一连几天，一把手赵老槐都在自家的塑料大棚里一声不吭地干活。自从失掉一只臂膀之后，他就抛开了办镁砂矿挣大钱的念头。哎，钱够花就得，何苦再下井冒险？一旦把老命赔上就更不值了。何况，他一听见打洞挖井就条件反射浑身哆嗦，他是叫那种惨烈的事故吓破胆了。

"钱是催命鬼。"这是老槐长挂嘴边的嗑儿。

够花就得。老槐一点儿不贪心。所以矿难之后很快他就收拾残局，卖掉矿场，悄没声地舞弄起蔬菜大棚来。弄大棚又不死人，老槐如今只想享受享受。

可是如今头脑一热，娶了这么个捎带男人的媳妇，不能不说心里有些懊恼。

"我这是何苦啊，没卵子找茄子提溜着。"一边忙碌一边寻思的汉子自言自语道。其实，凭老槐的家底，找个黄花大闺女也不是办不到，但直到如今老槐也没弄清，到底这个叫淑贤的女人哪疙瘩吸引住他了。哪儿呢？老槐摇摇头。

其实淑贤也是一个精细人。老槐心里想啥，她都揣摩个八九不离十。所以这几天，一收拾完炕上灶间的活儿，就悄没声息地来到棚子里，身前腚后跟着忙碌。在大棚里干活不比在田头地埫，除了力气、勤快、上心，还需要技术，会看火候。至于塑料薄膜的性能特点、日照时间和耐低温性啦，以及无滴性结露期透光度放风规律啦等等，更不是轻易就能掌握的。好在淑贤灵性，莳弄果菜心细，倒也帮了老槐不少忙。

这一天，俩人做活至半头晌，正是棚内温度越升越高的时辰，阳光亮堂堂透过塑料薄膜折射到两口子汗津津的额鬓上，老槐热得只剩下贴身秋衣，淑贤也早已褪去毛衣。无意中老槐看到蹲在前面的女人露出一节白白腰肢，不觉有些眼热，口中干干咽下口涎沫。

"他叔，你渴了？"淑贤回转头，看到老槐盯着自己的裸处看，粉面更红，有些羞涩地伸手抻平衣摆，遮住那圈嫩白，起身给老槐端来碗白开水。

老槐喉咙冒火，贪婪地吞咽着。

"他叔，夜里你再不用担心茂成听见……"淑贤喃喃地说。

"哦……"老槐停住手，不知所措地望着女人。

"茂成他……再也听不见了。"女人抬头瞭他一眼，旋即又埋下头。

"哦……"老槐担心地张大了嘴，眼前闪过那张干核桃的男人脸。

"他耳眼儿里塞了棉花球儿。"淑贤说。

老槐有些泄气，有些辛酸，蹲在那不知说点什么好。

咕咚咕咚，老槐仍在喝水。

其实，他倒不是怕那男人，也不是心下有愧、害臊。他只是在干那件事时，面对另一个男人心理有障碍。男女之间的事怎么好对着另一个男人干？更何况那男人还是女人的前夫。老槐一看见那张干巴巴死沉沉的脸心里就气馁。

"哎……"老槐反倒叹息一声。

"他叔，"女人红着脸抬起头，眼眸深幽幽望定他，口气有点喘，仿佛被什么追赶着，声音不大，老槐却句句听得真切，"你……你想不想……"

"在这儿？"

"在这儿！"

"现在？"

"现在。"

"那……香香呢？"

"前村赶集去了。"说着话女人一下就脱下了衣裤。一片炫目中，那瓷刻玉雕般的身子就一丝不着亮在了老槐面前。

"淑贤。"老槐直挺挺站着，水碗顺手跌落地上，但没碎，只是剩下的半碗水全都泼溅到老槐的鞋窠里。老槐还是头一次光天化日之下这么一眼不眨看女人的光身子。从那硕大的乳房到深颜色的乳晕乳头，再到光滑的肚腹结实的大腿充满弹性的屁股，老槐的眼睛上下搜寻，老槐觉得身上的骨头蓦然软了，他想躺下去，他想贴在那片柔软上，他想叫。

就这样，老槐想叫。他叫了，他费力地叫出来："淑贤，淑贤！"

他想他的腿不能软，那玩意儿不能软，他一挨上女人的身子，就不由自主地叫唤起来，像一只羊羔，一条癞狗。他在女人身上起伏，恨不得把自己埋在这片诱人的山谷里，恨不得自己变成一棵树，永远把这些纵横交错绵长柔韧的根须向下延伸，延伸。他要死死地抓住什么，可是又那样费劲。他觉得他离什么近了，一忽儿又觉得仍是那么远，恍惚中老槐忽然看见棚门处有一双年轻的、惊恐万状的眼睛，好像天上黑黑的日头！他一吓，不动了，停下来，心里像有一种白日见鬼的骇然。正在激情澎湃的女人觉察到什么，也停下来。怎么了？女人没吱声，老槐眨眨眼，再定睛望去，棚门口空空荡荡，什么也没有。

驴劲的，看花眼了。老槐凶巴巴拽过女人，更加下狠劲地折腾、叫喊，猛然间涌起一阵铺天盖地的潮水，老槐山摇地动，一刹那有种土埋脖子的感觉。

"哦，驴劲的！"老槐几乎把女人揉碎。

五

以后在大棚里颠鸾倒凤的起伏中，老槐不止一次看到那双窥视的惊恐的眸子和黑黑的日头。老槐想看得真切一些，但每一回都一闪而过，像一朵浮云、一阵疾风。老槐觉得虚幻，心里琢磨不定。但是他没法声张，只是暗中纳闷。

日子就这样毛驴推磨一般，忽忽悠悠地煎熬着。冬去春来，草木萌发。今年春脖子短，过了十五，各家各户就忙着收拾大田、刨玉米茬子、撂荒、起猪圈粪、收拾房前屋后的菜园子、补砌去冬塌倒的篱笆墙……庄户人家祖祖辈辈年年岁岁奏响的生活乐章开始了它细碎的，然而却是生机勃勃的前奏。

老槐前几年开矿，就把那几亩田租给了地少的村人，如今不开荒，自然又把地收回来了。本来他想花俩钱儿雇人种算了，但淑贤死活不让，说："你有钱没地场花了？这么点儿地还雇人。"但老槐考虑到自己是个半拉残废，再加上淑贤和香香俩女人，如何做得？

这时大锁子从乡里中学回来了。

大锁子十七啦，学习成绩一贯平平，平日性情又倔，属于那种不开瓢的闷葫芦。用他爹赵老槐的话说：一扁担压不出个屁来。不过心眼倒实在。以前几次闹闹慌慌想退学不念，下地干活，都被老槐喝止住了。如今要熊，说死不念了，弄得老槐也没了辙。"驴劲的，不念拉倒，又不是给你老子念。不念下来干活，正缺人手嘞。"老槐虎着脸对大锁子呲答。

"爸，我就愿意回来干活。"大锁子说。

"我没出息也不怨你。"大锁子看了老槐一眼，又扭头瞅了香香一眼。

香香这一年也满十七。香香和大锁子二锁子不一样，没事总是躲着赵老槐，而且还一看见老槐那张黑驴脸就脸红。相反，她跟那两个锁子倒有说有笑，又是秧歌又是戏。有时候听见他们嘻嘻哈哈，赵老槐就凑过去，却看见那丫头立马噤了声，顺过脸。赵老槐只看见黑油油的一个后脑勺。

女孩子家懂事早，老槐就想。香香跟她妈过来的这半年，身子变化得真快，屁股一天天圆起来，头发又黑又亮。老槐看见心里觉得稀罕得慌。老槐就说："香香，我给你买套衣裳哩。"

香香就红着颜面低埋下头。香香似乎从没正眼看过他这后爹。老槐觉得自己没有闺女，香香又是后带来的，理应更亲切些。老槐这么想没错，就又给她买件衣裳。

有一次在屋里，老槐把白天买回的一些物件儿拿给香香，当时屋里就香香一个人。老槐说："我看邻家小琴也买这些个，我也给你买，看对路不？都是女人用的化妆品。"老槐把它们一股脑摊在炕上。香香乍一看又惊又喜，挨个儿摆弄一番，尤其那面小镜子，被她左照右看，冷不丁发觉老槐正笑模笑样端详自己，不觉又慌慌垂下头。

老槐说："我自己没有闺女，你虽不是我亲生的，心里也疼。"

香香只管用手指扭衣襟。

老槐又说："哎，你也是个苦命的孩子，自小没个爹娘。"

香香一下就掉下眼泪来。

正巧淑贤一脚门里一脚门外看见这个场景，虽然没说什么，却是满眼狐疑地看看老槐，又望望香香，磨身就出去了。

转过天，老槐正在院子里收拾犁杖，香香从身边经过。老槐让她搭把手，香香非但没停下脚步，反倒飞快地跑了起来。当老槐直起腰时，房门砰的一声摔合上了。

"哟呵——"老槐丈二和尚，摸不着头脑了。

"这又使的哪门子疯？"他揩揩汗，转身也跟进屋。香香气鼓鼓地坐在那儿，任凭老槐怎么问，声也不吱。末了问急了，竟然哇的一声扑进老槐怀里号啕起来，慌得老槐像手捧个刺猬，松也不是，抱也不是。

"咳——别哭，有啥委屈就冲我倒，我给你做主。"老槐这么说，那香香反倒更紧地搂紧老槐的脖子。就在二人耳鬓厮磨时，淑贤风风火火闯了进来，张口就骂："死丫头，你憋屈个啥？说你两句，你倒跑这儿来挤猫尿！"

老槐还头一回看见淑贤发火。老槐看见淑贤满脸通红瞅着这边，赶紧松了手往外推推香香，口里嘟哝着：

"到底咋回事吗？你哭她叫的……"

晚上睡觉时，两口子躺在一个被窝里，却谁也没碰谁，直到听炕那头响起轻微的鼾声，老槐才讨好地伸过独手，立刻遭到毫不迟疑的拒绝。"以后你少碰香香。"淑贤说。老槐很光火，"就为这？"老槐压低嗓门儿吼，"你把我看成啥？"

"你连小姐都找得，啥还做不出！"

老槐登时没了声威，委顿下去。想想又觉得恼恨，粗暴转过身，不再理会身后的女人。

远处溅起一两声狗叫，似乎也懒懒的，山村陷入更深的寂静中去了。而睡意却比尘土还厚重。

六

也许是受了大锁子的影响，二锁子也秃噜反正地退了学，家里热闹起来。二锁子和大锁子不一样，二锁子开朗活泼，爱耍贫嘴，整天东一句西一句，家里家外，跟谁都能打得一片火热。就连整天蜷缩在炕头阴沉着脸的茂成，也奇迹一般跟他扯得近乎。老槐不闲着地呲答他："别嬉皮笑脸没正形，你也老大不小了，干点正经事。"但说归说，心底里还是喜欢着二锁子，也许他们父子俩性情相近吧？

而香香则像一头快乐的、无忧无虑的小鹿，黑油油的短辫甩来甩去，柔软而又壮实的身影总能吸引兄弟俩的目光。尤其那双毛嘟嘟荡满笑意的大眼睛，更是撩拨人心魄。老槐觉得这丫头哪儿都像淑贤，唯独眼睛不太像。老槐想淑贤要是有那么一双大眼睛就好了。老槐有时这么一想就从心底涨出一股淡淡的怅意。

这一年夏天，黑驴沟里盛产蘑菇：香窝子，粘窝子，大粗腿……老槐带着两个锁子那几天和村人一道，没事就挎着筐往山上跑，一趟趟往回采蘑菇。自己家吃不了，就让淑贤和香香上乡里集市上去卖。那真是蘑菇疯长的季节啊！

有一天，微微润着牛毛细雨。本来这种天气，一般的村人就猫在家里不愿钻山沟了，但老槐自有老槐的道理，老槐觉得越是下雨天采的蘑菇越鲜亮，炖起来才越清香可口。这是老槐的经验，而且他还最稀罕这口儿。所以就让淑贤捞两块腊肉，打二两散白酒，自己披上件塑料雨衣，拎起筐。偏偏二锁子和香香吵着要去，两人商量好了似的，吵得老槐没办法，末了挥挥手，赶苍蝇似的骂道：

"驴劲的，去就去。"

三个人各拎家什钻了后沟老古砬子的密林子。那儿是村人不常去的幽深地界，老槐知道一处绝妙的好地场。路虽陡些远些，但蘑菇肥嫩无比，尤其刚下过毛毛雨的时辰，就更不能用"天下美味"来形容了。

其实，在老槐心里，他觉得采的过程远远比吃的过程要有趣刺激得多。这也是老槐愿意采山货的另一个秘密。

三个人很快到了老古砬子东坡，他们互相叮嘱一番便各自行动。刚开始还能远远地吆喝一声说几句闲话，后来渐渐离远，就把心思全用在了采蘑菇上了。老槐那天拿了他家放蚕用的特大号大筐，仅用了不到一个钟点儿就划拉满满的啦。他寻思一番，觉得难得能上这么远的山，就把袖口领口一扎，又成了一件装蘑菇的家什。幸好这时牛毛细雨也停了。

待到雨衣里也装得鼓鼓囊囊，老槐估摸那俩小兔崽子也采得差不离了，才罢手，冲远处嘿嘿地吼一嗓，却没听见回答。"驴劲的。"老槐骂着，又喊，又没声，老槐就有些恼火和泄气。他觉得自己做活太狠，总忘了自己早已是半拉残废。如今这雨衣里的蘑菇无论如何也没法背回去了。他有点惋惜地小心翼翼倒回地上，然后凭借地势背起大筐下了山。

转过山嘴看见二锁子正焦急地蹲在那儿往山上望，老槐打老远就问："看见香香没？"

"没看见啊，我喊她也没个动静。"二锁子说。

"这鬼丫头。"老槐嘟哝着。"你先回，我再去迎迎。"说罢放下筐，磨身又往山上赶。左转右拐，在山凹沟壑四处找了好一会儿，也没见香香的半点影子。老槐心里不禁有些发毛。这时那缠人的牛毛细雨又不紧不慢漫天飘洒起来。老槐累得直喘粗气，在快到老古砬子根儿时，猛然看见不远处翻着那只带梁的花筐，四周地上零零散散撒着蘑菇，心里咯噔一下，没命奔过去，探头向下一看，就见四五米深的土崖下，正是横躺着的香香。

"奶奶的。"老槐声都吓颤了。好容易手脚并用攀吊下去，到了近前，却又一下像木橛子杵在那儿。

香香侧卧在一块突起的岩石旁，双目紧闭，额头上显然有一道被撞的伤口，好在没流多少血，衣襟也被树枝豁开几道口子，露出半边少女的酥胸。老槐的眼珠一下直了，呆呆地张着大嘴，像喘不上气来似的，好半天才猛醒般扑过去，俯身用独臂抱起香香的头。

"醒醒，香香，你咋的啦？"

香香慢慢睁开眼睛，似乎想笑一下，却没笑出来。"叔，俺就忽悠一下，就啥也不知道咧。"

"香香呀，你没事儿吧？"老槐用力把她扶靠在自己怀里。

"叔，我没事儿。"这回香香才笑出声来。

俩人就这么坐了一会儿，老槐的眼睛无意识地落在那只裸在外面的小小的浑圆而坚挺的乳房上，他似乎想伸手替她掩上衣襟，却又鬼使神差地碰了一下那温软。香香呻吟一声，老槐明显地感觉到怀中的躯体像是簌簌过了一阵电流，老槐的心跳得很乱。

"叔哇，"香香仰起脸，直直望着面前的黑脸，"我看见你和妈在大棚里……"老槐的手倏地收回来，像攥上了火炭。一瞬间他感觉自己的心像被什么硬物狠狠地拽了一下。"香香，"他困难地咽下一口唾沫，站起身来说，"叔背你下山吧。"

又细又密的雨丝这时早把俩人的身子全淋得透透的啦。

七

自打捡蘑菇这件事出现不久，淑贤脑瓜里见天就轰轰盘旋着这么几个字：要出事咧，家里要出丑事咧！她眼前总是晃悠着衣衫不整的香香的模样，和大锁子二锁子甚至赵老槐贼亮贼亮的眼神。作为一个过来的女人，她知道那眼神里有啥。造孽哟，她想。真的出了丑，叫我这当妈的咋出门？满脑瓜狐疑的淑贤这两天一直坐卧不宁惶惶不安。

横竖要赶早，她想。她一拍大腿，吓了老槐一跳。

"干啥？"老槐正坐在院子里的板凳上摸他残臂上的旧伤疤，近来老槐总是一闲下来就咔哧咔哧挠他那地方，一边挠还一边眯缝眼皮想他的心事。

"不干啥。"淑贤说，她在给鸡鸭切菜食。

"拍大腿也是不干啥。"淑贤把刀使得飞快，就像老槐挠伤疤。淑贤使着使着又啪的一下，又把老槐吓了一跳，这回不是拍大腿，这回是一刀砍进菜墩上了。

"哟——呵？"老槐刚闭拢的眼皮又撑开了，"奶奶的，就不能让人安生点？"老槐黑咕隆咚的羊粪蛋眼珠瞪着女人。

"我要把香香嫁人。"淑贤说。

"啥？"

"我要把香香赶早嫁人！"淑贤说得斩钉截铁。

"嫁谁？"老槐好像有点糊涂，老槐好像还没反应过来香香还能嫁人这个事情。他呼啦啦往起一起，却没站稳，脚底下踩了鸡屎一样蓦然一滑，摔了个四脚朝天。

"驴劲的。"老槐骂，甩着手上的鸡屎，又飞起一脚，踢飞了一只鸡食钵子，一时鸡飞狗叫，乱成一团。淑贤却动也未动。末了，平心静气地说："两个锁子与香香年龄相当，要我看，不如从中选一个，一者亲上加亲，二者自家喜事，也好操办。要不就二锁子吧，二锁子机灵，香香也喜欢……"

"那可不行！"老槐赶紧打断她的话，"这事儿也得先大后小，要不乱了体统，惹村人笑话。"

淑贤起身留下一句："那也得看两个孩子愿不愿。"就抽身回屋了。

老槐是个嘴上没把关、心里搁不住事儿的急性子。晚上吃饭时，在饭桌上突然就把这事抖搂出来了。

"大锁子，明儿个把香香娶给你当媳妇，你愿不愿？"

那大锁子本来就腼腆，当着一家人的面，脸一下像块大红布，吭哧半天也没说出个子丑寅卯。

老槐气得一蹾饭碗，"熊饼子，问你话哩，咋连个屁都没有？愿还是不愿！"

大锁子这才一迭声："愿，愿，愿。"说完偷眼瞅正在盛饭的香香。偏偏香香啥表示也没有，只管一碗又一碗给大伙盛饭。老槐想，这娘儿俩的性体，咋比亲生的还像？就大大咧咧问："香香啊，你也表个态，表个态……"

淑贤抢白他一句："姑娘家咋个表态？不反对就是个愿。"老槐想想，嘿嘿一乐，说："对对，不反对就是个愿。"

事情似乎就算这么定了下来。改天老槐请了村长、媒婆小凤仙儿和几个要好邻居，预备下一桌酒菜，就算当众办了个定亲仪式。席间，村长、邻人除了表示祝贺，也没说出啥来，只是那小凤仙儿一扭三弯浪声浪气地显摆：

"哟——"这女人一说话总爱先来这么一声哟，把听话人的头发根儿哟得麻酥酥的。

"老槐兄弟呀，你可好生感激一下我。"

老槐问："咋？"

"你赵老槐娶媳妇可没白娶，炮打双灯哟！"

老槐愣怔一下，又笑骂："你狗嘴里吐不出象牙。"

"嘻嘻，"媒婆忙解释，"我是说亲上加亲，好加上好哇。"

"呵呵呵，喝酒喝酒。"老槐明显不愿多唠这档子事，赶紧岔开话题一咋呼，众人乱纷纷端起酒碗，叮叮当当撞在了一起。

这时节有一个人暗暗伤心，悄没声地跑到村口老核桃树下，双臂紧紧抱住疙疙瘩瘩的树干，良久无言，末了以头撞着树干喃喃地叫唤着："妈……妈哟。"就再也不动弹了。

不久，乡里征兵动员，那一年又恰恰赶上好军种——海军，而且还是在北方临海的那座著名的大城市，老槐就替大锁子报了名。老槐说："大锁子，你一个大小伙子，总是蔫不拉唧的不行，你得出去锻炼锻炼，男子汉大丈夫，不仅养家糊口支门户，还得有点出息。"就这么，刚定亲的大锁子极不情愿地穿上了军装。

临行那天，他鼓足勇气把香香邀到村外，哨子河水在脚下哗哗流淌，晚霞均匀地涂抹在遥远的天际，也涂抹在两张年轻的、稍稍有些忸怩的脸颊上。大锁子一直想跟香香说点知心话儿，却寻思半天，一直没找到适合的话题。而香香呢，总在摆弄手里折下的一小截柳枝，一会儿掐掉一片叶子，揉烂；一会儿又掐掉一片，又揉烂。后尾儿干脆把柳枝扭成一截柳笛，放在嘴里吹了一下。"嘀——"把大锁子吹出了精神，他也折一根柳枝，也极其神速地做了一支，也"嘀——"地吹出声清亮，二人不由地笑了起来。

"我要走了"。大锁子说。

"嗯哪，"香香说，"到了军队大学校，好生锻炼。"

"哎。"大锁子回答，"俺给你写信，三天一封。"

"那干啥？"香香训导道，"叫你好生锻炼，你就一心一意好生锻炼。"

"哎。"

两个人又无话。

半晌，大锁子又说："俺明儿个就走。"

香香说："俺知道你明儿个就走。"

大锁子急了，说："俺……"双眼渴求地望着她，忽然一把攥住了姑娘的手，双臂一揽，就想把面前的人儿揽入自己颤抖的怀里，不承想被香香狠劲一推，一个人趔趄差点跌倒。

"你……"

香香说："哥，咱……咱们回吧。"大锁子气呼呼立在那儿，有些不甘心似的未动窝。香香想了想，羞涩地伸出手，挽紧了大锁子那结实有力的胳膊："哥，我等你。咱回吧……回吧。"两个人终于慢腾腾往村口走，辉煌、艳丽的夕阳把他们的身影拉得很长，很长。

八

大锁子走之后正赶上秋收，地里活重，赵老槐一家除了炕上躺的瘫子茂成之外，一人不落全部开进了大田里。掰棒子的掰棒子，割苞米秸子的割苞米秸子，推车的推车，上仓的上仓。大伙热火朝天，用老槐的嗑儿："全都累成了鳖犊子样"。

香香这几日心情愉快，尤其是跟二锁子，俩人儿往家运苞米，一个推车一个拉，田头地堎不时洒下串串欢声笑语。前几天刚刚跟大锁子定亲时，她也弄不清自己到底喜欢不喜欢他，只是赵老槐提起，外加淑贤劝，年轻人一时也没有了主意。反正自己迟早也得嫁人，想到嫁给不熟悉不了解的陌生男人，心里就怕得慌。好歹那大锁子就在跟前，互相都知根知底，人虽闷点，倒不招人嫌，也便不假思索地应下了。不过整天生活在一个屋檐下，你瞅我看的，一时又不能过门，心里也觉别扭。如今大锁子一当兵，香香反倒全身轻松，无端地快乐起来。

"来，使劲儿——冲！"二锁子一较劲，装了满满一双轮车的苞米棒子便小山一样颠簸起来。他们配合得很好。二锁子还不时尖着嗓音学两句二人转小调，把个香香逗得前仰后合，再重的活儿也就不觉得累了。回来时空车，二锁子非让香香坐在车上，他一边蹦蹦跳跳推着，一边学电影里颠花轿的架势左扭右旋，叫那车上的人儿惊呼连连：

"你坏，你真坏……"

半头晌歇气时，他们坐在一垛刚刚码起来的苞米垛上，仲秋的阳光暖烘烘地熏染着原野，收割后的土地突然变得干净起来，寥远起来。香香瞟一眼二锁子仰躺着的汗湿的脸颊，忽然哧哧窃笑。

"咋的啦？"二锁子抽出垫在脑瓜后的手，上下胡乱抹一把，香香笑得更响了。

"花蝴蝶，花蝴蝶，咯咯咯……"姑娘笑得岔了气儿。

"好哇，你敢取笑我，看我不收拾你。"二锁子一翻身，伸手便去胳肢她，香香扭身想躲，二锁子忽然大叫一声："蛇！"吓得香香妈呀一声，顾头不顾腚地扑进二锁子怀里。

这回轮到二锁子得意了，他低头看着缩在他怀里狼狈不堪的姑娘，哈哈大笑起来，笑得上气不接下气几乎笑出了眼泪。笑够了才轻轻告诉她："别害怕，唬你哩。"香香嗔怒地瞪着他，毛嘟嘟的眼睛像画上去的，尤其是那长长的睫毛在阳光下留下一道虚幻的阴影。二锁子看得两眼发呆，心头怦怦乱跳，冷不防凑上去，叭地狠亲了一口。一刹那两个人都有点愣怔，有点不知所措。四目相对，他们都从对方的瞳仁中看出点什么，于是便更加慌乱。最后还是香香猛地一甩手，跳起来头也不回地跑开了。

从此之后，他们有好长时间躲着对方，也不再搭话。

秋收过后，老槐一家总算喘口气。田里地里没了啥活计，日子似乎放慢了脚步。乡下人这时节除了上山砍柴、收拾农具、翻盖房厦院墙、给年猪加些豆料催它长膘之外，就愿意听听评书看看电影推个牌九啥的。有一天村里一户人家给老人做寿，自然请了场电影放。沟沟岔岔听了消息，就都早早做了晚饭，扶老携幼上村中心的场院上等候。老槐一家去的时候，场院上早高高立起了雪白的电影幕布，正面反面到处都拥挤着闲唠嗑儿的庄户人。老娘们儿找老娘们儿，大姑娘会大姑娘，大小伙子半拉子们则仨一群、俩一帮地起哄、吵闹。谁家的狗绕着场地找主人，谁家的孩子哇哇大哭喊妈妈。就在这一锅粥似的乱糟中，天黑下来，电影开演了。

风刮得幕布一会儿凹下去，一会凸上来，活动的人物就有些变形，但大伙看得津津有味，一眨不眨地。尤其是看到恋爱的男女主角拥抱、接吻，年轻小伙子们就嗷嗷起哄，并把目光投向身边的一群姑娘。有人还不忘喊一句："再来一个！再来一个！"引得上岁数的老人拔出口里烟袋，不无善意地骂一句："少教的们，看老子收拾你！"

香香看得入神，身边暗暗挤过一个人。她情知是谁，也不言语，就又继续看下去，直到手被另一只结实温热的大手攥住了，耳边听得那人悄悄说："我在小学校后面等你。"攥着的手便松开了。她再盯着幕布，心却乱得不行，电影看得三心二意。回头打量四周，见无人留意自己，心一横，悄没声溜了出去。

到了小学校墙后，见黑暗里裹一个影，近了，立住脚步，也不吭声。对面那人低低地说：

"你咋不跟我说话？"

"你咋也不跟我说话？"

那人笑了，往前一跃，一下抱住了她的身子，她用力往外挣一下，没挣动。那人含含混混地唤着她的名字，一张急切的脸早贴了上来。她将头左躲右扭，冷不防被对方一下啄住了双唇，她几乎喊出了声。渐渐地，她安静下来，嘴唇开始迎合对方，内心好像拢起一盆火，好像是一对长途跋涉的旅人找到了甘洌的泉水，他们用力吸吮着，陶醉着。双手在抚摸，胸脯在撞击……不知何时，姑娘的衣裳早已敞开了。姑娘那双白鸽子一样扑腾的乳房被紧紧抓在另一双热烈的手中。她有些吃惊，想推开这一切，却丝毫力气也没有。她仰起头，看见了天幕上的一轮弯月、一片透明的云彩，她呻吟一下，轻轻地躺了下去。远处传来夜鸟的哀啼，极其旷远、清幽，像梦境里的风声。忽然下身一阵刺疼，但是她紧咬着牙关忍住了。

她说："二锁子，二锁子，你要对我好。"

"嗯哪。"二锁子死死搂着她，恨不得将那软软的腰肢搂断。

她又说："二锁子，二锁子，我早就喜欢你啦。"

"我也是。"二锁子一小口一小口地吮她的脖颈、嘴唇、鼻子、眼睛……二锁子觉得还不够劲，就又使劲箍紧臂膀里的柔软，这回香香叫了起来，香香说："勒死我吧，二锁子！"

九

淑贤这两天一看见香香就觉得不对劲儿。她看那丫头双眸闪亮，嘴唇红润，腰肢仿佛风摆杨柳，而且口中还咿咿呀呀哼着什么小曲儿，走起路来一阵风，手脚也比往日勤快，整个活脱脱换了一个人儿。她觉得纳闷儿，就问道："大锁子来信啦？"

"嗯哪。"

"说的啥？"

"说他部队上的事儿。"

"还说啥？"

"再没说啥。"

"啥叫再没说啥？"

"哎呀，你就甭问了嘛……"那丫头显然不耐烦了，淑贤就正色叮嘱："赶紧给他回个信儿，告诉他你挺好，也让他安心锻炼。"

晚上跟老槐唠嗑儿，淑贤就说："我看香香那死丫头整天疯疯癫癫，跟二锁子俩人儿往一块堆儿摽，不是啥好兆头。"

"二锁子？"老槐说，"那傻小子一天到晚嘻嘻哈哈，除了耍贫嘴，来真格的倒不见得敢。"

"可别出啥丑事。"淑贤有点担心。

"不会不会，再咋的，那也是他未过门的嫂子哩。"老槐不以为然。

正说着撩起大腿，用大拇指钩住被窝里女人的花裤衩往下一褪，再加上女人心领神会一翘屁股，秃噜，宽宽松松地就褪到了脚脖子。近来老槐迈逐渐克服了心理障碍，跟那瘫子男人同在一铺炕上干那事也好使了，老槐的兴致就逐渐高涨，淑贤也积极配合，有时候老槐几乎忘记了炕头还有一个半死不活的大男人。

有时候老槐也觉得那男人活得不易，心下也好生可怜他，就常买些好吃的东西放在他炕头，但是瘫子茂成却一句话也不跟老槐说。

今晚老槐俩人折腾完时，炕头那边蓦然就呵呵冷笑起来，笑得老槐心头一紧，耳听得茂成大舌头唧叽地说："……要出事儿咧……要出事咧……"

"他说啥？"老槐支棱耳朵问。

炕头儿却霎时没了动静。

有一天半夜，淑贤给茂成倒尿壶，隐隐约约听见西屋有响动，欠开门缝往里觑摸。那时正是弦月最亮的时辰，屋里屋外一派光耀。淑贤明明看见二锁子的被窝空着，赶紧觑回推醒老槐。

"快醒醒，他叔！二锁子的被窝空了。"

老槐不信，爬起身趿拉鞋过去一看，二锁子明明在那酣睡打鼾哩。老槐回来就笑，"你是看花眼了，那小兔崽子老老实实做梦哩。"不过说归说，心里也是有些犯合计。

一上秋，老槐天天晚上愿意在猪栏前多待一会儿，耳听得稀里呼噜的抢食声，老槐心里就喜欢得了不得。"快吃吧老伙计，多给咱上些膘。"一边唠叨一边还添了一瓢黄豆。

一抬头，看见二锁子直竖竖立在那儿。老槐也没理会他，仍去喂他的猪。

"爹。"二锁子说。

"爹，我……我……"二锁子吞吞吐吐。

老槐心烦，说："赶车哩，有屁就放，我我我个啥？"

"我要和香香结婚！"老槐差点把装豆的瓢扔猪圈里。他转回头盯着儿子足有三分钟，末了拍拍屁股，回了屋。二锁子蔫不拉唧跟进来，二锁子屁股后头红头涨脑还跟着香香，他们一进东屋就喊口令一般，齐刷刷跪地上了，却不吭声。

老槐说：“好你个二锁子，你……你咋能这么想！”

淑贤说：“好你个不要脸的死丫头，你……你咋能这么不要脸？”

地当央的一对冤家像一对木橛子，任炕上怎么骂，怎么数叨，就是一声不吭。

老槐说：“不行不行，说出龙叫唤也不行。大锁子回来，怎么跟他交代？”

二锁子这时才说话了，他一本正经不慌不忙地说：“我和香香睡了。”

“我肚子里有了二锁子的种。”香香的头低得不能再低。

“冤家呀，不省心的，你们……你们是要你爹妈的命哩……”淑贤当时就号哭起来。老槐也叹气。但叹气归叹气，最后老槐还是摆摆手，说：“起来吧，我和你妈商量商量。”

腊月里一个冬阳高悬的黄道吉日，黑驴沟村的羊肠小路上蓦然响起嘹亮高亢的唢呐声，赵老槐家的五间大瓦房挤满了前来道贺吃喜酒的村人。院子里到处披红挂绿，张灯结彩，拾掇得焕然一新。院东新搭了一座毡布大棚，盘了一溜大小锅灶。切菜的，烧火的，摆盘碟的，人人都忙得不亦乐乎。院当央摆了大大小小各式各样的木桌，也大多是从各户邻人那借来的。平日难得开荤的乡下人这时辰都赶紧找位置坐好，单等那冷盘热菜一上，就狮子口大开，大嚼一番。屋里这时候正在搞仪式，村里的老司仪满口赶时髦的新词儿。一番咋呼之后，新郎新娘拜过天地，便是山崩地裂的一声吼：“开席！”一刹那全场骚动，端盘子上菜的往来穿梭，原先嘤嘤嘤嘤的说话声顿时矮下许多，到处都响起那种粗鲁的咀嚼声音。赵老槐两口子穿戴一新，老槐见人就握手鞠躬好好好，一张黑脸泛着油光，两颗羊粪蛋眼笑得没了缝。显然，赵老槐是被娶儿媳妇这桩天大的喜事给搞昏了头。他端着酒盅挨桌转悠，七大姑八大姨，见一个喝一盅，几十桌酒席没转完，自己先头重脚轻被人扛回东屋呼噜去了。

终于，轮到新郎新娘出来敬酒了。吃喝垫了底的人们抽空侧目观瞧，又一齐啧啧称赞起来：

"七仙女下凡啦，新娘子！"

"新郎也不赖，想不到人一打扮，愣是一个溜光水滑的俊小伙子。"

"人靠衣裳马靠鞍嘛！再说二锁子本来也不丑。"

有几个愿嚼舌的低低嘀咕："原先不是把香香许给大锁子吗？怎么弄来弄去又给二锁子啦？"

小凤仙儿冲那几个长舌妇一挤咕眼，"管人闲事干吗？横竖是一个锅里的肉。"

一伙人嘻嘻哈哈笑将起来。

淑贤正在席间照应着，听得这些闲嗑儿，脸上有些挂不住，磨身去了灶棚，吩咐上灶的大师傅："去，给那桌添两盘子菜，堵堵她们的臭嘴。"

当四巡菜上齐的时候，主人开始给所有帮忙的师傅分发赏金，司仪在欢呼中大声地唱着钱数，门口的鼓乐班子显然受了鼓舞，一个个抖擞精神，鼓圆腮帮，大小乐器奏出更加激动人心的欢畅，黑驴沟的婚宴也终于达到了前所未有的高潮，把个干燥冷冽的冬日渲染得格外火爆，格外喜兴。

有人乘兴把刚才没有响净的鞭炮又捡起点燃了……

十

二锁子自从发现了女人的奥秘，他觉得自己以前真的白活了，他感到一时半会儿也离不开那个叫香香的女人。她像他身上的一根骨头，一块肉，他觉得他跟她太亲了，娘老子也没有她亲。他想管她叫妈。他一挨上她的身子就恨不得深深地陷进那柔软里，起伏里，温暖里，颤抖里……那种搜尽世上所有好话也道不明说不尽的滋味令他躁动不安，在香香身上他总是忘乎所以，总是说些令他事后一想起就面赤脸红的傻话，但是香香显然愿意他这么胡说。

他说"你是棉花"，他说"你是馒头"，他说"你是甜枣儿"，他说"你是咩咩叫唤的小羊羔子"……他就这么说啊说，一直说得口干舌燥，呼呼大睡。

香香使劲搂紧眼前这个孩子睡相的男人，她觉得很庆幸。以前不甚明了的爱情现在清晰确定了，她感到内心满满的。即便有时闪电一样闪现出那个仍在远方服役的另一个男人的影子，但是她只需轻轻晃荡一下脑袋，一切就消失得无影无踪了。她感到满意、可心，她只是在乎眼下的快乐。

婚礼的第二天，老槐请了村小学的丁老师给大锁子写了一封信，除了叮嘱他好好锻炼以外，顺便还把香香与二锁子的婚事告诉了他。语气很委婉，也很语重心长。末尾劝慰他说，只要将来有了出息，啥样的好姑娘都能找到，男子汉大丈夫，要志在四方，立大志成大业等等。但是信寄出去后便石沉大海，一点回音也没有。老槐深感不安，就和淑贤商量，又给大锁子寄去一些衣物和食品。到了年根底，老槐费尽周折又给部队打去长途电话，当话筒那端传来大锁子冷冷的声音时，老槐很激动，说："能请下假，就回来过年。"那边说："不行。"老槐又说："那就等探亲假吧，家里人都惦记你哩。"那边淡淡地说："谢谢。"老槐就再没话可说了。不过搁下电话，老槐的心稍稍宽慰些，觉得事情也许不像他想的那样严重。

"谢谢，驴劲的也学会说谢谢啦。"

第二年初夏，香香生下个七斤四两的大胖小子，把个赵老槐乐得，用淑贤的话："差点儿乐颠馅儿了。"赵老槐没事就愿跑到香香房中，用那双羊粪蛋眼睛王八瞅绿豆似的瞅那团稚嫩，一瞅就是小半天儿。"我的大孙子哟，"老槐说，"我赵老槐的命根根哟。"

回过头冲香香嚷："生！再生他几个带把儿的！"

就这样，日子如同菜园子里的疯韭菜一般，一茬茬割了又长，长了又割地重复着。又一年的春天降临了黑驴沟。

这天傍黑，香香出屋倒洗尿布水，猛一抬头，看见大门口高高壮壮立着一个人。仔细看去，虽是侧面，却仍然一阵惊悸心跳，赶紧磨身跑回屋，迎头撞见赵老槐，只管变颜变色地指指屋门外，都慌得一句囫囵话也吐不出。

老槐探出头，抢前一步，"哦，大锁子，你啥时回来的？"

老槐这么一喊，屋里淑贤、二锁子都聚到院子里，都把一张张笑脸迎了上去。而高挑壮实的大锁子仍然立在那儿，脸上并无半点激动或喜悦，口里只淡然吐了句："复员了。"就把冷冷的目光扫视在每一张忐忑不安的脸上，末了望定窗棂子上那幅刚刚有些褪色的双喜字，眼中就出现些凛冽。俯身拎起行李，一声不响回了屋。

"这驴劲的。"老槐说。老槐想了想又说"这驴劲的，出息个暴。"

老槐知道大锁子心里为的啥，所以一连几天，有事没事就给那犟小子劝导。但说来说去，那闷葫芦半晌才仍出硬邦邦一句："你心里没我，你们都偏向二锁子。"

老槐气得跳起来，"扯你妈蛋，都是我老槐的儿子，手心手背，我做啥偏向？"

"别咸吃萝卜淡操心，你们都偏向二锁子。"

老槐没辙了，转身去找媒婆小凤仙儿，说："赶快替我给那大冤家提一门亲吧，聘礼多少没关系，只要他满意。"小凤仙儿立马来了神儿，左一趟右一趟往老槐家跑，方圆几十里内模样稍好的姑娘，全像变魔术一样一张张摆在大锁子面前。面对那些搔首弄姿的彩色照片，大锁子看也懒得看，折磨得小凤仙儿哭叽叽地直哼哼。

"大侄子你挑一个吧，你相中谁我立马就把她叫来，人一来你保准就稀罕。"

大锁子头摇得拨浪鼓似的。

"我的小祖宗哟，你……你还想要啥样的？这可是十里八村儿打灯笼也难找的好姑娘哟！"

大锁子冷眼瞅着那火燎屁股似的媒婆，不紧不慢不温不火地说："俺就找香香那样的。"

得，小凤仙儿抬腿找来赵老槐说："你这钱俺也甭挣了，俺找不来他说的那条件。"

老槐说："别，你还是慢慢趸摸着，千万别泄气。"晚上跟淑贤商量，淑贤就有些发毛，"我总瞅这事儿有些不对劲儿。"老槐说："没事儿，再怎么着他也不敢来浑的。"

这一天村里一户人家办上梁，老槐一家除了瘫子茂成和香香之外，其余的都去村西吃喜宴了。当高挑的鞭炮燃响时，谁也没留意大锁子一个人鬼鬼祟祟溜出去了。他一看见红火火的大场面心里就刀割般难受，他一想到弟弟夫妻俩你恩我爱的模样，内心的炉火就呼呼上蹿。狼扛的，我的媳妇被你们合伙抢走了，我非得让你们知道我大锁子也不是熊饼子！他边走边想。当他一步跨进那间无时无刻不让他感到酸溜溜的西屋时，香香正惊愕地站在炕柜前骇然望着他哩。

"你……你不是去吃席了吗？"

"我想回来看看你。"大锁子说。

"看我？"香香正在系花稠衣裳的扣子，大锁子注意到那快要系不住的丰硕的胸脯上，有一小块淡淡的奶汁痕迹。

他咽了口唾沫，说："你答应过我的，等我回来，做啥你嫁给二锁子？"

"我喜欢二锁子。"香香飞快地掠了他一眼，"真的，后来我才弄清楚，我喜欢二锁子。"

"可是我心里只有你，香香！"大锁子跨前一步，忽然抓住了香香的肩膀。

香香用力甩了一下，"别……我是你兄弟媳妇哩。"

"你原来就是我的。"大锁子暴跳如雷，脸皮扭歪得阴森可怕，"我的我的！……"他双手牢牢抓住香香的肩膀，双臂一较劲，胸前紧绷的纽扣嘭嘭嘭全都射进去，露出饱满得几乎要胀破的一对跳荡的乳房。大锁子只觉得一股浓浓的奶腥味迎面扑来，他的心智变得迷糊起来，动作也更加疯狂，"我的！我的！我的……"他仿佛一座山一块巨石恶狠狠地压了上去。

东屋炕上的瘫子好像听见了一声凄厉至极的尖叫，"牲口……"

他拼尽全力向炕沿爬去，扑通一声，僵硬、沉重的身躯麻袋包一样掉到地上。

<h1 style="text-align:center">十一</h1>

"他还叫个人？"二锁子对站在房山头哭泣的香香这么说。那时候，赵老槐和淑贤还在办上梁的那家没回来。二锁子吩咐香香："你去把咱爹找回来。"便气哼哼进了屋，对着呆在东屋的哥哥说：

"你还叫个人？"说完还呸地冲地上啐上一口。

大锁子翻翻眼皮，没吱声。

"你一点义气也不讲，咋能强奸我媳妇？"

"强奸了，你能咋的！"大锁子梗着脖筋说。

这时赵老槐一头扎进来，看见大锁子，也火辣辣地骂："你怎么这么浑？简直浑透腔了！"

大锁子眼珠瞪得像牛卵子，"去去去！你少管我的事，我愿咋干就咋干！"

"好哇，我不管啦。"老槐挓挲着手，"你个驴进的蹲大狱我也懒得管！"

二锁子也火蹿脑门子啦，二锁子想哥也太不讲情理啦，哥也太不把自己当兄弟啦，哥这是明显欺负我熊哩，往我头上扣屎盆子哩，叫我一辈子抬不起头哩……"好好好，你能耐，你绝情，那你跟我上乡派出所。"说着便上前嘭地抓住大锁子脖领。

"我不去，要去你去。"大锁子反手一甩，把二锁子甩个趔趄。

"你还打人！"二锁子愤怒地扑上去，挥拳便给他个通天炮。一时间屋里乱了套，大小锁子硬碰硬厮打在一起，慌得老槐一只手拽这个，拉那个，哪个也没拽动。

"住手吧，我的冤祖宗哟！"空气中颤动着赵老槐无奈的哭音。

这时候大锁子把二锁子压在身下，双手紧紧掐住二锁子的脖子，"我掐死你，我掐死你……"被掐得拼命挣扎的二锁子脸憋得通红，险些背过气去。大锁子不愧在部队待过，二锁子根本不是他的对手。但是那只胡乱划拉的手在炕柜下攥住了一把冰凉、坚挺的硬物，那把锋利至极的硬物想也没想扑哧一声便一头扎进剧喘着温热、柔软的肚腹里。

"啊——"

那是一把磨得锋利的杀猪刀！

但是掐住脖颈的手仍然没松，二人从炕上滚到地上，此刻都把全部力量集中到刀尖上，使那把亢奋不已的家什在一瞬间真正做到了白刀子进红刀子出，噗噗噗——腥气四溢，血线飞溅。当那种烫人的灼热喷着赵老槐一脸时，这个活了大半辈子的男人只回应了无限悲哀的两个字"完了！"一下便瘫在血泊里了。

活了大半辈子的赵老槐是在自己的眼皮底下亲眼看着双胞胎儿子一个把另一个一刀刀戳死的。

那时候四周静得出奇，连瘫子茂成也不喊叫了，先闻讯赶回来的淑贤和邻人也呆呆张大嘴巴大气不敢出，连衣衫凌乱的香香也像怕人夺去似的只管死死搂紧了怀中的孩子……

良久，呆鹅似的一群人中忽然爆起叫驴似的哀号："我那作大冤的大锁子啊——！"有人一把捂住涕泪四溅的大嘴，"号丧个啥！真要惊动了乡公安，还得把二锁子也搭进条命？"

老槐登时噤了声，嗷的一下跳起身，"那可咋整？"

"埋！"一伙人围拢一堆商量起来。赵老槐一下给众人跪下了，边叩头边作揖，"众位乡亲，老少爷们儿，求大伙帮我老槐一把吧！"平日一贯挺着腰板的汉子这时哭叽尿腔地央求："不看僧面看佛面，千万千万谁也别声扬出去，就说大锁子得暴病死了。千万千万别报官啊……"

"放心吧老槐。"邻居们撒开人马，四处张罗起来。他们连夜上山挖了墓穴，又趁着夜色悄无声息地把尸体埋葬了。

俗语说：要想人不知，除非己莫为。纸能包住火？只隔了两天，村口乡路上呜哇呜哇颠簸辆警车，直奔赵老槐家而来。到了院门，冬瓜脸李来钱带几个大盖帽一拥而下，调查，审讯，取证，开棺验尸……一切都得到了证实，当锃明瓦亮的手铐子咔嚓一声铐住二锁子乖乖伸出的双腕时，香香像疯了一样扑过去，又一次次被公安们推回来。旋即，二锁子硬生生被塞进警车，警笛撕拽人心地尖叫着，车轮扬起漫天的黄土，眨眼绝尘而去。

整个过程中，老槐像拴牛的牛桩傻傻立在那儿，干巴巴张着黑咕隆咚的大嘴，无动于衷。好像抓的不是自己的儿子，发生的也不是自己家的事儿。羊粪蛋似的眼珠子只管做梦一样虚虚地往空中眺。他看见苍穹上红得发黑的日头，望见四周牛脊梁一样的山梁和山梁下破棉袄一样的村子。他咽了口唾沫，想起小时候，自己在山洼里放牛的情景；想起他爹、他娘、他开过的小镁矿；想起他埋在废墟下的胳膊、他死去的老婆那张瘦脸；也想起好多年前他怀里一边搂一个锁子满村子逛悠的美妙风景。

就这么，他一边想一边就摇头晃脑哼唱起那两句驴唇不对马嘴的小调：

> 东村有个金光棍儿，
> 今年年长一十单八岁儿，
> 就缺个保媒的人儿，
> （夹白）呀啊，你年纪还小哇！
> （白）人小心不小么！
> 胡椒粒小辣人心
> 秤砣小压千斤，
> 哎咳哎咳哟……

有人推他："老槐，老槐，你咋的啦？你疯疯癫癫的咋的啦？"
老槐索性闭上了眼，继续摇晃着身子唱：

> 咱家吃的白面和粳米，
> 她家吃的高粱拉子
> 小奴我也愿意
> 哎咳哎咳哟……

"呵呵呵，呵呵呵，哈哈哈哈……"唱到这儿，赵老槐忽然狂笑起来，笑得前仰后合，笑得拍掌跺脚，笑得止不了刹不住，笑得满脸都是热辣辣的浊泪。

2007年12月

界

　　这世上像王十月那样死死生生的人恐怕不会很多。在我的老家——辽东南岫岩和凤城两县搭界的地方，有一座莽莽苍苍的唐大山。山下，又有两条湍急浩渺的河流——大洋河和大沙河。那两条河爬过北方绵延起伏的千里丘陵，在唐大山下的沙里寨乡宛如交媾嬉戏的青花蛇汇集在一起，形成一片肥沃辽阔的土地和几十个依山傍水的土坷垃村子。其中有一个最僻远又最封闭的一个小小村庄，叫老爷庙村，王十月就是老爷庙村最富裕也是最抠气的大户人家的当家人。

　　说他富裕，是因为祖辈上就给他在老爷庙村最肥沃的那块田地——裤裆地留下几十垧上等好地。虽说土改时分出去十之八九，包括他祖父那辈就兴建起的几处私宅，但由于老爷庙村天高皇帝远，历次政治运动似乎也是雷声大雨点小，他家即便被定为地主成分，但王十月身上又没有什么欺男霸女的劣迹命案，所以那些世代积攒下来的大部分财富便得以被他私藏和保存起来，或埋在驴圈下的地窖里，或掖在青砖灰瓦的老宅的某个墙缝中，总之富得流油的这位乡下土财主，并没有被汹涌动荡的政治潮流迅速掏空。

说他有钱，四里八乡的人却从没见他穿过一件体面衣裳。长年累月，个子矮小、敦实如缸的王十月老汉总是披一件袍不袍、褂不褂、短衫不短衫的奇怪东西，腰间用根细麻绳一系，五冬六夏背着小粪筐在村里晃悠。

"嘿嘿嘿，"一遇见熟人时，夹着肉泡眼的王十月的笑简直让人浑身起鸡皮疙瘩。

他老婆叫李翠花，瘦如麻秆的身子总是病病恹恹的，苍白的额头上显眼地印着刚拔完火罐的黑紫的痕。她对他言听计从，像个跟屁虫，他们一共生下三个树桩桩的小子，依次叫大驴子、二驴子、三驴子。每当夕阳西下，村里家家炊烟袅袅时，人们就能听见麻秆扯长喉咙吆喝三个驴子的声音：

"大驴子哎——吃饭咧……"

"二驴子哎——吃饭咧……"

……声调抑扬顿挫，俨然民间小曲。

三个驴子转眼就都二十好几啦（大驴子几乎三十挂零），却没有一家愿把女儿嫁给他家，弄得麻秆女人整日唉声叹气，跑断那双母鸡脚，求遍十里八乡的媒婆也无济于事。究其原因，是因为王家的当家人王十月是个不可救药的吝啬鬼，铁公鸡，小气得要命，村人送其绰号王老抠。传说他八月十五那天煮一个咸鸡蛋，一直吃到第二年的正月十五才露出蛋黄来！

每顿饭他只用炕席篾片拨一小块就饭。

这王老抠自己吃糠咽菜省吃俭用，也不准许家人过嘴瘾。即使逢年过节，大伙若想吃顿带油星的好嚼咕也是费了洋劲了。偏偏那麻秆老婆又是属馋猫的，隔三岔五不改改馋就抓心挠肝过不了，所以在满足嘴巴这一事情上，麻秆老婆可就得自己有一套主意了。

她每每趁王老抠出去赶集或拾粪时带领三个驴子在家偷嘴——或包饺子，或烙油饼，或炸香喷喷的果子。因为怕王老抠发现了暴跳如雷，娘四个每次都派出一人去村口瞭着，放个暗哨。

可怜那吝啬鬼王老抠，自己一辈子苦巴苦业的，家里倒养了一窝偷食硕鼠。

有几次，饺子刚下锅，暗哨气喘吁吁跑回来报信，爹赶集回来了！麻秆老婆反倒不慌，从粮仓里舀半瓢苞米粒、高粱粒或黄豆粒什么的，哗地撒到院子里，一家人只管放心吃饺子，那王老抠见了粮食就心疼得不得了，他害怕鸡鸭叼吃，自然就蹲地上一粒一粒拣，屋里娘几个饺子一落一稳吃光了，外面那位竟还没拣完呢。

大洋河和大沙河都盛产鱼类，什么花鲫子、沙骨鲁子、秋丁子、鲢子、梭子等等，丰富得很。有专门打鱼的人把鱼儿剖开晒干、腌成咸鱼干到集上卖，很便宜，用油一煎，香嘴。麻秆老婆最得意这一口，叫咸鱼饼子加高粱米水饭，央求男人赶集时捎点回来。老抠舍不得钱票子，一条也没买。无奈，大伙便想了个鬼点子，趁王老抠又去赶集时，大驴子先去买了一捆咸鱼，悄悄绕到他爹头前扔到路上，王老抠一见，自然很高兴，四下瞅瞅见没有别人，忙藏到粪筐里背回家，喜气洋洋地喊：

"今儿白捡了一捆咸鱼！"

家人假装跟着乐。

王老抠摸出旱烟袋，边点燃边吩咐："今晚做鱼吃！"

大伙齐声应和："好，做鱼吃。"

鱼做好了，一家人狼吞虎咽地吃着，一锅高粱米水饭很快见了底。俗话说得好，咸鱼咸鱼，剩饭冤家，一点儿也不假。王老抠看着满桌的狼藉，不知怎么，总觉得心里不是个滋味儿。

没过几天，又是个逢五的集日。这回是二驴子如法炮制，也买了一捆咸鱼扔到道上，自己躲在苞米地里等老爹去拾。那王老抠背着粪筐溜溜达达，哼着小曲，走着走着，没拣到几泡牲口的粪肥，倒又捡到一捆咸鱼，老汉虽说"咦"了一声，还是麻溜捡起来，掖到粪筐里转身就走。

走着走着，冷不丁他又停了下来，抓抓额头，猛地把那捆咸鱼拽出来，使劲摔到地上，又狠狠踢了一脚，骂道："还捡还捡，上次捡回去，费了多少粮食，败家子，混蛋！俺再也不上当啦！"

十年前的一天，王老抠跟往常一样，天刚蒙蒙亮即背起粪筐走在雾气弥漫的乡路上。正是早春时节，天气乍暖还寒，布谷鸟在不远处的山头上殷勤地叫着：布谷——布谷。王老抠心情愉快，正盘算着地里的墒情。还没有走出一里多地，粪筐里的粪肥就满得冒尖了。他正想把沉甸甸的粪筐背回自家地里，忽觉小腹坠胀，似欲大解，便急忙避入路边的柳毛子里。也许是昨夜吃了变馊的剩饭所致，他急慌慌解下麻绳腰带，露出脏屁股，刚来得及蹲下，就排泄出一大摊酸臭的稀屎。大约一袋烟工夫，当这位如释重负的年过半百的乡下老汉从柳丛后心满意足地踅出来时，目光所见之处，却陡然令他一惊，那只粪筐！那只跟了他足足有十余二十几年的粪筐——不见了！他惶惶然奔上乡路，四下搜寻，周围连个鬼影也没有，他的宝贝粪筐仿佛长了翅膀，飞走了，飞得无影无踪了。他一急，气血上涌，只觉得头痛欲裂，随后大叫一声，倒地抽搐着，口吐白沫。待到麻秆老婆领着三个驴子赶来时，王老抠已然气息全无，死去多时了。

"天哪，狠心的老鬼呀，你就这么撇下俺娘四个撒手归西啦，你叫俺可咋活人哪……"她披头散发，抱住丈夫的尸体狠命摇晃，力气大得惊人，疯了一样把死者的脑袋摇得像个拨浪鼓，那些闻讯赶来的村人们都吓坏了。

接着，麻秆媳妇又在地上打滚，恶毒地诅咒那个拿走她男人粪筐的人（事后证明是有人好心给送回了家）不得好死，是杀人凶手！她脏头土脸地撒着泼，胡言乱语，吓得邻人全都以为这位灰白头发的老太婆也癔症了哪。

后来还是村长出面才止息了这场风波。尸体被大家用门板抬回那座阴森森的老宅院里。灵棚高高搭上之后，四邻五舍都赶来帮忙，入殓的棺材还是临时央人跟村里一位八十老翁借来的哩。

麻秆媳妇好几次哭得背过气去，又被三个驴子掐人中叫活，后因为嗓子哭哑，只好作罢。但每隔一会儿她便冲到棺旁拍打一阵，哭天抢地的，弄得那位仙风道骨的阴阳先生也苍颜失色。

"喂，把她架出去，这像什么话……"老先生抖着花白的山羊胡须吩咐道。

按照乡俗，尸体需要放三日方可出殡。所以当晚，村人邻居及鼓乐班子都撤了之后，灵棚里只剩下三个驴子和老汉的一个远房侄子边打麻将边守灵。

而勤俭一世的王老抠就静悄悄地躺在他们身后。

长明烛把四个人的影子夸张地斜映到棚壁上，风簌簌吹来，灯芯跳荡着，仿若影布上的驴皮影。

四个人心里都有些胆突突的，但谁也不说自己害怕。恐惧有时会使人变得草木皆兵神经质，所以有时即便是一阵风声，一丝老鼠蹑足溜过的细微声响，几个年轻人也立刻屏住呼吸汗毛直竖。

但他们谁也不敢往后看。

熬至半夜，本来停在屋角的那个像石头一样的死尸忽然动了一下，接着深深地叹口气，坐了起来。他睁开眼睛四处梭巡一遍，还伸了个懒腰，然后爬起来，立在二驴子身后看他们打牌。

要知道，人死了，他们的灵魂不会马上升天，而是像烟一样缭绕在他那因了几十年的躯体周围。如果他有所留恋，或遇到突发变故，也许又会重新飞进自己或别人的躯体里。王老抠的情况就是这样。他以为自己只是小睡了一会儿，这会儿清醒了，便站在几个孩子的身后看他们打牌。但是，三个驴子外加一个远房侄子可不领情。屋子里安静极了。他们或许听见黑暗之中的角落里有了些微动静，但是他们不敢回头，全把眼睛死死盯住手中的牌，内心害怕极了。

先是大驴子出了差错——他把九万当成九饼扔了出去，然后是二驴子哆嗦着手，频频给对家点炮，当他又一次捏起一张牌想打掉时，身后那位再也忍不住了，粗声大嗓说了一句：

"错了，你应该打北风！"

嗷的一声，三个驴子和一个发狂的远房侄子全部跳起来，像被捅了一刀的牛一样尖叫着，不顾一切地冲了出去，其中有一个驴子——大概是三驴子被椅子绊倒在地，桌布把麻将牌全部泼到地上。他拼力挣扎着，嘶叫着，疯子一样踢开窗户翻到院子里，逃向月光下的村街上，抱头鼠窜。

一地的月光全乱了。

这真是一件奇异的事情，王老抠死而复生。棺材自然无法送还赊来的那家。因为按照当地的乡俗，即便借来的棺椁自家不用，也只能还人家上好的木料和人情了。麻秆老婆欢天喜地，只苦了那三个驴子，看见月光就尿裤子，就会想起夜晚的恐怖，从此种下胆小的毛病，总觉得这个爹不似原先的那个爹。

王老抠好像什么事也没发生过一样，容光焕发，马上吩咐他女人给他煮了一块腊肉，他独自一人享用。看得三个驴子和麻秆女人目瞪口呆，直淌口水。

王老抠仿佛要把几十年亏下的嘴债一下子享用补齐，自此之后，家里大凡可以大嚼特嚼的美味都成了这个吝啬鬼的腹中之物。什么鸡蛋啦、鸭蛋啦、供销社的咸鱼啦、饼干啦、村头小酒馆的猪耳朵啦、驴下水啦、羊脸啦，以及山榛子、山核桃、柳树下生出的鲜美可口的蘑菇做的汤。王老抠不仅吃香的喝辣的，还学会了喝酒——当地产六十度的高粱烧，一顿不多不少整二两。喝完之后，往往睡意蒙眬，随便寻个地场，往后一跌，便鼾声如雷了。

王老抠一下子成了个不折不扣的饕餮之徒！

自从他死而复活之后，家人和邻居们便有些怕他，总觉得他的身上起了微妙的变化，虽然一下子说不出个子丑寅卯，但一种类似于阴冷的气一样的暗流使每一个试图接近他的人心中骇然。

"老抠啊，"一次村长鼓起勇气问他："你说你咽气之后，身体都硬邦了，怎的又活转过来了？"

王老抠嘿嘿一笑，也不回答，只管斜着眼睛看村长的背后。那儿妖妖立着一个女人，瘦高的身坯，长马脸，抹着厚厚的脂粉，仿佛一笑就会掉渣。她是村西的冯寡妇，此刻正扭着水蛇腰三弯两扭地踅过来。

"哟，老抠啊，人家说啦，人死了，魂就会生成另一个人，你到阎王殿走了一遭，到底发生了什么事，说说嘛……"那老女人浪巴溜丢，弹出一根尖尖的水葱似的指头，点了王老抠脑门一下。

老抠仿佛被菩萨点化了一般，身子顿时轻飘成二两半，说："嘿嘿嘿，嘿嘿嘿，我梦见阎王殿里的阎王爷是个女妖精，她……连一件花兜兜都没穿，光着腚子……"呵呵呵呵说着笑弯了腰。

那寡妇也笑，唯独村长冷下脸。大伙都知道冯寡妇与那村长有一腿，见平日不言不语的王老抠当着村长的面调笑冯寡妇，都捏把汗，防备村长光火。尤其麻秆女人和三个驴子，此刻傻鸭一样伸长脖，作声不得。偏偏村长只是哼了一声，头也不回躲出老远，却又让人颇费思量。

冯寡妇在村里是个家喻户晓的破鞋。她丈夫病故之后，她甚至公然和她的大伯子睡觉。每次走在村街上，永远有人背后暗暗戳她的脊梁骨。几乎全村的女人都把她当作仇敌，背地里不知啐过她多少回。

"她该被唾沫淹死了。"村人们说。

但是冯寡妇不以为耻，反以为荣，人前人后就愿挺着那张令人作呕的长马脸，啜着猩红唇膏的肥厚嘴唇。有意思的是，她的淫荡使她臭名昭著，却仍有些人不得不去登她的房门，这大概是因为她有一手能替女人接生的奇绝手艺吧。

王老抠每天晚上都赖在冯寡妇家炕头不走。为了博得那个浪荡女人的欢心，他连自己那张老脸都不要了，整日里宝贝长宝贝短的，全然不顾自家相濡以沫的老婆的劝告，狗一样在那张长马脸跟前摇尾巴，甚至还把家里的东西全都偷偷运到了寡妇家。

有一天半夜，酣睡中的村子被一阵突如其来的喧闹吵醒了，男人女人纷纷提着裤头奔出家门。"怎么啦？怎么啦？"人们互相问，吵闹声是从冯寡妇家的村西传过来的。麻秆女人领着三驴子踢开了那个寡妇的门，从暖烘烘的被窝里揪出了睡得正酣的男人。气得发狂的麻秆指着冯寡妇鼻尖骂她勾引别人的丈夫，天打五雷轰，并让大伙给个公正。但是敞着怀、吊着一双葫芦奶子的寡妇却一脸讥讽地嘲弄道："怎么成了我勾引，这事情不能这么说，看我寡妇好欺呀，屎盆子想往谁头上扣就扣呀，没门！"她又着腰跳着脚质问道："是你丈夫骚扰我的，是你没本事守住男人，如今倒来问罪别人？"冯寡妇边叫边一把揪过那苦瓜脸的耳朵：

"老抠你说，到底谁勾引了谁？"

王老抠点头哈腰连忙承认："对对，是我先勾引了她，不是她勾引我。"

围观的人轰的一声笑炸了，把个麻秆女人气得直翻白眼。

人们都说老抠变了，跟先前简直判若两人。也许人一死，自己的灵魂一离开原先的躯壳，立马会有许多不相干的幽灵飞赶来，争先恐后藏入并不属于自己的躯壳里赖着不走，像海边的寄生蟹占有一个贝壳。村子里的萨满说，他已经不再是原先那个老抠了，他被黄仙（黄鼠狼）抑或狐仙（狐狸精）掳走了灵魂，成为一个和二大神儿（巫师）一样的可以通神的人。他建议老抠跟他一块做个萨满，但是被老抠拒绝了。

因为从前的土财主现在一门心思全在男欢女爱上，他成了附近十里八屯闻名遐迩的淫棍。整日里他都跟一些地痞流氓混在一起，不止一次让别的女人的丈夫把鼻子打出血，脸打肿，腿打瘸。但是老抠不在乎，狗改不了吃屎，有时不等伤口结痂，他便又出现在某个女人的炕头上。

麻秆女人要死要活，管也管不了。村里人都说王老抠有一根带弯的生殖器，（狗的那玩意儿才带毒钩呢！）所以女人一挨就上瘾，轻易离不了。还说王老抠的家伙特别大，村里的男人曾有人有幸目睹过一次，说是像个棒槌，黑乎乎的有小孩胳臂长，因而有人给他又起个绰号："擀面杖"，也是形容其又粗又大，宛如牲畜马和驴的家什。但麻秆女人却毫无偏见，因为自打王老抠起死回生以后，夫妻二人还从未在一起行过房事呢！

这事就又颇有些蹊跷了。每一次一听到村里人的传言，麻秆都咬牙切齿痛骂不已。她额头上的火罐换得更勤更频了，深紫色的火罐印也颜色渐深。"不着调的老东西呀，你……你还不如不活过来呢，你把咱王家的门风都败坏惨咧，猪狗不如的东西呀，你怎么不立刻蹬腿死了哇……"

麻秆的话音刚落，那边正在冯寡妇家热炕头上喝着烧酒的王老抠突然痛苦地大叫一声，一下子歪在炕角，全身剧烈抽搐，并且一只手落在了架在火盆上的黄铜火锅下那红通通的炭火里，吱吱冒烟。

正站在一边看王老抠喝酒的冯寡妇的女儿小芹吓坏了，赶忙冲到灶房喊她娘救命。待到大惊失色的寡妇三步并作两步跑进屋，把气息皆无的汉子拖离火盆，老抠的一只手已被严重烧伤。后来当麻秆媳妇领着三个驴子急匆匆赶来时，王老抠的身体已渐渐僵硬俨如死人了。

麻秆抚摸着丈夫冰冷的身体，大放悲声哭将起来。她以为这回坏事做绝的丈夫肯定活转不来了。想到自己刚发过的毒咒，内心不禁生出些许愧疚，又望了望立在一边惶恐无措的冯寡妇，慢慢又涌起一阵莫名的快意。两个女人心情复杂地对望一会儿，都叹了口气，埋下头准备给老抠穿那身早已准备好的装老衣裳。

正当这时，炕上直挺挺的那位突然轻微动弹一下，但仍就没有一丝气息。大家悚然呆望着那人的身体，三个驴子已做好逃跑的准备，唯有麻秆女人不甚害怕。她独自凑到跟前，手贴近死者鼻尖探探呼吸，似有所感，又似无可感。她狐疑着望望周遭的人。面沉似水。寂静中又过了一会儿，王老抠蓦然长长呼出一口浊气，身子一挺，竟然活了过来。麻秆女人脸上有了暖色，如释重负地长喘口气，说："我就知道俺老抠死不了。"

王老抠嘻嘻一笑，爬起身跟麻秆往回走，全然不再瞅那冯寡妇一眼。村里人都以为白日遇见了鬼，争先恐后跟在后面看热闹。大家进了王家那所阔大的青砖灰瓦的宅院，望着屋脊上飞翘的檐角和窗子上浮雕的花纹，感慨万千指指点点。麻秆安顿下丈夫，很快把闲杂人全都赶出家门，不许别人围在四周看她家门热闹，连村长也不例外。对那些屡劝不走者，她甚至发出恶毒的诅咒来咒他们也不得好死。

"叫你们也死而复活遭洋罪。"她粗声大嗓地叫嚷。

她弄来獾子油给丈夫的伤口涂上一层，并用干净纱布包扎好，然后下地做了一顿异常丰盛的餐饭。三个驴子疑疑惑惑不敢跟这位死后没多久的父亲同桌共吃。但是王老抠却满不在乎，他已经托着缠纱布的一只手臂坐在那里狼吞虎咽了。

就这样没过半月，王老抠又活灵活现出现在村集上熙熙攘攘的人群中。他手里拎几只王八在那叫卖。人们问他："王老抠，你怎么死了一回就会捉王八啦？"他嬉皮笑脸地回道："小心我连你也一块提了去卖掉下酒。"被说的人往往满脸通红，面露愠色，却又应付不起。王老抠俏皮嗑一套一套的，早就在那等着呐。

是的，村人们真的有些搞不懂啦。天老爷怎么弄出这么个活宝来拿他们开心。三番五次死而又活，每次一个性体一个模样，像变戏法似的，简直叫人瞠目结舌不知所以了。唉，有人叹息着，以为人还是该死就死的好，否则岂不成了妖怪了！

王老抠这回可抖了起来，整日反剪双手在河边汊口溜溜达达，从大沙河到大洋河，到处都留下了他那诡异怪诞的足迹。他捡一捆柳条棍，东瞅瞅西看看，一副"胜似闲庭信步"的派头。当然他老人家不是啥大人物，他老人家只是变成个有些匪夷所思的会瞅鳖穴的行家里手。只要他手中的小柳条棍随便往沙滩上一插，一会儿回来，伸手在柳棍下一摸，准保能摸到一只肥肥大大的王八来。

麻秆女人生二驴子时，种下病根：胃寒外加手脚关节风湿痛。王老抠把捉来的王八只只放血，让麻秆趁热急饮，麻秆女人喝到第十七只时，觉得气血上涌，手脚冷冰冰的关节处有一股温热暖流缓缓上溯，脸腮上顿时有了红晕，仿佛十八岁的少女。

"老抠呀，老抠！"她柔声低唤，夫妻二人趁三个驴子都不在家，竟在光天化日之下睡了一回觉。

那王老抠从此嬉皮笑脸，见人就爱插科打诨，面上总滑稽地挤眉弄眼，一脸的老不正经。

村东头王有财的篱笆墙边种了许多莴瓜，有一只面盆大小的莴瓜颤悠悠吊在院墙外。王有财媳妇怕莴瓜太沉，挣断秧蔓掉下来，特意在下面拴上土筐托着。有一天王老抠经过那儿，看见拴得结结实实的莴瓜捂嘴偷乐一会儿，四下瞅瞅没个人影，便偷偷掏出一把刀子，把那莴瓜旁边顺着花纹旋下一个小小的洞盖，露出鲜艳红晕的内瓤，然后小心翼翼挖出一些，待掏得有个空隙时，褪下裤子屙了一泡屎，复又小心把盖子严丝合缝地盖上。

这是一种奇妙的手术，莴瓜自己长好伤口，长得肥实苗壮，出奇的硕大，路过的人看见了纷纷赞叹，有财媳妇也小心照看。看看到了入秋，莴瓜熟透了，便拿把剪刀剪断瓜蔓，宝贝般抱回屋。晚上，一家人喜滋滋准备享用一顿莴瓜炖土豆，待用菜刀使劲一剖，奇臭刺鼻，脏液四溅，可把王有财的脸都气歪了，这是哪个不屙人屎的坏种做下的啊？村人一时传为笑闻，却又不知竟是一贯老实巴交的王老抠王十月所为，还以为是哪个捣蛋的半大孩子搞的把戏哩。

直到村长家的茄子被人成片成片咬了豁口，村北王大有家的驴腚里被人塞根木橛子拉不出屎，村南李老栓家的柴火垛被人无故点燃，村里人才觉得事情很严重了，敢情是有人在跟全村的人捣乱哩。

有一天傍黑，日头眼瞅着卡在了西边唐大山的腋窝处时，村中心老井边几个挑水的汉子一边等待空出辘轳汲水，一边掏出老旱烟袋唠闲嗑。这是一口有百年历史的古井，井深水清，井壁生满苔藓，人若俯身井口，能感觉到一股沁人心脾的清郁爽气。

正是暮霭满天的夕照时分，朦胧的辉光中传来晚归的羊倌们悠长而静谧的吆喝。谁家的烟囱里正飘出袅袅炊烟，使人想起诱人的饭香。

几位男人唠着地里的收成，不知不觉天光一暗，连最后一抹晚霞也黯淡下来。这时正剩下村小教师张土豆和王老抠两个人等在那儿啦，两个人还互相客气一番："你先来？""别，还是张老师你先来吧，我不急。"争执最后还是老土豆提起水桶走近了辘轳。他打上满满盈盈一桶水时，一低头，看到井里有一轮金灿灿的瓷盘，瓷盘碎碎合合，金辉荡漾，一时望得呆怔了，不提防身后有人暗暗给做了手脚，竟把一块沉甸甸的石头悄无声息地投入那只刚刚汲满水的木桶里，干这坏事的那位嘴角还漾出得意的微笑。待到他将另一桶水打满，挑上肩颤颤悠悠往家走时，月光早已把村中的这条石板路铺上了一层霜白色的水银。挑水汉子几乎是踩着水银回到家的，他脑子里一直晕晕乎乎，还沉浸在刚才的诗情画意里，打算明个上语文课时如何辅导学生们阅读朱自清老先生的《荷塘月色》。

他拎起木桶往他家那只头号大水缸里一倒，"嗵"的一声，缸体四裂，水花四溅，他家的灶房一下成了汪洋大海，把同在村子教书的他老婆吴老师吓得嗷嗷乱叫，以为天塌地陷了哩。

王老抠从此臭名远扬，谁都知道他净干坏事恶事，谁都对他敬而远之断绝了来往，他成了过街的老鼠人人喊打。他家的日子也成了真正的死门日子，几乎再也没有人肯踏进那座宅院一步！可怜爱热闹的麻秆女人，整日守着冷冷清清的五间大瓦房，连个唠嗑对象也没有。

"你那个作大冤的死鬼哟，你可害死我咧……"有一次麻秆女人李翠花一边骂，一边把鱼篓中乱爬爬动的几只大小王八一脚踢到了猪圈粪水里。

正在村外大沙河边兴致勃勃寻鳖穴的王老抠浑身一震，突然大叫一声，一头栽到苇草丛生的河汊子里。幸亏那条河汊子水不深，仅仅没过膝盖骨。那时正是深秋，早晨已经下起头遍霜了。待到几个时辰过后，到处寻找他的麻秆女人和三个驴子发现时，脑袋淹在冰冷水中的王老抠早已身体僵硬没了一点气息，甚至连心跳也没有了。麻秆女人心想，这下丈夫可真死了，死透了。她号啕大哭一会儿，吩咐儿子们轮流把冷硬如石的老抠背回家，停尸在灵床上。棺材早几年就做好了，一直停放在他家的偏厦里以防不测。

家里的亲戚朋友对这事似乎习以为常了，所以许多接到凶信的人并没如约前来吊唁。麻秆女人也还抱有一丝希冀，希望她的老男人能再次从小鬼手里滑脱，像前几次一样，过几个时辰便大梦初醒般地重新复活。所以即便尸体置入了棺材，却一个钉也没钉，还稍稍欠开条缝以便流进清新的空气。

这两天，王家照常生活，驴子们该下地的下地，该进山的进山，仿佛什么事也没发生过一样。大家对此似乎都胸有成竹，尤其麻秆，瘦得放屁都要抱电线杆子的女人如今也苍老许多，一头本来漆黑如老鸹羽的头发，全都灰呛呛像枯干的乱麻团。不过她精神很好。坐在深秋的艳阳下，老麻秆一边做针线活一边甚至还哼起了山曲：

哭一声我那有情有义的郎，
三天没吃阳间一口饭，
五天没喝阴间一口汤，
七天一命见了阎王。

她把针尖在头发间磨上几下，抬头望望远处黛青色巍巍然然的唐大山和山下银带子似的河水，心中一酸，缓口气又唱：

情郎你死了我给你戴孝，
做双青鞋鞔白帮，
当着爹娘面不敢穿就在被窝里藏。
情郎你死了我给你上供，
摆上牌位供在山墙，
我还得背着爹和娘。

唱到这儿，麻秆女人泪如雨下，往昔的情景历历在目，恍如昨日。她全身颤抖，哑了声调，回头张望那只血红色的红漆描金大棺，仿佛知晓躺在中间的人正侧耳倾听她的念白，不觉抖擞精神，运气丹田，鼓足劲儿又唱：

情郎哥你死了我给你烧七呀，

烧完头七再把那二七烧，

三七烧完我就走了，再也不回头……

就在这时，棺材里咳嗽一声，王老抠从里面探出一颗头来，笑嘻嘻扬着一张猪腰子脸痴痴看她，仿佛年轻时第一次相亲时的傻模样。

到了晚上掌灯时分，三个驴子回家时见老爹正跟在他们的娘屁股后头转来转去，一步也不肯离，仿佛刚断奶的孩子。

这是真的，王老抠再次复活，成了一个彻头彻尾的胆小鬼，麻秆女人不论上哪，屁股后头都跟着霜白头发的那个老汉。事情似乎完全颠倒过来了，从前是老抠吆三喝四当家做主，如今是麻秆女皇即位大权在握，王老抠成了跟腚虫、屎壳郎，成了谁都可以支使的下人丫鬟，连三个驴子都经常对他爹指手画脚，斥打训责，俨然是老子，而王老抠成了他们的三孙子。

最有趣的一件事是：村长树魁子去河边炸鱼。炸药是用他喝过烧酒的玻璃瓶子装的，点燃导火索之后，村长无意中回头瞭了一眼，却没见到那股蓝瓦瓦的烟，便疑心没点着，又不忍心丢了那管炸药，就小心翼翼地把炮放到一块大青石上，自己躲到远处观望。大约一袋烟工夫，没啥动静，遂上前细细观瞧，轰的一声，村长成了血葫芦。

村上人听得惊天动地的一声巨响，情知有人出事了。因为这地方时兴用炸药炸鱼，沿河村庄家家户户都会用锯末子加硝酸硫黄自己做炸药，所以隔三岔五有人伤亡也不算啥新鲜事了。当下有人飞跑至河边，见那只剩一只手臂、满脸是血的村长正晃晃荡荡往回摸索着走。他走得踉踉跄跄，原来双眼竟全被炸瞎了。大家急忙张罗车送他去医院抢救，幸好送得及时，算是保住了一条命，从此落下残疾——当真变成"一把手"，村长却当不成了。

却说被炸当晚，本来村长没死，老抠早听麻秆解释清楚了，却依然腿如筛糠，顾头不顾腚躲到家中不敢出门。尤其夜幕降临之后，耳听得河边传来猫头鹰拣食村长残肢碎肉的啼叫声，更是吓得钻入被窝连头都蒙严实了，浑身汗水涔涔，双手紧紧抓住麻秆的手，连夜半小解也不敢下地，硬是尿在了尿壶里。

这件事在邻人中传成笑柄。大伙全都笑话他的针孔小胆连孩童都不如，三个驴子脸上更挂不住，仿佛霜打的茄子垂头丧气蔫头耷脑。倒是麻秆女人想方设法为他开脱，像老母鸡张开翅膀保护小鸡崽一样处处护着他。

传说古时有一人也是死而又活活而又死的，白天他坐在屋子里动也不动，全身冰冷，到了夜晚便穿墙过壁上房飞奔，露出了鬼的本相。周围的人谁也奈何不得他，官府听说了派了个法师带着兵将他捆绑捉拿，下油锅呀，用锯子锯呀，大卸八块喷狗血呀，什么办法都用尽了，也不能让他死。就这么过了许多年，当他最后真正死亡时，身上的腐肉一块块往下掉，一会儿就变成一堆白骨架子啦。

所以巫师说，凡是起死回生者，往往是一边活一边就开始腐烂了，到最后他的肉早已变成尘土，他全身也只剩下一包骨头，即使你给他下葬，也没啥东西可埋的了。

这意思就是说，人到该死的时候就得死，否则留在世间就会贻害四方，就会混淆了阴与阳、生与灭的界限，这可是天底下不得了的大事情啊。

但是胆小如鼠的王老抠又苟活了许多年，他的牙全掉光了，脸上长满老年斑，身体却百病不侵，仿佛一具活鬼。直到三年前的一天，八十多岁正在他家的梨树上摘梨子的王十月王老抠突然发病，从丈多高的树干上摔下来，大头朝下掉进了泥沟里，鸡蛋一样的光头正好磕碰到一块凸起的石头上，蛋青蛋黄流了一地。麻秆女人把老伴的尸体停放在家里的板床上，期待他还能跟往常一样死而复生。一天，两天，三天……王老抠依旧浑身僵硬气息皆无。到了第七天，麻秆女人终于绝望了，便安排家人把他盛殓到棺材里，搭起灵棚准备丧事。十里八屯的人都纷纷传言，说这回这位老不死的可真死了。人把脑浆磕出来岂能再活？老人们想起王老抠奇特苦难的一生，不仅叹嘘连连，仿佛看到了自己的一辈子。一些心软的娘们还流出了眼泪。大家似乎都不再计前嫌，都觉得老抠毕竟算个好人。于是纷纷前来哀悼叩拜，上礼焚香，家中很是热闹一阵。到了傍晚，剩下麻秆女人一个人枯坐灵棚里给长明烛添油时，听见棺材里蓦然呻吟一声，有人正用拳头死命捶打那厚实的棺材板，"砰——砰，哐——"，并发出呜里哇啦的号叫。"天哪！"麻秆女人一吓，扑通栽倒在地，昏了过去。

2009年9月

青玉镇的

野菊

一

隔壁新搬来一对奇怪的夫妻，女的叫美娜，是个变性人，长长的披肩发衬着一张鹅蛋形的脸，再配上那双顾盼生辉的眉眼，若是不知情，谁也不会往那方面想；男的五大三粗，长一脸紫红疙瘩，镇上的人都叫他董驴子，待人倒很义气的。

镇子叫青玉镇，有数百年历史了。传说自清末起，就开始产一种藏青色的玉，专家称那种乌沉沉的东西为蛇纹玉，请了师傅雕成花鸟走兽或人物塔熏之类的物件，摆在店铺里卖给外来的游客。这一整条街一家挨一家的，做的都是这种买卖，只是游客寥寥，生意清淡，店主就都闲懒起来，时不时聚一堆码麻将或甩纸牌。

美娜家除外，她家门口的灯箱上，贴着四个歪歪扭扭的字"新潮发廊"，还有一个螺纹图案转动的东西。

夏日的傍晚，落日将如血的夕晖涂抹在凹凸不平的青石板街面上，谁家屋脊上烟囱里升起一缕淡淡的炊烟，远远望去，竟也变成霞霭色，柔柔地淡入穹空。我坐在一张竹躺椅上，一边百无聊赖地翻弄一个美国佬写的名叫《洛丽塔》的书，一边吸着香烟。

这时美娜出来噼噼啪啪关窗子，盛夏的小镇照例会有很多蚊子。她家的门窗又没装纱窗，即便点上"黑猫"牌蚊香，成群结队的嗜血者仍然会无孔不入地溜进屋内。"真讨厌，天还没黑呢，蚊子就一球一球往屋里涌。"啪——她突然挥起一掌，手心儿上立刻绽开几朵腥艳花蕾。

我注意到她的手显然比一般女性的要大。当她留意到我注视的目光时，有点难堪地垂下眼帘，回屋去了。

我一直怀疑她以前的那个男人身份——除了手和脚，我实在看不出她身上遗留的男性痕迹，比如嗓音、走路的姿势或隆起的喉结。生活，有时是多么奇妙诡秘啊，就像此刻我眼前的这位名叫美娜的妇人，如果我愿意相信的话，不久之前，她还是个完全真实的男人哩。

"洛丽塔，照亮我生命的光，点燃我情欲之火。我的罪恶，我的灵魂，洛——丽——塔：舌尖顶到硬腭做一次三段旅行：洛——丽——塔……"

我觉得那位名叫亨伯特的三十岁的大学教授很有趣，为了爱一位早熟的小姑娘，不惜娶上她的母亲，并且还疯狂地把舌尖顶到硬腭做一次有趣的旅行——我试了试，果然也能发出奇怪的三个音。

但这对我又有何意义呢？大学毕业之后生活得一塌糊涂，不得不来到这个偏僻的小镇，靠卖一种拙劣的石头为生，这是一个愚蠢的游戏：我，无聊，和那种雕刻得异常粗糙丑陋的玉器们，我还能说些什么？

一条狗也坐在对面的一棵老槐树下打盹，那是一种灰色皮毛的笨狗，长长的舌头难看地耷拉下来，一只苍蝇落在上面，那舌头便一下停止蠕动，一抽，流出黏稠的唾液。

没有客人的时候，美娜便坐在门口，呆呆望着眼前肮脏的马路，那位嘻嘻哈哈的男人总不在家，我猜是又与人赌牌去了。

"喂，剪头吗？"如果碰巧有人问，美娜便伸出瘦硬的手指，晃晃，说："剪加洗，三块钱。"但这种机会一直很少。看来，在这种僻远而又有些荒凉的小镇做生意，的确格外艰难。

大约一年以前，美娜与董驴子在镇民政局正式登记并举行了一次震动乡野的婚礼。美娜刚刚做过变性手术，又是外乡人，她是随着董驴子回到故里结的婚。当时有几千人前来看稀奇，人们奔走相告，扶老携幼，几乎把董驴子家老宅的木门楼挤倒。

现在，虽说事情已过去了一年有余，但仍有好奇的男人妇人假装要理发，不断到美发屋来窥探。每当有这样的不速之客进门时，美娜都会把她那双有些害羞的、棕黄色的眸子垂顺下来，不安地望着脚上红塑料凉鞋的鞋尖。

苍蝇总是飞进来，落在屋地耷臮的碎头发上，赶也赶不走。我问："董驴子呢？"美娜没好气地回道："不知道死哪玩去了。"

这时，落日终于咕咚沉下山去，四下里顿时一片幽暗，漫长而空洞的一天就这样又过去了。我立起身伸个懒腰，到厨间弄晚饭。午间吃剩的粥还在电饭锅里，我凑近鼻尖闻闻，好像已经有了些馊味，只好倒进垃圾桶。夏天总是这样，什么东西都容易变质腐烂。

我是个喜欢耽于幻想的人，在现实生活中总是不尽如人意。眼下我独自租了这间一个远房亲戚的房子，开了这家专营饰物小玩意儿的铺子，比如项链呀、手镯呀、戒指呀、玉佩啦等等。还有一些我自己在河滩上拣的石头，我希望挣些路费彻底离开这个鬼地方。

可是顾客不像苍蝇，他们似乎对这些质量低劣的玩意儿不感兴趣。他们总是在我眼巴巴的目光下不屑一顾地离去，就像不久之前离我而去的女友。

二

那个女孩我还是第一次看到。她穿着一身土里土气的淡粉色连衣裙，骑着一辆小巧的女士坤车从我身边一掠而过。我注意到她结实的小腿黝黑而浑圆，仿佛穿了一条比肉色要深许多的丝袜。

虽然没看清她的长相，但我深信这女孩长得一定清纯可爱。我气喘吁吁放下半蛇皮袋沉甸甸的卵石，感到后背黏糊糊的，热汗一定早湿透了背心。我解开裤子，掏出同样湿漉漉的裆间的物件，畅快淋漓地撒了一泡臊气烘烘的长尿。淡黄色的尿液激撞到树干上，把几只慌乱的蚂蚁冲得无影无踪。

那个女孩蓦然往回骑来，这令我有些吃惊，赶紧提上裤子。

她停在我面前，一只脚蹬地，另只脚仍踩在脚蹬板上，眼光毫不回避地盯住我，反倒吓得我不知所措起来。

"多少钱？"她问。那是一张肤色黝黑的俏丽面庞，看起来大约不过十八九岁。

"什么？"我张口结舌，茫然呆立。

"真有意思。"她不屑地打量一下我尴尬的表情，蹬在地上的小腿一用力，飘然骑远了。

直到这时我才明白她的意思。我怀疑我听错了，曲解了那女孩的话儿。但是一直到我艰难地将那半袋河卵石运回家，耳边仍回响着那句惊雷般的询问。看来，我真是低估了她的身份。不过也许事实并非如此。谁知道呢？那神秘兮兮的女孩！

这片河滩粗野荒凉，完全没有人工雕琢过的痕迹，很适合一个嗜好孤独又有点落寞的年轻人逗留。自打来到小镇之后，几乎每隔几日，我便扔下铺子独自前来，从春天到现在，更何况我还可以在卵石累累的河床上拣到一些让人中意的宝贝呢。

说起来我对石头还算颇有研究呢。尤其是毫不起眼的河卵石！这是需要一个真正的赏石家把它们从荒蛮的睡眠中唤醒的。我确信石头乃至大自然中的万事万物都是有灵性的。它们千姿百态，不同寻常，与我们人类最大的不同即是，它们不像人类那么残忍、贪婪、心地肮脏而无知。

通常，我会把拣回去的石头用清水反复洗刷干净后置于案头，以便在日后的时间里一边观察它们的体态神情，一边与它们一遍遍交流，直到最终认出并赋予一个完美的名字，这是一项伟大的工作。至于能否被识货的买主有一天买走，并不是我所祈愿的。

我对每一件卖出去的艺术品都多少有些舍不得。

第二天我又一次去了那片河滩边的小路。我一直犹犹豫豫把握不准到底应该怎么办。河水在不远处轰鸣着，湍急地蜿蜒而去。河滩上铺了一层厚厚的细颗粒白沙，有两个筛沙子的人在隆起的沙堆前劳作，还有一辆马车吱吱扭扭地沿对岸的沙堤缓慢而行，那位坐在颠簸的车厢板上的老板儿挥着鞭子，嘴里还含糊地哼着一支不知名的山曲儿。

后来，沙滩上便阒寂无人了。

我坐了一个下午，到底没等来要等的人。我估计她也许只是路过，也许是对我的戏谑，谁知道呢？

总之我心神不宁地东张西望时，一整个下午就像一朵懒散的云彩一样，沙沙地过去了。

三

"理个发。"我走进隔壁时说。

美娜正坐在理发屋的镜子前化妆。她的脸几乎贴上了银光闪闪的镜片。早晨的阳光照在她微微翘起的兰花指上，也照在镜子里那张有些浮肿和苍白的脸庞上。她在给腮部上粉底霜，然后拿一支眉笔描眉。从洗面奶、口红、护手霜到眉笔、睫毛膏，美娜做女人的家当一点也不比其他人差。每天清晨，只要一坐在美发屋的镜子前，美娜的心情就特别好。是的，自从在那位著名美容教授的手术刀下由精神到肉体都完全变成女人之后，美娜最感到惬意的一件事就是，她可以明目张胆大大方方地给自己化妆了。望着镜子里那张妩媚的、如花似玉的容颜，有好多回，她甚至都觉得恍若梦中。

"等一下，就要好了！"她回过头嫣然一笑，对我说。

我感到她的笑充满了女人味儿。我说："不急。董驴子还没起来吗？"

"他呀……"美娜撇着嘴，嗔怪道："昨晚又跟谁鬼混去了，半夜三更地才回，真拿他没办法。"

我抬脚进了里屋，那男人正偎在一张吊炕床斜躺着，嘴里叼根纸烟。见了我，努努嘴，啪地扔过一根。我接了，摸出火燃着，一屁股坐在一张酱油色吱吱扭扭乱响的木椅上。

北方时兴吊炕床，就是把取暖用的火炕和木床的功用结合起来做成的睡觉用具。夏天当床，冬天做炕，很科学实用。

"还没吃饭哩？"我深吸一口纸烟问，忽然觉得问的是废话。就闷住不吱声了。董驴子倒没感觉奇怪。他懒散地吐了几个烟圈，长长地打个哈欠。

说起来董驴子也是个命运不济的家伙。本来家境很殷实的他，六岁上便死了父亲，十二岁时相依为命的母亲也撒手人寰。他是跟着一个叔伯哥哥过活的。好歹中学毕业后，他便一个人离开老家，到城里混日子去了。他拾过破烂，打过零工，偷过东西，自然也进过班房。后来他遇上了同样给一个建筑工地当小工的美娜（那时她还是个有些羸弱的小伙子）。他们处得很好，成了无话不谈的铁子。有一次他们一块喝酒时，唠到自己凄苦的命运，两个人都哭了。他们同病相怜，只是美娜还有一个养父，总是试图骚扰她，也许那老家伙隐约感到了这个过继过来的儿子与正常男孩的不同吧。后来她与一个比她大四岁的寡妇结了婚，并生下一个女儿。这时她再也无法忍受与一个女人生活在一起的痛苦，尤其是每天必须要面对的那个性欲亢奋的母老虎似的女人。她逃离了那个魔窟般的家来到这个完全陌生的城里，又恰好遇上了颇有些侠义心肠的董驴子。她忧郁的小鸟依人般的性格很能博起那个呵护她的男人的仗义。董驴子对她说，如果你是个女人，我一定会爱上你的。

美娜目光炯炯地望着他，当时一句话也没说。

八个月后，美娜才把自己易性的心病和盘托出。那时，她已与前妻办理了离婚手续，并正四处筹钱准备做变性手术。"我就要实现多年来的心愿，变成女人了！"她在喝醉酒时，无限憧憬地倚在董驴子肩上，呻吟般地说。

四

我第二次遇上那个女孩子是在一周之后。有意思的是，近来我的石头倒是卖得挺好。一连几次，总有外地客商来我的小店挑选那些造型怪模怪样的石头作品。有一件纯天然的，特别像一棵白菜的石头，大概会有二十几厘米大小，竟卖了五百元钱，还有一对类似母子狗的卵石，被我配上木座，卖了二百八十元，把周围专卖玉件的商家看呆了，也羡慕得不得了。

有了成功的经验，我更起劲地去河滩上收集起奇石来。有一天上午，我刚走上河堤，就看见一朵粉色的云飘过来，我的心立刻激跳不已。"嗨！"我无缘无故大叫一声，伸手拦住了她。

她的单眼皮的眼睑上涂了银灰色的眼影，此刻正带点讥讽的笑望着我。

这时我才发现她的腿上完全没穿什么丝袜，她光滑而结实的小腿完全暴露在阳光下，像是一小段挺拔的白杨树干。

这正是我喜欢的样子——自然而性感。我走近她。那女孩依然与上次一样，一只脚蹬在沙土路的路面上，一只脚踩在自行车的脚背板上。我感受到她青春逼人的气息，她真的不会超过二十岁啊！我听见我在心里哀叫一声，呆呆望着那双猫似的眸子。在盛夏上午炫目的强烈光照下，我甚至觉得她那深褐色的眸子的颜色也是变幻不定的。

而她与上次同样不屑的目光又分明有些羞愧。

　　"你……"我咽了口唾沫，感到口干舌燥。后来，我仿佛是被她傲慢的态度激怒了，上去一把捏住了青玉米一样小而坚挺的乳房。

　　"我要一百元！"她悄声对我说。

　　我困难地点点头，直到她离开，手中仍然有那种奇异的感觉。

　　说老实话，我还是第一次干这事，尤其是在野外，我完全吃不准事情会向什么方向发展。那个神秘的女孩，我感觉她不像这个年代见怪不怪的风尘女，她的模样甚至有点像一个地道的女学生，若不是淡淡化了妆的话，她完全像个清纯而无知的女高中生。

　　当然，我是有过性经历的。说起来我的性经验不能说是丰富，但也完全可以用多彩来形容。我的前任女友是我读大学专科时的同学，我们之间不能说有多么深的爱情，却有着一段如火如荼的性爱。我总是在这上面看到人的劣根性，尤其是我，一个敏感、忧郁的，对世道和人生都有着深深疑惑的青年。

　　我说，"明天吧，还是这个时候。"她点点头，很快便消失在树丛后面了。

　　这地方长满了茂密的槐树和杨树，还有北方最常见的榆树。我一边往回走，一边盘算着明天幽会的细节。我觉得一段艳遇般的性事绝不等同于一张薄薄的纸币，这是不能用道德来衡量的，就像那个美国佬，为了得到一个小小的、未成年少女的身体，不得不欺骗她的母亲，却轻易就博得了无数读者的宽容和谅解，这难道是公平的吗？

　　回到家，我吃饭，发呆，睡觉……然后去隔壁洗头。是美娜亲手给我洗的。她的手那么柔软、细腻。我能感受到异性的滑润的温情。

　　董驴子正在给一个中年女人烫头发，他笨手笨脚地为她上发卷。

女人的头不时被他拽得一歪一歪的。有一次大概被拽狠了，只听那女人哎呀一声，怒气冲冲斥问他："你到底会不会烫，头发都快被你扯掉了。"这边的美娜赶紧圆场，"一会我帮你烫。"又冲束手无策的男人责怪："你看你呀，你咋那么笨呢？学了这么长时间也不会弄。"

董驴子叫冤地说："我这手哪是干这细巧活的手。"

"你那手难道只会打牌、码麻将？"美娜恨恨挖苦他。一听这话，男人立马不吭气了。他冲我眨眨眼，无奈地哼了一声，一拍屁股想溜开。

我看到老式木窗棂上还残留着半张去年他们结婚时贴的双喜字，只是那纸片由于四季风雨的侵蚀，早已变得残破和褪色了，微风吹过，发出哗啦哗啦的响声。

"喂，你去哪儿？"美娜叫一声，但是董驴子早跑得无影无踪了。

五

女孩一下褪掉粉色短裙。她的身体很壮实，仿佛一只刚刚成年的幼鹿。当她麻利地脱掉内裤躺到厚而柔软的陈年落叶上时，我看见她的身上除了隐秘的部位，都被晒得黝黑黝黑的。而阳光透过枝繁叶茂的缝隙，洒落在她光洁的裸体上，那最诱人的三角地带稀疏的绒毛金光闪闪，真是美极了。

我迟疑一下，胡乱甩掉衣裤，躺倒在她身边，一下子抱住那小小的躯体。我感到她身上强烈的战栗正不可抑止地传达给了我，这使我如同获得处女般的兴奋。我很快进入了她的身体，并且紧紧地握住那对酒盅一般小小而结实的乳房，像抓住无助而无奈的命！

是的，那一天我做了很久，直到大叫一声，达到快感的顶点。那一刹那，我看见整个树林倾斜下来，像广袤而深邃的蓝色穹窿一样，覆盖住我的全部生命。我觉得我无路可逃了，就像此刻，冥冥之中的某种神示。

而那个女孩却显得很平静，仿佛仅仅为了完成一道作业而不是别的。她很快收拾干净自己，穿上了衣裳。我要求亲吻一下、摸摸她的胸，被她婉然拒绝了。

我仍然心存不甘，但是二话不说付给讲好的钱。她像一个天真的馋嘴的猫，一下子抓在手心，并很快折叠起来藏掖在胸罩里，笑笑说："我要走了。"我挥一下手，她便很快没影了。

说起我最近的工作，倒是异常有趣。我买了些油画颜料、水彩画颜料，把以前轻易丢掉的石头归拢一起，仔细观察它们，然后利用它们被水流千百年冲刷后留下的纹影、肌理以及大致的形态，大胆构思，简约着笔，就像国画中的大写意一样，传神地勾画出人物或动物来，尤其是京剧脸谱系列，墨彩浓重，真是漂亮极了。

"十元钱一个。"我给它们标上价签，邻居们偶尔过来见了，也纷纷惊讶："真想不到，你还有这能耐？"

不过，在忙碌的间隙里，有时也会闪电般想起河滩上的那个女孩，一个有着纳博科夫的《洛丽塔》的狡黠和川端康成《伊豆的舞女》的青春式忧伤的模样。

我觉得她就像一只美丽而危险的小狐狸。

果然，下一个星期三，当我在河滩上无端地徜徉时，女孩儿适时出现在我身后。她停下急速奔跑的自行车，像男孩子那样把车子放倒到路旁，跳跃着跑过来，坐到我身旁，调皮地望着我说："我一猜，你准在这儿。"

我扭头望定她，不说话。

"怎么了，你怎么不说话，哑巴啦？"瞧瞧，这小东西竟敢说哑巴啦，真是无法无天！

我叹了口气，将迷茫的目光重新转向辽阔无涯的河谷。那儿，在黛青色的山峦与山峦的交汇处，是那条凶野的大蟒似的河流，河水激荡地汹汹而来，并给两岸世代蜗居的乡民带来长风和潮湿。而柔软干净的沙滩则像一抹漂浮的丝巾一样铺展在杂树林旁。过了那片树林，就是高高叠起的河堤，它的堤脚的乱石用网状的钢丝密密麻麻兜住。

我问："你怎么样？"

她微微一笑，扬着脸回答："挺好的呀。"

我说："你……大概在逃学吧。"我皱着眉戏谑地问。她倒满不在乎顺坡下驴："是的，我在念技校，学什么……美发，烹饪，裁剪……真是讨厌死了。"

听了她的话，我不由心里一紧，赶紧盯着她的眼睛问："你不会……未满十八岁吧？"

女孩一笑，老于世故地说："放心吧，我早就是成年人啦。"

说实话，我不喜欢她的这种语气，仿佛一个老油条似的。心中隐隐升起一股不快，把脸扭向别处。

"怎么啦？"她说，又撒娇地摇我的胳臂。

后来，她伸手扯了一截拉拉藤的柄杆，伸到我鼻子下面说："你闻闻，可香哩。"

我知道她在骗人呢，那上面长满了细小的毛刺。但我还是装作傻瓜样嗅了一下。她顺势一拉，拉拉藤的柄杆蹭过我的上唇，麻酥酥地疼了一下。

"好你个小坏蛋！"我大叫，作势要打她，她想赶紧逃，却被我一下扑倒到沙地上。

她青梨似的胸脯顶撞着我的胸脯，她深褐色的瞳仁像是野菊花香郁的花蕾。我把颤抖的双唇放上去，亲她的双眸，又深深吸吮她微合的嘴唇。我闻到一股杏仁似的微苦的味道，那滋味慢慢沁遍我的口腔，并泉水般传遍了全身。我有些中毒似的痴迷起来。

不知过了多久，她忽然一下推开我坐起来，惊惧地向后张望。

"谁，有人吗？"我问。

她摇摇头，定下神，长舒一口气。密密匝匝的树们苍绿地站在四周。天地真是静极了，仿佛能听见云彩擦过天穹游走的沙沙声。

我为她系好了胸罩，忽然问她："你叫什么名字？"她一边将顺头发，一边头也不回地回答："草儿，我叫草儿。"

我点点头，慢慢站起身。正想像兄长似的教导她：你该回去好好学习了。不想已经推起自行车的女孩突兀地冒出一句：

"我知道你是谁。"

"我？……"

"是的。"女孩脸上浮现出诡秘的笑意。她自顾往前走了几步，回头嘲弄般望着我，大声说：

"美发屋的美娜是我爸爸，这回你明白了吧！"

我大吃一惊，张口结舌呆住了。

六

"过来玩四敲一啦。"董驴子喊我。我说:"我可不会。"

"那儿……漏斗总会吧。"他有些不依不饶。没办法,我只好起身,趿拉着拖鞋来到隔壁。说实话,自打知道草儿是美娜的女儿,我就有些怕见她们。

生意寡淡,恐怕连还房东的租金也成问题。我的房子是租的,董驴子的新房兼美发屋也是。原来刚回老家时,他们住在董驴子颓败的老宅里,可是后来老宅因年久失修塌了半间,再加上想做生意,他们便东挪西凑,租下了这两间临街的铺面。

我进屋时,美娜早码好了扑克,加上邻居的另一位姑娘,我们先打了一会儿四敲一,一盘一块钱,我很快赢了七块,又输掉十一块。看来这东西虽小,但速度可挺快。

"还是玩娘娘的吧,一把一毛钱,先记账,输了请吃冰棍。"这回是董驴子输,我、那位姑娘和美娜一连气吃了四五根冰棍,把人吃得浑身发抖,嘴巴都木了。

这样到了中午时分,大家都有些倦累,只好散伙。整整一个上午,有一句话三番几次溜到嘴边,却一直没能问问美娜。后来回到我自己的房间时,我心头还搁着那个疑问,不过我已决定不再问了。

晌午吃过饭,我本想躺下睡会儿午觉,刚迷糊着,这回是美娜过来喊我,说:"还玩不玩了?上午都是我当皇帝了,这回让你当!"

我咧咧嘴,说:"不要说当皇帝,娘娘我也当不成了,我拉肚子。"

美娜问:"吃药了吗?"

我说："吃过了，就是身子虚。"

"是啊，"美娜浅浅一笑，说："好汉还架不住三泡屎呢，更何况你这么瘦！"说完她叹口气，回自己屋去了。

一会儿，董驴子过来，见了我就笑。我说："你笑什么？"他说："我知道你没拉肚子。你是不愿跟我们玩。"我哑口无言，脸有点红。他说："其实，我也不愿玩，是美娜偏要玩的。"说着，把那张生满紫红疙瘩的脸又往我跟前凑凑："她呀，是不想让我到外头玩大的呢！"

我一时不知道说些什么好，默默劝他："其实美娜也不容易，我看见她每天还得服雌激素，做手术还遭那么多罪，心里够苦的了。"董驴子见说，神情一下黯淡下来，叼上一根纸烟，点着，咕咚吸了一口，这才倒出空抽出另一根扔给我。

夏天快要过去了。外面石板路上不像前一阵那么暴晒了，一辆冒着黑烟的农用拖拉机轰啸着走过去，激起一阵尘土。不久，四周立刻又陷入静寂里。那条灰颜色的狗还在对面树下躺卧着，它难道也是一只无家可归的野狗吗？

我原先对变性人的生活几乎一无所知。小时候，记得我们班的一个男同学总喜欢跟女生一起玩，并且从来不上男厕所，大家暗地里纷纷传说，他是一个两性人。后来上大学时，又遇上一对女生，平日总喜欢"捆绑"在一起，无论吃饭、逛街、上课还是去图书馆，甚至在七个人一间的宿舍里，她们俩整个晚间也总是挤在一个被窝里睡。同学们都说她们在搞同性恋，我听了觉得胃里一阵难受，仿佛她们是个老鼠臭虫似的怪物。大学三年，我从没与她们说过一句话。

听说变性人的事还是近几年。如果是男变女。自然要把生殖器切掉，再人工做成个假阴道，只是没有子宫，不能来月经，假阴道自然也不会分泌体液，夫妻同房时，还要使用润滑剂。如果是女变男，估计手术要更复杂些，毕竟要凭空造出一个阴茎来，不像削一根萝卜，不是闹着玩的。

可是美娜呢？美娜真的能像真正的女人一样过性生活吗？

我憋了老半天，终于憋不住，唐突地问董驴子：

"你说……你和她，真的在一起，能干那事？"

董驴子倒很坦率，他吐口烟雾，说："是啊，都差不多。"说罢，狠吸几口，在地上使劲撚灭烟屁股。

"不过，"他吐口黄稠的浓痰，咳了几下，接着说："懒得在一起睡，没意思。"

我点点头："人嘛，主要得有感情。"

他说："是，有个伴儿过日子就行。"说完空洞洞地一乐，走了。

下午我继续读一会儿《洛丽塔》，我觉得那个美国人的爱情有点可笑，而不是疯狂和病态。对于一个懵懂无知的小女孩，犯得上用那么多精力去营造和追求吗，而洛丽塔是无辜的。

我如果爱上草儿，我也是荒唐可笑的。

傍晚时分，我正在房间里洗衣裳，听见外面传来吵架声，我一边放下洗了一半的活计，一边拎着满是泡沫的双手跑出去。

是董驴子，正跳着脚与一个中年妇女争吵。

"小瞧我们啊，你他妈有什么了不起，还怕跟人学坏，操。"

我说："怎么了？"

美娜往旁边努努嘴，我看见上午玩牌的小姑娘羞愧万分立在一边，立刻明白过来。

"我董驴子走南闯北，什么事没见过，什么人敢跟我起皮，嗯，又不是我们强拉你来的。"

我说："算了吧，老董，邻里邻居的。"

"她还念邻居？"见我劝，董驴子急赤白脸冲我叫嚷："她根本没拿我当邻居！"

后来我连推带拉，把董驴子弄进屋，那同样吵吵嚷嚷的女人也很快拉起姑娘回去了。董驴子眼看气仍未消，举起一只玻璃杯使劲一蹾，水洒了一地。

七

初秋和夏末的变化似乎没有什么明显的界限。除了叶子变成衰竭前的苍然之外，它们似乎再也无力抓住在阵风中摇摆不定的枝杈，纷纷从高处坠落，仿佛对生命的一声声叹息。

我出门一星期，铺子托美娜照顾，回来时给她买了支口红，是时下最流行的葡萄灰色的。美娜一见，欢天喜地谢了。中午，董驴子非得拉我过去吃。说："你一个人，忙乎什么，不如过来将就一口算了。也没为你特意准备什么。"

董驴子是实心实意地请，我不好太推辞，那样倒显得见外了。可是当我一进门，冷不丁见到草儿也有模有样坐在那里，吓了一跳。

美娜见我惊讶，介绍说："这是我女儿草儿，不知长进的东西，快叫叔叔哇。"

草儿嘻嘻一笑，却不叫，美娜更骂："白供你上学了，一点礼貌也不懂。快叫哇……"我见了，赶紧摆手，嘴上说："叫什么叫，女孩子怪害羞的。"心里却像揣个兔子。

草儿却不羞不臊，依旧抿嘴偷乐。一会儿饭菜都搬上桌子。大家围拢坐齐了，董驴子还弄了半瓶散白酒，我推说不会，他一人便有滋有味喝起来。

席间，我去灶间添饭，草儿也跟出来，竟悄然附上我的耳朵说："一会儿去老地方见面。"我的手一抖，又吓一跳，赶紧端碗回到里间，我觉得面对美娜那双好看的亮晶晶的眼睛，真是有种负罪感。

下午，我拾掇了一下屋子，赶紧去了河边。当我气喘吁吁赶到老地方时，草儿果然已经在那等了半天了。

"你怎么才来呀？"她噘起嘴气哼哼问。

"咳，我……我有事情嘛。"见她生气，我赶紧掏出在省城买的一把糖果塞过去。她一见，马上乐了。她真像一个天真无邪的孩子哩！

后来她便跟我嘟哝着，想要点零钱买个发卡，也许是胸饰，总之是女孩子喜欢的玩意儿。我倒不是不舍得那几个零钱，只是不喜欢她的方式。因为她一见我迟疑，马上钻进我怀里不住地吻我，然后主动躺倒到草丛，拉下了她的短裤。

我看见她的双腿并得很紧。小小的性器几乎看不见，除了一撮淡淡的阴毛，她几乎像未成年的少女一样光洁干净。我别过脸去，说你穿上吧，然后丢给她几张票子。

"怎么啦？"见我不高兴。一会儿她站在我身后，吸溜擤了一下鼻涕问。

我说："草儿，你能不能真正给我一次。"

她望着我，显然是明白了我的意思，说："好呀，下一次我一定让你满意。"

我郑重点点头。

夕阳西下。

这是一天中我最独爱的一刻。橘红色的暮霞层层叠叠铺满了西边的天际。而河源之间的山垭处，一缕凄艳的夕晖利剑一样直射出来，真是惊心动魄，如同一个数千年一直没打扫的古战场，充满了那种亘古即有的静穆和古老的忧伤。风吹得树丛哗哗直响，与远处隐隐的流水声融合在一起，听上去仿佛无数亡故的幽灵在喧嚣。

那天傍晚，我一个人走了很久。我觉得这一片荒凉的沙滩很适合安抚我受伤般的心灵。在我慢慢累积起来的无望、空虚乃至压抑中，性只是一种头痛医头的缓解的药，而冥冥之中广袤慈悲的自然之神才能让我真正得到片刻的安宁，才能让我最终解脱出来。

只是那种机缘还远远未到。

过了两天，又发生了一件奇怪而可怕的事情。那天，我和草儿坐在沙滩边的草甸子上聊天。那是个天空上浮着许多惶遽奔跑的云朵的天气，空气中充满了浓郁而幽暗的草香。尤其是那种橘黄色和天蓝色的野菊，一丛丛就在四周静悄悄盛开着。我采了一把，用柳条捆扎起来，送给草儿。她放到鼻子上闻了闻。闭闭眼叹息般叫道："嗽，真香！"她的样子仿佛被那清郁的香气熏迷糊了，我不禁大笑起来。

就在这时，不远处树丛中走出一个男人。刚开始我并没太在意，我以为只是一个过路人。但是不久我就觉得不太对劲。因为他径直向我们走来，连一点弯也不拐。

当他走到我们跟前时，停下了，还粗鲁地上下打量几眼我旁边的女孩儿。

那是一个四十岁上下的男人，头发乱糟糟缠绕在脑袋上，一只深灰色的鼠眼不怀好意地眯缝着。后来他干咳几声，咧咧嘴，露出一口四环素牙。

"我说……"他说，声音干涩，像锯木头。

我抬起头，莫名其妙地望着他。

"我说哥们，"那人又咧咧嘴，回头指指他刚才出现的树林，那儿忽然出现一个穿花衣的女人的身影。

"你找谁？你有什么事？"我冷冷问，立即站了起来。

"是这么回事。"他瞥一眼草儿，鬼鬼祟祟拉我到一边，小声说："不就是玩嘛，我看不如我俩交换一下，如何？"

"你说什么？"我突然提高了声音。

"我再找你点钱，怎么样哥们，你让给我吧。"那人露出一种无耻的笑，无赖似的觍着脸继续说："其实你也不亏，我把我那个……让你……"

他的那个"你"字还没完全说出口，脸上突然挨了狠狠一击，浑身顿时一阵摇晃，好歹站住，嘴角有咸咸的东西流出来，便瞪眼气哼哼望定对面那位因愤怒而颤抖着的男人，悻悻骂一句："妈的，不同意也用不着打人哪。"说着转身慢慢走回了树林。

草儿惊恐地扑过来，抓住我的手。我的手指上也划破了块皮，渗出血珠来，大概刚才抢到了他的牙齿上。"你受伤了！"草儿叫。我吐了一口，仍然气得直喘。

草儿大概知道发生了什么，她紧拽着我的胳臂，说："我们走！"随后我们便离开了河滩。

记得那天晚上分手时，本来已经道完了再见，我们刚各自走开十几步，草儿却忽然跑过来，搂住我的脖子热热地亲了一下。一瞬间仿佛一道清凉的甘泉源源不绝地注入我的体内，刚才的不快慢慢随风而散了。

八

董驴子有时犯起浑来真是吓人，好像一条挣脱束缚的大叫驴嘶鸣尥蹶，前踢后跳的，浑身都是没驯化的野性。

那天早晨，天刚蒙蒙亮，我就在被窝里给吵醒了。隔壁似乎有人乱喊乱叫的，听动静像董驴子在叫骂。不久又听见有人低低啼哭，我正思量是否该去劝架，一忽儿又没了一点声音。也许那两口子又和好了？况且我还没完全清醒，正想睡个回笼觉呢。昨夜看书看得晚了，一直到半夜时分才勉强上炕，但是躺下好久却仍然进入不了状态，双眼好像棚顶那盏落满灰尘的四十瓦的电灯泡。明晃晃干涩涩，就是难以灭掉。就这样翻来覆去折腾了好久，才迷迷糊糊进入梦乡。

我做了一个噩梦，梦见到处都是黑压压的云彩，一会儿又变成四处扑腾的乌鸦，并发出沙哑难听的叫声。我仿佛走在尸骨遍野的干枯的河滩上，头顶上不断响起可怕的乌鸦的号叫，像魔鬼的狞笑。后来是那个想和我交换草儿的男人出现了。他穿着奇奇怪怪的衣服，类似于古代的长袍。他用青面獠牙的恐怖神情跟我说话，然后拔出血淋淋的刀子四处追着杀人，当他大吼一声将刀子对准我时，我浑身冷汗一下坐了起来。

这样一直到凌晨，当我病恹恹爬起身走到院子里洗脸时，看见美娜从外面一瘸一拐回来，左眼眶青紫，仿佛戴了个眼罩。

"你怎么了？"我万分惊诧地问。

"董驴子！那王八蛋……"她一下哭出声来。

这时，周围几家商铺有人探头探脑往这边窥望。我赶紧走过去，扶住步履蹒跚的美娜。我们进了美发屋，这才发现地上一片狼藉，不仅那只唯一的美发转椅翻倒在屋角，墙壁上的玻璃镜也被砸得粉碎，还有美发的一些器具……总之，整个屋子简直像遭遇了强盗洗劫。

"为什么，怎么会这样？"我问泣不成声的美娜。她一边哭，一边断断续续说：

"那畜生……又要出去……出去赌，呜呜……我劝……他不听……还打……还打……打我……呜呜……"

"他不是挺听话吗？"我皱着眉，看见卧室也好不到哪去，连被褥也散落到地上。我一边找来毛巾递给美娜，一边收拾东西。

美娜擦一下眼睛，示意我不要管，又哭哭啼啼说："他这是老毛病了，狗改不了吃屎……我……我为了他，吃了多少苦，他个狼心狗肺的东西！"

她蜷缩在炕角，双臂紧紧箍着双腿，肩膀一颤一颤，偶尔抬下脑袋，捏着发红的鼻子擤鼻涕。擤完鼻涕，就把手在鞋帮上揩一揩。然后继续睁着无助的眼睛抽泣。

"我……呜呜呜，我还不如死了，死了才好哩，呜呜……"

我不知道怎么劝她，后来我对她说："等董驴子回来，我非狠狠训训他不可。"

"他不会回来了。"她又擤了下鼻涕，自顾自说："他根本就不爱我，呜……我真傻，真傻，我连女儿都不让回家住，我把一切都给了他，他却不懂珍惜，丧良心的东西！我还不如死了呢！"

我赶紧又劝。整整一个上午，我都坐在那间凌乱不堪的、有点昏暗的美发屋里，一遍遍劝一个悲伤欲绝的女人。她为他远离亲人来到这个鬼地方，并且决绝地做了手术变成一个女人并与之结婚。她每天要服那种保持雌性特征的可怕的雌激素，她也许活不到四十岁或者五十岁，就像泰国的人妖一样……

后来当我口干舌燥离开时，她已经安静下来，并且自己动手打扫起房间来了。我望着她红肿的眼睛和伤痕累累的身体，不禁一阵心酸。

但是仅仅过了一个小时，我还没有煮好早饭，就听见外面又是一阵骚乱。"不好了，要出人命了！救人命哪……"我赶紧冲出屋子，只见隔壁美发屋门口，两个女人一惊一乍地大叫。

"怎么了？"我问。

"不好了。"那个中年胖女人拍掌顿足地说："我和小花来吹头，看见她浑身是血倒在地上！真是吓死人啦！"

我赶紧冲进里屋，只见美娜斜躺在吊炕床上，衣襟上血迹斑斑——她用刀子在手腕上拉了一下，切开了很深一个口子，看见我，面色苍白的她无力地笑了笑，声音微弱地说：

"我也要走了，离开这个肮脏的地方……"

"你怎么这么傻呀！"我一边喊外面的女人打电话叫救护车，一边撕开床单替她包扎。

这时，董驴子满头大汗跑进来，看见美娜的样子，疯子一样扑上前，一边美娜美娜叫着，一边狠命扇自己耳光。

"美娜你不能死啊，美娜你要挺住哎，美娜我不是人啊，美娜美娜美娜……"

美娜在董驴子怀里仍然那样笑了笑，那笑像野河滩上蓝色或黄色的野菊花，绚丽而担忧地照彻了昏暗的房间。

她的头无力地垂下来，她大概失血过多，休克过去了。

九

草儿听到消息，从学校赶回来，我们一块去医院看美娜，我还买了水果、罐头和一些营养品。

那天在病房里，趁董驴子出去打开水时，我对斜倚在床上的美娜说："董驴子还是爱你的，只是从小失去双亲，一个人在社会上混，染上些坏毛病。再者说了，一个男人能顶着社会压力，勇于和你这个变性人结婚，也算不易了。搁我，还做不到呢。"

美娜噙住泪，默然点点头。

往回走时，我和草儿抄近路回家，爬过一段坑坑洼洼的坡路，穿过一大片正在成熟的玉米地时，我们在一座铁路大桥的桥头坐下休息。这是一条锈迹斑驳的，大概好久不用的废弃路段，铁轨和枕木的缝隙里长满野草。我们就坐在水泥枕木上，望着秋风中海水一样起伏汹涌的玉米叶子沉默不语。

后来还是草儿打破了沉闷得要命的气氛。"高兴一下嘛，"她噘起嘴说："我爸爸会好的，不必为他操心。"

"你为什么……"我忍了忍，还是问她：

"你为什么仍然叫她爸爸？"

草儿扭头看着我的眼睛："他当然是我爸爸啦，无论他做不做手术，他永远都是我亲爸爸。"她说这话时，像赌气似的涨红了脸。

铁道边的柳树丛间，有一群灰突突的麻雀吵闹着，忽地飞起来，掠过我们头顶，又旋转回原来的地方，却仍然争吵不休。

我捡起一块石头，用力甩过去，没有打中什么，麻雀们飞离一会儿，又飞回来。我听不懂鸟语。但是知道它们肯定在为什么争论不休，不觉叹口气。

"叹什么气。"草儿也站起来，说："你总是无缘无故地叹气。"

我无语。

她说："走吧，我们该回去了。"走了一小段坡路，她忽然回过头又说。

"告诉你吧，我那东西……这个月没来。"

我心里一凛，一下僵住了。

"怎么回事？"我问。

她嘻嘻一笑，说："看把你紧张的，没事。"

这鬼丫头！我紧走几步，抓住她的手，上下打量一遍她，最后把目光落在她的肚子上，说："你快说清楚，到底咋回事？"

"嘻嘻，"草儿不禁笑弯了腰。"告诉你吧，我怀孕了，是你的。"她咯咯笑着看着我。

"不要瞎说！"我觉得她在哄我，但仍然紧张地追问她："别骗我，到底怎么回事吗？"

草儿见我着急，这才直起腰告诉我："没事的，我已经采取了措施，喏，就这样。"她脱下鞋，我看见她的鞋垫上画着一个奇异的图像。

"我已求了庙里的老师傅，他已替我解除了。"

接着她又从胸口掏出一个玉石挂坠，是个麒麟图案："瞧见了吗，我那天戴着这个，所以就不会有事了，这是丑儿说的。"

"丑儿？"

"就是我们班的班长，他什么都明白。"

我又好气又好笑，觉得真是荒唐，摇着头说："你呀你，真拿你没办法。"

我们路过一大片草甸子，蚂蚱雨点般四处乱跳。高低起伏的蒿丛中，星星点点生长着一簇簇野菊花：黄的，白的，蓝的，五彩缤纷，散发出幽暗的、清郁的香气。

"它们……真美。"草儿喃喃地说。

尤其那种天蓝色的野菊，真的像夜空中繁华的星群，闪闪烁烁，既缥缈又忧伤，像迷茫中少女的眸子。

我曾读过一个著名诗人写的短诗《菊》，那其中的某些句子，似乎正适合此刻用来吟诵秋天的野菊哩：

最初我听见号手的金嗓音

在晴空下吹奏

并使秋阳渐渐变薄，渐渐锋利

好像一些易碎的歌谣

接着我看到无数芳香秀美的手指

相互围绕着编织

生者和死者的幻梦

当薄雾散尽，雷声远遁

这些编累了的手缓缓张开——

里面，是那颗紧护多年的心

在光芒中颤动

"采一些吧，"我说："采一些带回去，放在水杯里，等美娜出院时，还不会开败哩。"

十

董驴子提溜一瓶散白酒来我屋。我那时刚刚吃过晚饭，美娜也在当天出院睡在自家屋里："来，咱哥们唠唠嗑。"我说："我又不太会喝。你弄这玩意干啥。"他笑了笑，说："男爷们儿哪有不会喝酒的，喝几次就会了。"

"再说，又没有什么菜，咋喝？"我瞪眼。

"嘿嘿，"见说，他麻溜从怀里掏出两袋食物，是花生米和榨菜，没办法，我又把晚上吃剩的土豆丝端来，再洗两根黄瓜，舀一碟面酱，我们相对坐了，推杯换盏地滋润起来。

几杯酒下肚，他的脸渐渐红成个猴腚，而我则越喝越白，像个三国里的曹操。董驴子一仰脖，吱地啜一口，指手画脚掰乎：

"老弟呀，你不知道，你大哥当年在外头混，也算是见过世面挣过大钱的人哪，多了不敢说，钱票子厚时，起码这个数，"他伸出巴掌晃了晃。

我不相信他的酒话，就戏谑地问："钱呢？"

他一吧唧嘴："输啦！"他脸上的紫红疙瘩像白炽灯泡四周飞舞的灰蛾子，贴近了我越来越模糊的双眼。

"吹！"我不屑地嘟哝。

"吹？"他吱地又弄一大口。他喝酒的样子像往喉咙咽毒药，脸皮会因艰难的下咽呈现一副痛苦状。

"我这辈子，别的毛病不犯，就是好赌，狗改不了吃屎呀，多少钱都会从漏斗漏下去的，你信不老弟？"

我咧咧嘴，是因为实在对付不了那酒。亮亮的酒液像一把刀子，慢慢割着我的胃囊。

"你不要再赌了，你要对得起美娜。"说这话时，我的眼前又浮现出美娜出院回家时，一进屋门看到向阳的窗台上那一大簇插在清水瓶中怒放的野菊时的眼神，仿佛幽暗的火被重新吹燃，熊熊火苗迎风招展，那是多么让人快乐的时刻啊！

那天晚上我们俩一直把那瓶酒喝得一滴不剩，后来董驴子显然有了醉意。他一边哭一边揪自己的头发，说他内心痛苦万分。"你知道不知道老弟，我不缺胳臂不缺腿，可是，我的老婆却是个假女人。假的……你说我这心里能平衡吗？"

我说："你不是爱她吗？"

他说："我爱她，可是我忍受不了她的那东西，你明白吗？"

我说："我不明白。"

他说："不瞒你说，我们俩早就分开睡了，我不能对着一个人工做出来的假东西使劲干。"

我忽然哑口无言。

董驴子哭得益发厉害，鼻涕眼泪一大把，抹得我家的木炕沿上到处都是。我有点恶心他的行为，但是又只能忍着不发火，后来我也醉了，我看见面前那张扭歪的越涨越红的脸像个摇晃的气球飘来浮去，并且慢慢消失在浑浊刺鼻的空气里。

第二天我头疼欲裂，好不容易起了床，收拾了杯盏狼藉的桌子，又烧了点热水洗漱一番，这才坐下来慢慢喝一碗放了些红糖的温开水。我的胃真是难受极了，像是被一把硬扎扎的铁刷子刷了一遍。我的嘴里也味道复杂，简直比厕所的气味还难闻。

我呻吟着，暗暗骂隔壁那家伙不干好事。正当这时，进来俩夹着黑皮包的男人，我一看打扮就知道是公家人。暗想我又没偷税漏税，可恶的公家人找我何干，我这人一向讨厌跟他们打交道的。

"请问。"领头的是个黑脸膛的汉子，他掏出证件晃了晃："我们是警察，想了解一下你隔壁的情况。"

"你是说美娜？"

"对，"后面的那个戴眼镜的瘦子凑上来说："据有人反映，变性人美娜被她男人险些迫害致死，还被送进医院抢救，是否真有此事？"

我张口结舌，一时不知说些什么好。后来我定了定神，说："不是的，美娜是自己自伤住进的医院，与董驴子无关。"

"可是有人报警……"黑脸警察说。

"他爱美娜，只是好赌。"我冲口说。两个警察互相交换一下眼神，点点头，"这就对了，他最近还有什么异常表现。"

我又气又恼，皱着眉头，半晌不再言语。

后来他们又追问一些离奇的问题，被逼不过，我才懒懒道："你们既然想知道，为什么不直接去问董驴子和美娜！"两个公家人辩解说："我们去了，男的不在家，女的，就是那个变性人只是哭，一句话也不说。"

我哼了一声，转身进了里屋。我讨厌他们叫美娜变性人，他们真是两个混蛋！

不知什么时候他们离开这里，我赶紧过去看美娜，见她正坐在窗子前发呆，失神的眼睛像是两孔被遗弃的鼠洞。

"警察来过了，真奇怪。"我寡淡地说。

她像没听见，仍然怔怔望着窗台。

我舔舔嘴唇，觉得喉咙仍然干涩，渴得难受。看来我是真的不能享受那种能让人飘起来的液体。

"董驴子呢？"我困难地咽了口唾沫。

"他骗了我！他欠下人家一大笔钱，他从不跟我说真话，他一点也不爱我。"美娜转过红肿的眼睛，绝望地说。

我傻傻地站在那儿，听着这个伤心欲绝的女人用干涩而无助的语调一字一顿重复着那句话："他一直在骗我，他从来就没真心爱过我。"我觉得整个房间都在她空洞的声音里晃动起来，像是一只飘摇在风雨中的小船。

我陪她默坐一会儿，当我准备回自己屋子来到门口时，听见身后传来一声悠然的叹息。

"哦，花儿……落了。"

我停住脚，瞥见窗台前那瓶野菊花，真的已经枯萎起来。花瓣儿像是一块失血的皮肤，蔫头耷脑地低垂下来。我不禁黯然神伤。

董驴子下午回来，见了我不自然地笑了，说："这回我哪儿也不去了，我在家躲债。"说着进了里屋，真是再也没见露头。

十一

一连几日淅淅沥沥的秋雨，下得人心烦，顾客也就更加稀少。好歹今天放晴，气候也格外清爽阴凉起来。俗语讲得好，一层秋雨一层凉。说的就是这么个季节。早上出去散步，要格外加层长袖衣衫。叶子也开始落了，只是没经过霜打，还没变红变黄。

我独自去了河滩。我是与草儿约好后去的，所以没带捡石头的蛇皮袋。

秋空如洗。秋阳像是一只光焰万丈的射灯，直直地照耀着山川、大地。小镇郊外的庄稼快熟透了。玉米缨子渐渐变成红艳艳的火苗迎风起舞，小路边那些紫色的牵牛花爬到枫树和榆树的枝干上，耀眼地吹奏着它们嘹亮的小喇叭。而刺槐的枝丫间，则垂挂着一串串熟褐色的种子来。

我准备了一些吃食：两罐饮料，几根香肠，一包夹馅面包和几袋瓜子之类的小食品。我坐在河堤上，一边读那本一直没读完的美国佬的小说，一边等那个洛丽塔似的女孩儿。快到中午十二点时，草儿才匆匆赶来。看来她来得急切，额头上甚至沁出细密的汗珠。

而她的脸蛋红扑扑的，像个阳坡的苹果。

"等急了吧，你。"她一边放下自行车，一边一屁股坐到我身边，开瓶饮料就喝。由于喝得太急，呛得使劲咳嗽起来。

我说："你不能慢点，又没人跟你抢。"

她一口气灌下半罐，这才喘着气对我说："那个死老师，拖拖拉拉讲到铃响才放学，急得我呀，恨不得变成一只蚂蚁溜走。"

我笑笑，说："饿了吧，我们先吃点东西。"看见津津有味地咀嚼食物的这位女孩，我的耳边又回旋着纳博科夫在他的书中的那段经典语言：明亮我生命之光，点燃我情欲之火。我的罪恶，我的灵魂。洛——丽——塔：舌尖顶到硬腭做一次三段旅行。而我如今要做的，是一次有趣的起飞似的释放，是将上下牙齿抵住舌尖然后一次性地爆发开去，仿佛鸟儿振翅飞向万里晴空：草儿……草儿……我忽然呻吟般地叫她。

她抬起眼帘，惊讶地望着我，摸不清我到底想些啥。

"草儿，我喜欢你，你喜欢我吗？"

她点点头，继续吃她的香肠。

我一下搂住她，爱怜地抚摸起她的头发。

正在这时，身后忽然响起细微的脚步声。草儿竖起耳朵，停止了咀嚼，一下推开我的手，站起来。

一个二十郎当岁，染一头火红头发的年轻人突兀地出现在大堤上。他走到我们身边，立住，上下打量我一遍，露出无赖似的微笑来。

"你上这儿来干什么？"草儿皱着眉头。

"没啥，你们玩，你们玩。"他说。

"他是谁？"我狐疑地问草儿。

"丑儿，我们班班长，死皮赖脸的，甭理他，我们走！"草儿推起自行车，自顾自向前走。我看了那青年一眼，他也正偷窥我，一瞬间我们的目光硬硬地相遇了，足足有三秒钟。我坚持不回避，一直盯着他看，到底还是火红头发的家伙软了下来，扭回头望着别处。

这一次我和草儿一口气足足走出四五里路，不知不觉地我们走到了铁路桥附近的草甸子上，草儿把自行车一扔，欢呼一声，一下子躺到柔软绵厚的草地上，双臂伸开，像个自由自在的"大"字。"就在这儿啦，天当被，地当炕，我可哪儿也不想去了。"

我也学她的样子把自己像甩包袱似的放倒在地，草茎痒痒地刺扎着我的肌肤，一股浓郁的青草特有的香气牛乳一样浓稠地流淌过来，一直流入了我的肺腑深处。我觉得我真是要醉了，被草的汁液熏醉了。

"啊……我要是变成一只鸟儿多好哇。想飞到哪就飞到哪儿。"

草儿微微闭上眼睑说。阳光使她的睫毛留下一道虚幻的影子。

我问："变作鸟儿，你要飞到哪儿去？"

她想了想，说："我要飞到城里，做个城里的鸟。"

"那好。"我故作认真地说："我现在就给你念念咒语，让你明天早上醒来就变成鸟儿。"

"去你的吧。"草儿娇嗔道。

风在微微吹着，云彩沙沙作响，叶子一片片落下来，像是谁的低语。四周静极了。远处有一群羊和一个戴草帽的放羊的汉子，他在哼唱一首什么歌，也许他根本没唱什么，只是风吹杂草弄出的响动。

我觉得我正在进入魂游神飞的状态，像是要睡过去似的，良久，我忽然清醒过来，推了推身边的女孩。

"怎么啦？"她问。

"草儿……草儿……"我像叹嘘似的喃喃叫着。

她欠起头，看着我。

"草儿，嫁给我吧！"我听见我的声音像一只受伤的翅膀，扑闪着，流着咸腥的血。我知道，我这么对她说的时候，实际上想表达的却是，再见了美丽的小巫婆，我喜欢你却不会再来见你，这是命中注定的事。没有办法，真的没有办法……我发觉泪水早已湿润了我的眼眶。

草儿像惊恐的小动物一样伏在我怀里，她早已被褪去衣裤，身体像一块颤抖的冰块。

"那个放羊人会看见我们的。"我担心。

"不怕，他老了，眼睛花了，什么都看不见。"我们死命地搂抱着，仿佛要把对方勒进自己的骨头里。我吸吮她杏仁味的舌头，使她发出轻微的呻吟，这更刺激了我，使我坚挺无比，仿佛要炸裂开似的。"快点啊，我要。"她热热地叫着，我几乎要刺进她的体内时，忽然愚蠢地想到一个问题——那只一直藏在我口袋里的安全套！这可是我费心思才搞到的。我气喘吁吁摸出来，笨手笨脚想武装上，草儿皱着眉头看了看，说："不用，人家是在安全期哩。"我这才放弃了这卑劣的念头。

接下来的事情好像成了青春期以来我的一次最刻骨铭心的旅行。我一次又一次向云端滑行，草甸子上那些草香混杂着野菊花香气的风宛如催眠的号角。我一次又一次向着湛蓝湛蓝的天穹冲击，直到穹窿洞开，辉光普照，在得道成仙的一刹那，我快乐至极地叫了一声，然后迅速从云层上下滑。当我实实在在坠落到地面时，看见那位面色悲怆躺在我身边的姑娘正暗自垂泪，她那抬起头望着我的迷蒙泪眼，多么让我心碎啊！

十二

董驴子是突然被抓的。

来的仍然是上次的那两个警察。它们以调查一下家庭暴力问题为由，找到了在家躲债的董驴子。当外表文弱戴着眼镜的瘦警察以不可思议的漂亮手法变戏法般将锃亮的手铐扣上男人的手腕时，董驴子一时懵住了。他懵头涨脑问他们，凭什么抓人？

"董，振，生！"

到这时我才知道董驴子的大号叫董振生。

"你涉嫌伤人致残，我们已经找了你好久了。"黑脸警察嘲弄似的望着他。"怎么，难道我们抓错了？"

被铐住双手的汉子额头上爬出黄豆大的泪珠，他不甘心地望望呆在一边的美娜，又望望我，头慢慢垂下。

"没啥说的，好汉做事好汉当。我伏法……"

其实警察早就埋伏在街头拐角处，镇里人像看当年他们结婚一样，早拥拥挤挤围了个水泄不通。大伙议论纷纷，都对这件据说是发生在几年前省城里的案子猜测不已。

而美娜在整个事情中，遭雷殛一样始终动也未动。直到董驴子被推搡上车，挣扎着扭回头扔下一句："美娜，我对不起你！"警车尖叫着绝尘而去时，凌乱的美发屋里才传出一声凄厉至极的哀叫："天哪——"

秋风一日紧似一日，随着一场出其不意的霜降，叶子黄了，又红了，秋渐渐深了。

我收拾东西，准备离开这里，恰好房子的租期也快到了，我付了钱，变卖了余货，手头的积蓄也够我花一阵子。

我必须走了，我不能老死在这儿。

但是我还没有想到一个好的去处。

临走前，我最后一次去了隔壁的美发屋。我说："美娜，给我理理发吧。"

前些日子镇子里关于董驴子的议论总算过去了，美发屋也恢复了往日的平静，生意一如既往的清淡。美娜整个人瘦了一圈，眼圈乌青，颧骨突出，有点脱了相。

我进去时，她正坐在椅子上发呆，近来她总是这么呆坐，一坐就是一整天，好像有什么郁结藏在心头，总也化不开似的。

我进去时，突然这么一说，倒给她一个惊吓。抬头见是我，嘴边这才绽开一朵苦涩的笑。

"那……先洗头吧。"说着，让我到一张破旧的洗发躺椅上仰面躺下，抬手扭开悬在壁上的热水笼头，水有些凉，她竟浑然不觉。我默不作声忍了，任由她用指头揉搓。一会儿，劣质洗发膏使整个头发涨满泡沫，她复又用水冲洗。终于，等到一块干爽的毛巾包裹上来，我赶紧挺起身子，坐直了，自己擦拭干净。

"草儿就要回来了，回来和我同住。"她一抖围巾，淡淡说。

我点点头，坐到镜前吱吱乱响的转椅上，时不时瞟一眼操持美发工具忙碌的美娜。

"我要走了。"我说。"就在明天。"

唰唰唰的剪子蓦地停一下，又再次响起，像蚕吃桑叶的声音。

我说："我会去一个遥远的地方，如果安顿好了，我会……我会给你们写信的。"我干干巴巴说着，我知道我说的全是假话。

她一直在全心全意工作，良久，才哦了一声。

后来，直到剪完了，她用掸子掸净我领子上的残发屑，我站起身付钱，她才慌忙拦住，说："我怎么能收你的钱呢？"

她摇摇头，坐下，想了一下才说："走了好，离开这个鬼地方，到外面出息去。"

我不知说什么好，只是无趣地站了一会儿，想到董驴子大概要判上十年的传言，心中不免又沉一沉。末了我咽口唾沫，低低道了声："多保重吧，我……我得回屋收拾东西了。"

美娜说："好，你快去吧！"说着泪光闪闪地挥挥手，又说："我得留在这儿，我得等董驴子回来，好跟他离婚。"

十三

这几天，我一直想等草儿回来，打算跟她告个别，却始终没等到。

这中间的有一天早上，我去镇里办事，走到半路时，看到一个骑摩托车的青年人从我身边一掠而过，那后座上载着的姑娘分明就是草儿，她的双手紧紧拉住那男人的后腰，还把头很惬意地伏在他的背上，待到想再仔细辨别时，风驰电掣般的摩托早转过街角不见了。

那时正是早上六点钟的光景，我疑心草儿整个晚上一直和那男人住在一起，早上是赶着去上学的。

想到这儿，我的心里酸溜溜的。

回到家，我抓紧收拾行囊，其实也没多少可带的东西，除了一些日常用品，就是那些书沉了。我到小卖店要了些纸箱，将该带的东西分类装好，又雇了一辆三轮车送我去车站。当我们慢慢上了河堤边的水泥桥时，一阵伤感涌上心头。

"对不起，请你停一停。"

我飞跑下河堤，穿过一小段美丽幽暗的林荫路，潮湿的地上盖着陈年的枯叶，脚踩上去悲伤地沙沙作响。四周静谧而黑暗，只有高高的白杨树梢上挂着明晃晃的颤抖的金光。后来我拐过一小块散发着腐败气味的池塘，看到了树林稀疏的地方那一片古老而荒凉的草甸子。在微风中，一只不知名的山雀躲在树荫里，喳喳啼叫着。我心情忧郁，那刚逝不久的往事一下子涌现在眼前，使我几乎透不过气来。

我原想是要寻到一丛野菊的，迷迷糊糊中才猛然意识到，敢情它们早已开过了……

2008年1月

树
上
的
小
偷

上　篇

"抓偷车贼！"

白牙浑身一激灵，脑袋一下胀大了，惶惶然扭回头，瞥见一中年女人一边挥舞手臂狂呼乱喊，一边蹚着下晌灼热的阳光踉跄而来。

"抓偷车贼……抓偷车贼呀！"

车水马龙中已有几个路人停下匆忙的脚步，呆鱼一般困惑地望过来。

"不好——"他心里暗叫一声，连忙摘下裤带上的铁钩，拔脚就逃。

本来，今儿个的收获不赖。从农贸市场转到站前广场西侧的BOSS夜总会，白牙的口袋里已经有了两只鼓鼓囊囊的皮夹。后来，路过三宝粥店拐角的广告牌下时，千不该万不该，他不该贪欲太过，对那辆八成新的女式坤车起了意。但是在中秋前后亮光光的骄阳下，他这个刚入道的新手显然还不敢轻易下笊篱。一个哩，是他的手段不甚高明，不敢担保能在两至三秒之间不声不响手到擒来地撬开车锁。另一个哩，是他的胆子太小，他地鼠一样的胆子无法让他在光天化日之下心安理得地做活儿。这是一种复杂的磨炼过程，绝非一日两日即可达到的那种天然而绝妙的境界。

用这一片的头儿对他的评语：白牙子还是个嫩瓜蛋呢！

但是白牙的天赋条件够用。他超群的天赋使他刚入道不久即如鱼得水屡屡得手。这不，当他连蹿带跳借助行人的掩护转过几条街巷来到这狭窄而寂静的胡同口时，白牙相信他早已甩掉了那些可憎的尾巴。

那儿有一棵黑黝黝的老槐树，他懒散地跌坐树荫下，一边掀起衣襟揩一下额头上的汗，一边美滋滋掏出他的"战利品"来。

就在这时，打空荡荡的胡同口外晃悠过一个人来。

是个胖子。鸭舌帽的帽檐压得低低的，使他的脸整个罩在阴影里。他压路机一般沉闷地滚动过来，离白牙越来越近了。

白牙的眼睛一直盯着他的脸。从外表看，这人与街头行人没什么两样，但是小偷白牙发达的嗅觉总是嗅出那陌生身体深处隐隐透出的与一般人迥异的细微差别来。什么呢，他抽了抽鼻子，却说不出个子丑寅卯。

这的确让他有些恐慌。那个人的脸隐在浓重的阴影里，远望去仿佛也一直在盯着他看。这使他更觉着来者不善。"莫不是公字号的二老便？"他想：一股冷森森冰凉凉的感觉刀刃一样从他的后脊梁冉冉升起，使他不由自主打个冷战。他一把搋起皮夹，蓦地跳起身，疾疾向胡同深处溜去。

"站住！"身后一声断喝，使小偷白牙的身子立马缩成一只弹簧，不，是弹簧弹出去的石子。他惊恐万分地狂奔起来。

这一回，他可是拿出吃奶的劲儿逃跑的。他明白背后的那只"老鹰"的练达和可怕——那是一条咬人不露齿的狼，厉害着哩！而他哩，只是这条阴险可憎的利爪下的猎物——一只兔子，或一条愚蠢的小猪。当他一口气奔到胡同尽头时，一下傻了眼。完了，这回真栽了！竟是一条死胡同！他惶恐地环顾一下左右，幸好墙角处有一棵碗口粗的钻天杨。他来不及多想，一纵身，吱溜吱溜，猴子一样敏捷地爬了上去。待到那胖便衣赶至树下时，白牙早已高高地攀缘到一丈多高的树冠深处了。

"你……你下来！"

白牙咧咧嘴，意思是我敢下去吗？

胖警察熊一样在树下兜着圈圈，抱住树干试图也想攀爬，可是几次刚爬了一小截就又溜回原处。他太重了，除非他的手指甲变成尖利的熊爪。后来他泄了气，烦躁地坐在树下打手机，并同时开始力劝树上的贼下来，说只要他肯下树，他保证从轻发落。

"你赶紧下来，听见没有？你下来，什么都好商量。"胖警察气喘吁吁比画着。

白牙自高而下瞅着他说："我不下去。下去了，落入你手可就不这么说话了。"

"怎么说话？"胖警察仰脸很费力，仰一会儿就活动活动脖子。

"你还不得扒我层皮。"白牙龇牙一乐，使劲儿晃晃树干。白杨树发出哗哗的响声，像是对树下有些窝囊的那位的嘲讽。

"操你妈的！"胖警察气得使劲踢了一下树干。

"你上来嘛！"树上的那位看见警察生气，愈发得意起来，"你有能耐上来嘛，上来我就跟你走。"胖警察翻翻眼皮，拿起手机又拨号，看样子是在请求外援。树下开始汇聚一些闻讯赶来的小城的百姓，大家指指点点围在四周议论。有人自告奋勇想上树擒贼，但被胖警察制止了。他怕伤了群众不好交差。"你快下来吧，一会儿消防队的救火车马上就到，到时候云梯一架，嘿嘿，你可就得乖乖被擒了。"

"是啊是啊，喂——！树上的贼听着，你再不下来，一会抓住了一定揍死你！"树下围观的路人也大声警告。

但是那贼似乎铁定了心不再吱声，任凭大家磨破嘴皮子，他自岿然不动。直到半个小时之后，一辆红色消防车鸣着警笛开过来，他才有些紧张地对树下的胖警察央求："我把东西还给你还不行吗？杀人不过头点地，我……我求求你，放了我吧！"

"你先下来！"胖警察板着面孔，用不容商量的语调对白牙说："跟我去所里录完口供我就放你！"

树上的小偷想了想，扔下两只皮夹、一把偷自行车专用的铁钩子、一张身份证和几张零散票子。

"不能放过他！"围观的群众气不过，一齐怒吼起来："小偷简直太可恶了，抓住一个严办一个，看他以后还敢伸三只手！"

神情沮丧的白牙本来有些动摇了，但是被树下怒吼一片的声浪一振，万分恐惧地又向树梢儿爬去。树干发出咔咔的吓人声响，连胖警察也害怕了。他一边指挥消防战士迅速架云梯，一边不厌其烦地劝解树上的小偷别再爬了："树快撑不住了，你又不犯死罪，摔死了白摔！"大概觉得警察的话有道理，白牙停止了攀爬，浑身颤抖地抱紧树干，不断向下窥望。

消防队员早已准备妥当，其中的一个高个队员开始攀上云梯，渐渐接近了小偷的脚，但是遭到白牙的拼死反抗。他又踹又叫，连鞋子和外裤也被扯下来。

"上！"这时另一个警察从另一侧接近了。"反了他了！"大家看到小偷拒捕，踢了消防队员的脸和前胸，都摩拳擦掌想上前帮忙，有一个小伙还想用石块投击树上的小偷，被大伙劝阻了。后上去的警察一边用警用喷雾器猛喷窃贼的双眼，一边迅速揪住那小子的小腿。白牙绝望地在树杈上挣扎着，慢慢被拽到树下，胖警察连忙给他戴上手铐，押回所里。

这时天已过晌，阳光把街道晒出了柏油味，小城的老房子下蹲坐着一排乘凉的老头老太太们，此时一律张大没门牙的嘴呆呆往这边张望。一条灰黄色的笨狗懒散地卧在门槛处，粉红色的长舌头软塌塌耷拉着，不时微微蠕动一下。

"真他妈倒霉！"白牙吐口痰，一边跌跌撞撞地走着，一边丧气地想。

下　篇

"我说过多少次了，让你们给厕所窗子安上铁栏杆。你们就是不听。哼，这回可好！你们上去抓呀，抓呀……"

胖警察对屁股后头那两个年轻同伴气哼哼地抱怨着，"谁承想那个狗洞……他，他也能钻过去！"其中的一个矮个片警试图寻找理由开脱自己，被胖警察狠劲摆一下手阻止了："甭净说些臭氧层话了，谁承想！狗洞！狗洞他怎么钻过去啦，唉？"另一个警察抬头望一眼黑森森的那棵老槐树，无可奈何地咧咧嘴，一句话也说不出口了。

正是这个季节一天中最舒坦的时刻，太阳减弱了热度，缓缓向西天滑去，整个北方小城全部沉浸在即将降临的黄昏烟岚之中了，谁家的CD机正在播放一曲若有若无的音乐，让听见的人昏昏欲睡。而一些人家的烟囱也开始飘起一缕缕乳白色的柔软如绸的炊烟来。胖警察抽抽鼻子，似乎嗅到了那种熟悉而亲切的炒菜的香气。"你们，"他说："都回吧，到点下班了，我一个在这儿等他。"说完，也不再看同伴，自顾自回到办公室拖出一把吱扭吱扭乱响的木椅，放在老槐树下。看来，他是铁下心要跟树上那位绰号叫"白牙"的小偷比试比试耐力了。

"那好吧。"两个年轻些的同伴知道胖警察的脾气，回屋换下警服准备下班。当他们经过黑黢黢的老槐树下时，咬牙切齿地向上眺望一眼，见那贼正安逸地坐在树杈间，得意扬扬向下梭巡着。

派出所地处小城西边的山坡上，四周也都是密密麻麻的平顶砖房和老式楼房。不要说消防车，就是一般的卡车也甭想进来。

白牙似乎也明晓这个道理，所以，当他从派出所里借口上厕所成功逃到院子里轻松爬上这棵百年老槐之后，原先的恐惧正在慢慢消失，取而代之的则是侥幸之后的庆幸。

他想，也许夜幕降临之后，他就有逃脱的机会了，而眼下最要紧的是稳住神，坚持待在这棵庇佑他的大树杈上。

白牙出生于一个工人家庭，他父亲是一家煤矿的井下工人，在他小学快毕业的那年春天，死在一次瓦斯爆炸事故中。不久，他母亲改嫁，把他扔给了年迈的爷爷，如果不是因为做擦鞋匠的爷爷被一个酒徒的车撞死在马路边，他完全可以读完高中，或许还能考上一所不错的大学或中专。他学习不赖，尤其是语文——他的作文经常被老师当成范文拿给同学们看，他还当过一年半的语文科代表哪。但是因为爷爷的惨死使他失去了在这世上最后一位真正疼爱他的亲人，他一下子变得心灰意冷，仿佛被人抛入了阴暗的地窖。那一天，他逃学了，并且从此再没进过学校的大门。

他觉得腰部有点酸疼，便正了正身子，以便自己的膝盖正好卡在一根横伸过来的枝杈上。

空中那只古老而巨大的车轮正沉沉驶向西天的垭口，连绵起伏的北方丘陵群眼下正被一种暗蓝色的光岚笼罩着。西边天际处的顶端一派苍茫，好似人间的火堆全都移上穹隆。而愈来愈凄艳浓妆的暮霞此刻正均匀地撒抹在两山之间的那片平坦的河滩上。

白牙呆呆望了一会儿，低头又看树下，却见那胖警察正默默坐在椅子上抽烟，袅袅青烟从他那只有点凹的鼻孔喷出来，很快便消散在夕照里了。

他摸摸口袋，也想吸一口，但口袋里空空如也，他的烟早就在做笔录前被胖警官没收了。他咂巴咂巴嘴，想跟下面的要一支，但空张了张嘴，最终还是忍下了。

他咽了口唾沫。

有一只夜归的鸟蓦然啼唤一声，一耸一耸掠过他的身旁，向远方暮霭深处飞去。

他又扭回头，专心致志地看那夕阳。"接着。"树下突然叫了一声，他一低头，瞥见一根香烟和一盒火柴接连抛了上来，他灵巧地接住了。

此后，约莫有十秒钟，他们——一个无意落入贼道的小偷和本城最精干和铁面无私的警察的目光相遇了。虽然天色黯淡，但他们的眸子亮晶晶的，仿佛两盏一千瓦的灯泡。他们面对面互相瞅着，瞅着。

后来是白牙首先移开的目光。他慢慢点燃香烟，深深吸上一口，不出声地又望那落日。

"你家里还有什么人吗？"树下的问。

"没啦……"他长长叹息一声，眼帘前却明明灭灭地闪现出他早逝的父亲的脸、爷爷的脸和有点怨怼的他母亲的面容……他眨眨眼，听树下那位幽然地讲道：

"我儿子——怎么说呢？要是现在还活着的话，也该上大学了。"

拨开树上的一根嫩枝，好让自己的眼睛不被密匝匝的叶片遮住。

"他走失五年啦，迷恋上网，整天泡在网吧里，你说，我能不管吗？"胖警察又摸出一根卷烟，点上，长长地吸了一口。

白牙看见夕阳的余晖在胖警察的眼睛里灼灼地一闪，接着天地一暗，落日终于完成了亘古即有的一跃，返回到它的窝巢里去了，就像传说中的神鸟。

"我老婆……"胖警察有些困难地对他摆摆手，继续说："她疯了，一年里有半年要住蛤蟆塘。"白牙知道那是一家著名的精神病疗养院。他一时不知说什么好，只是看着树下的警察，看见他木然坐在那儿，半天也不再动弹了。

他们都在等待什么，但是等什么呢？

终于，胖警察嘟嘟哝哝又说了一句，但没有把脑袋向树上扬起来。

"你说什么？"树上的问。

他仍然耷拉着脑袋，半晌才嗫嚅道："真冷！"

是的，白牙也感到四周有了凉气。山城的夜晚就是这样，气候呢，可以说是瞬息可变的，白天热得很，晚间又凉气逼人。白牙不由自主缩了缩脖子。

这时，树下的警察忽然站起身，径直回到空落落的屋子里，仿佛忘记了树上的逃犯和自己神圣的职责。有那么一刹那，白牙脑袋轰轰乱响，心狂跳起来。他昏蒙蒙的脑袋里迸出火星般的两个字，但是奇怪的是，他的身子像是给一条无形的绳索牢牢绑在了树干上，动也动不得。

后来直到胖警察重新回到树下，白牙才平静下心跳，他看见胖警察用一根木杆举上一包东西，是一件旧警用外衣和两只馒头。他们在随后的一段时间里谁也不看谁，分别默默咀嚼口里的食物。

后来，当一轮满月从树权后缓缓露出，树上的那位突然被那种无与伦比的饱满和圆润，被那种壮丽博大的景象感动得哽咽了起来……他想起小时候作文里的句子，他看到大自然中最完美的艺术，那皎洁的月光仿佛上苍中亲人们深情的注视，仿佛天国的雪花披在他的肩头。他哭了，成串的眼泪从他脸颊上淌下来，他不得不用胖警察给他的衣袖去揩抹。他不想哭得太丢人，可是不行，他越抑制，抽噎得越严重，当他的双肩抖颤得像是过电一样时，他听到另一位的哭声在树下号啕而起。他惊骇得呆住了。

良久，当他们泪眼朦胧重新仰望那浩渺深邃的蔚蓝色天空时，一种永恒的肃穆感和生命的崇高庄严感油然而生——仿佛神灵在叩响彼此的额头，一股神秘而伟大的授意如波涛般汹涌而至，一时他们都神游魂驰起来。

也不知过了多久，当胖警察窸窸窣窣摸索口袋，再一次找出香烟和火机时，惊讶地发现小偷白牙竟站在了自己对面。

"你……你还抽吗？"他结结巴巴问。

"嗯。"

他自己叼上一支，又递给白牙一支，咔地燃着火机，犹豫一下，先给对面那位点着了。

他们都像丢了舌头一样无话可说，而胖警察在刚刚点烟的一刻，清晰地看见另一位脸颊上未干的泪痕。

月亮隐没了，夜空中似乎有一片云彩正慢慢飘移过来。风掠过树梢，老槐树的树冠发出沙沙的响声。

又过了片刻，两个人几乎同时吸完了这根香烟。他们互相望了望对方，又赶紧移开目光。胖警察知道那对晶亮眸子里都说了些什么。他转过身，走了几步，立住了，背对着小偷，沉静着，什么也没说。

白牙呢，这时早已脱掉了那件旧外衣，当他一步步走出派出所的大门时，再一次抬头望了望美丽非凡的夜空。月亮这时恰好从云絮后重新露出银盘似的脸庞，风吹得小街上空寂无人。他叹了口气，觉得屋脊后那轮明月，仿佛是他平生头一次看到那样清新、洁净。

2007年4月

王小二的贼菩萨

　　王小二的钱又丢了。下晌刚下工，他把手一伸进铺盖卷，王小二的嘴就扩张成个废弃的老鼠洞。钱丢了，王小二的心也忽悠一下被什么东西强撕狗掳地摘了下去，他觉得心里空洞洞的，脑子也是。王小二的脑子本来就被初夏火热的阳光弄得晕头转向，现在又被这盆兜头盖脸的冷水一泼，浑身顿时一激灵，一下子就清醒过来，一下子就在铺盖前呆成一根木桩，直直地戳在那儿啦。

　　算起来这种厄运已经不是第一次发生了。大约在半个月前，王小二刚刚领取来到这个城市挣下的第一笔钱，那两张票子就不翼而飞了。王小二为此垂头丧气。他没有怪那贼，他在怪自己，怎么那么不上心哩，那钱……谁会把两张嘎嘎新的票子放任自流地往破旅行包中一塞，就以为万无一失了，这不就是一个傻瓜蛋吗？那可是钱哩，不是擦屁股纸，那可是人人都希望据为己有的钱哩，比浪巴溜丢的女人更亲。我怎么就随随便便塞到包里了事呢，那包整日窝窝囊囊扔到角落里，任谁随手一翻，还不轻而易举地搜刮了去，那玩意儿又不扎手！

那几天，他心里一直在深深埋怨自己的粗心大意。他觉得把钱放在破旅行包里是天经地义的事，那么，钱在一日之间不翼而飞也是天经地义没啥可说的。钱吗，来来去去，总有一丢，他心疼，但也无可奈何。

然而钱为什么会丢？又是谁偷了钱？王小二对这个问题还懵懵懂懂，一时没理出个头绪来。他和一同租住在这间破旧屋子里的另几位一样，均是来自距此二百余里之外的乡下。如果早上从这座城市的长途客运站出发，大约得经过四个多小时的颠簸，才能到达他所在的那个乡的路口。然后又要赶二十几里崎岖山路，这才能回到在这个世界上真正属于他王小二的三间茅草房。

他是一个穷光蛋，同屋的他们也是。他自小父母双亡，一个人晃晃荡荡像条野狗一样混吃混喝，倒也核桃树般长成壮壮实实的一条汉子。待到他终于懂得土里刨食，能刨出粮食填饱肚子，却刨不出哪怕丑得像母夜叉一样的女人这个朴素真理时，他便一头扎到自家臭气熏天的土炕上，鼻涕一把眼泪一把地号啕起来。啊，那真是一场掏心掏肺的痛哭哟！想一想吧，一个大男人，像丧家犬一样呜呜啼哭，是多么奇妙而有趣的场景。在如此彻底的绝望之后，他一狠心，卖了那条跟了他足有六七年的看家狗，收拾铺盖卷，跟着村西常年跑外的麻五、大黑、三混子、老抠和小地瓜，来到了这座陌生得令他有些心悸的城市。

他们合租了城边的一间旧平房，然后学着麻五的样子，用捡来的一块废纸板做成一个三角形的牌牌，写上"力工"两个歪歪扭扭的大字，每日清早往马路牙子上一摆，便蔫头蔫脑蹲在墙根儿静等雇主。日升日落，车流如水。每次一看到那些穿着溜光水滑、趾高气扬的城里人往跟前一靠，他们便苍蝇般轰地围上去，牲口一样等待人家挑选。他没有什么技术，只有一把子力气，驴一样的力气，那是老天爷赐予的玩意儿，娘胎里带来的宝贝，所以他干活时从来不惜出力；也不挑肥拣瘦，干过活的雇主们就都对他满意和夸赞。

他想干够两年，回去娶个媳妇，母猪样的身坯也罢，只要她那肚子能任他播耕打种，长出茂茂盛盛的庄稼，他王小二就感恩戴德心满意足啦。

但是，那钱……是啊，如果说头一次他丢的那一百三十五元票子使他既懊丧又自责的话，那么这第二回丢的这两张老头票就使他困惑和怀疑了。他明明把它们小心翼翼塞到褥子底下了，明明用一张浸满油污的旧信封把它们装好、折叠好、神不知鬼不觉藏到被子与褥子夹层的缝隙里了，如果不仔细摸，是摸不出嘎嘎新的票子那硬锃锃的感觉来的。但是它们却像到手的鸽子一样，扑噜噜又飞走了，连点念想都没留下。

"妈妈的。我还没捂热乎哩。"王小二一边干咧嘴，一边手被烫了一样甩来甩去地嘟哝；"哪怕给咱留下一半也好么，也忒黑心啦！"

他望望刚进屋的大黑，期待他能听见这话响应一下，但大黑显然没有这个想法，抑或根本就没听见。大黑像根朽烂的木头，嗵的一声倒在铺子上，砸得整个床铺忽悠一颤。

大黑是累狠了，大黑晚上找女人，白天干活，大黑真是累狠了，王小二咽了口唾沫，又转头对一边哼着小调一边端起脸盆的小地瓜说：

"我的钱丢了，你信不信，我的钱好好的，一下就不见了。"

"真的丢了？"

"真的丢了。"王小二一脸无奈。

小地瓜就抽一下鼻子，说："我可没看见。"他往外急匆匆地走，走到门口又回过头，说："真的，我可没看见。"一副赶紧澄清的样儿。王小二就耷拉下头，看了看一直闷头坐在旁边的老抠说："我又没说谁能看见，是不，谁要看见了还不早说喽，还能让那贼安安稳稳把钱拿走？"

"是哩是哩，"老抠也直点头。末了他神叨叨往四周瞭瞭，压低嗓音问："多少？"

王小二就竖起二根指头晃晃。

"二百？我的妈呀！"老抠挨刀般叫了起来。

老抠把钱当命，王小二平日还有些瞧不起他哩。老抠能把一分钱攥出水来，这么多年，谁也甭想从老抠身上抠出一分一厘，他爹也甭想，他儿子也甭想。王小二和村里人一贯瞧不起他这点，比如此刻，老抠一听说王小二丢了钱，立马采取紧急措施，用一条女人丝袜把他所有零零散散的票子，一股脑全宝贝般拴在腰上，拉屎撒尿也带着，睡觉也不摘。王小二就更加瞧他不起了，也觉得多余跟他说这事，说了也白说。他有一种预感，相当不好的预感。这预感又使他总想找人说点什么，倾诉点什么，仿佛不说，就憋得慌，就会把尿泡憋坏。但是王小二不该又跟当晚刚喝完酒的麻五和三混子唠叨。王小二跟喝得天昏地暗的麻五和三混子唠叨，就是应了那句老话：打铁烤煳卵子——看不出好赖成了。

"滚！"麻五说："咋就你事儿多，今儿个丢，明儿个丢，咋不把你个王八蛋丢喽！"

麻五说这话时脸红紫得像猴腚，脸上的浅皮麻坑火星四溅。

"再者说了，你跟老子说这话是啥意思，难道是老子偷了你的钱咋的，唉？你个龟孙子王八蛋！"

"是哩是哩，你个龟孙子王八蛋，净说些让老子败兴的屁嗑，丢了好，丢了活该！"歪在一边的三混子也气哼哼帮腔。

王小二劈头盖脸挨一顿臭骂，眨巴眨巴眼倒真像过错全在他一身一样，一句多余的话也没得说了。

事情有时候就是这样，你以为你丢了钱，遭了委屈，就应该被同情和安慰，但有时候这也许只是你一厢情愿，是你一个人的道理，很多时候，事情总愿意向着悖论的方向发展，并且不动声色暗藏杀机。王小二此刻就是如此。他忍气吞声想息事宁人，以为下次得了钱，只要小心谨慎精心保管，不给人留下一丝一毫的漏洞，谅那贼也就再无章程可言了。

"他还能变成孙猴子，蛔虫一样钻进俺肚子里。"王小二得意地想，一人藏物百人难找，这个道理他王小二懂，所以他照常把下个月的工钱掖到了床板和榻榻米的夹层里。虽然丢了两次钱，王小二也不愿像老抠那样，弄一个女人丝袜捆在腰间。那像个什么，咋瞅咋难看，尤其女人用的玩意儿，蛇皮一样耷拉在胯骨上，晦气着哩。

季节在城里变幻得总是那么浑浊和迟缓。哪像在乡下，草儿绿了，花儿开了，土地就敞开温热宽广的胸怀催促人们播种与收割。在天蓝野碧的乡下，连鸟儿都会提醒你生活的脚步，连牲畜都会一季换一套鲜亮美丽的衣裳。而这人声鼎沸的城里，到处都是灰突突的。楼群、树木、马路、天空……甚至电线上那群叽叽喳喳的麻雀的羽毛。王小二觉得这个夏天来得不明不白，只是从城里女人越来越暴露的衣着打扮上，他知道一个让人烦躁不安的盛夏终于降临了。

"操，城里的女人就是嫩！"三混子不止一次涎水直流地眼馋。他总是蚊子般死死盯住那些丰润白嫩的肌肤，而且总也盯不够，又总是饿狗般发出叹息。这和王小二有所不同，王小二看城里女人是远远地偷窥，但从不抱任何幻想。他知道自己是谁。

　　这一时期，王小二还学会了一门手艺，刮大白和刷墙体涂料，包括城里装修家居用的最时髦的新型乳胶涂料。王小二刷得光鲜、均匀、干净、效果好，受到雇主的一致称赞。这样王小二也就在这几个月里揽到了一大批活计，自然也就拥有了更多的人民币，他的钱一直稳稳地为他而存在着，就像他越来舒畅的心情。

　　是啊，王小二的心情的确越来越明媚起来。他觉得生活并没像他原来以为的那样昏暗，生活绝对会因为事情的稍许改变从而生机勃勃的。他甚至想象着挣下一笔钱后，重新把老家那两间真正属于他的土坯房修缮修缮，他不能让自己未来的女人活得过分憋屈。

　　生活进行到这里，王小二仍然是一个充满希望的其中的一员，是无知而无辜地快乐着的一员。但是生活似乎不允许一个人总是这么无端地延续下去，它有时会拿你打打趣，让你出尽洋相又痛苦万分，让你气恨难消又无可奈何，王小二在眼下就咕咚一下重新跌进这么个境地。

　　他的钱又丢了！是的，他辛辛苦苦赚来的血汗钱水蒸气一样消失得无影无踪。

　　"钱跟我有仇哩！我的妈妈吔！"

　　他一屁股坐在地上痛苦地抽搐起来。他连哭都不会了，那一瞬间，他连愤怒都不会了。当然，他也忘记了应该怎么骂？如何痛骂？他被这迎头一棒完全打晕了，他眼冒金星全身哆嗦手脚发凉……他，他是被那贼给震住啦。

"贼跟我有仇哩，我的妈妈吔！"他就这么一连几个小时坐在地上呆想着，却总也想不出个头绪来。

后来是老抠问他："小二小二，你怎么了，癔症了不是？"边说边用手摇晃他，腰间胀鼓鼓的钱袋子也一下一下温柔地顶撞他的大腿，仿佛一个胸脯硕大的女人的奶子。王小二突然就浑身一激灵，一把揪住丝袜袋，狼一样嚎叫起来。

"你拿了我的钱票子，死老抠，你拿了我的钱票子！"

"你疯了你！"老抠死命护住腰间宝贝，拼命想掰开那双上来抢夺的手。两个人在屋当央滚成个球，一直到老黑和麻五他们把两人分开。

"他偷了我的钱票子！就是他……他……他！"王小二一边气喘吁吁扭动身子，一边红着眼冲老抠继续叫嚷。

老抠也气坏了，老抠把腰间的丝袜口袋拍得山响，说："王小二，瞪大你的狗眼看清楚喽，这可是俺辛辛苦苦挣的血汗钱，咋会成了你的？你不要丢了钱冤枉好人！"

"要是俺拿的，俺……俺生孩子不长屁眼，出门就叫车撞死！"

大家也纷纷劝他。过了一会，王小二总算平静下来。他知道老抠虽说小气，却不至于会干起偷窃的营生，那是谁呢？王小二转转眼珠，看见站在身边的老黑，是的，肯定是这家伙干的好事，他总上歌舞厅找女人嫖，哪来那么多票子供他折腾？不是他是谁！旁的人也不一定知道我挣了钱又把钱藏在这屋子里。

王小二这时看老黑的眼神就像一把刀子，刚在细油磨石上磨得雪亮雪亮的刀子。老黑哩，迎着那刀子的光焰阴阴地坏笑，一边笑还一边拿眼瞭站在王小二身后的小地瓜，瞭够了这才对一直拿目光剜他的王小二说：

"你盯住我看什么看，你盯住我看也看不回钱票子来，是不，嘻嘻……"

"你拿了俺的钱！"王小二说。

"你拿了俺的钱！"王小二面无表情地说："就是你，你拿了俺的钱去嫖去赌，你承不承认！"王小二边说边站了起来，老黑也站起来。小地瓜惊骇地看到老黑的黑脸渐渐变成猪肝色，渐渐像一块浸了尿水的黑岩石。

"我操你妈！"蓦地老黑爆炸般吼一声，一拳就把王小二打到了屋旮旯。

王小二当天没吃饭。王小二的嘴唇肿得像鸡屁股，牙也丝丝漏风，他掉了二颗门牙，二颗跟了他二十几年的门牙，但是他不心疼，因为在老黑狂怒地打出他那一拳起，他就知道不是老黑偷的钱了。

作为补偿，老黑在麻五和三混子的调停下，包给他一百元钱，老黑为此付出了代价，况且那混蛋也只有那么多了。他手里存不住钱，这点王小二知道，所以王小二也不愿过于追究。他只是癞狗似的趴在床上，一门心思想那暗中跟他作对的冤家！

那是个什么样的贼呢？是他认识的还是陌生的，是男贼还是女贼，是老人还是小孩？这几日，王小二明显有些憔悴，有些委顿，他的脸上青青黄黄，仿佛害过一场大病。

他把跟他同屋的这几位不止一次全都琢磨几遍了。他要一层层把他们的衣服剥光，看看他们的脑子里、心肝肺里到底装些啥秘密。他想啊想，直想得脑瓜欲裂昏天黑地，却也没想出个所以然来。唉，王小二觉得自己真是天底下最大最大的傻瓜蛋啦！

"俺就是一个傻瓜笨蛋二百五，贼不偷你偷谁？"他给自己这么说。

老黑肯定没偷，老抠也没偷，小地瓜呢？别看他人长得土头土脑，貌相老实，蔫肚人胀肚心，谁敢保他不会做下点伤天害理的勾当。知人知面不知心哩，何况他妹子还得了红斑狼疮急等他拿钱？听说那病没个治了，那病是个吃钱的窟窿、吞钱的嘴，谁敢担保这小杂种逼急眼了不会把手伸到别人腰包里？

麻五和三混子也像，两个人都是酒鬼，嗜酒如命，管不准不再吸点毒品什么的，据说人一碰上那玩意儿，就跟畜生差不多了，连畜生都不配，就跟咬人的恶鬼一样，什么屎都屙，什么坏事都能干，更别说偷鸡摸狗了。王小二一个人躺在床上，越想越觉得麻五和三混子像，小地瓜也不能排除。他这回汲取了上一回的教训，不敢再贸然指证了，他可不愿为此再丢掉另外一颗门牙，他还得靠它啃骨头嚼猪头肉呢。

夜晚是一下子降临的，城里的夜晚总是来得有些突然，刚刚还火辣辣的太阳，一转眼就黑咕隆咚消失得又干净又彻底啦。王小二在城里从来没看见过落日，因为西斜的太阳总是不等挨碰到地平线，早就被窗外高耸得有些骇人的水泥高楼一下就遮挡住了，王小二这时候就总是怀念起在乡下享受过的凄美静谧的暮霭夕阳。那是一分多么让人怀恋的安静啊。而此刻歪在臭烘烘床铺上打瞌睡的王小二又一次梦见了往昔的情景。

他是在婴儿般的酣睡中被弄醒的。他昏头涨脑坐起来，揉揉眼皮，床前站着的人是小地瓜。小地瓜手中正捧着一盆香气四溢的米饭和炒菜。他说："趁热吃吧，你几顿没吃饭了，这样会饿坏身体的，饿坏了身体，怎么打工挣钱娶老婆？"

王小二说："俺不想吃，俺不饿。"但是他嘴上这么说，肚子不给他做主，肚子哇啦哇啦乱叫，像揣了一窝稻田里的蛤蟆。

这一顿饭，王小二吃得满头大汗心满意足。他抹抹油腻的嘴，打量着笑嘻嘻的小地瓜，突然觉得这小子本来就挺可亲的，亲兄弟一样么，怎么会稀罕他那几个小钱。

"不是你偷的，"他一脸真诚地给小地瓜说："俺早就知道不是你偷的。真的！"

王小二这回不但跟为他买饭的小地瓜这么说，不久也跟给他揽了两件好活的麻五和三混子也这么说。因为那两个家伙的路子，他一连几星期也没闲着，不仅给一户人家整整二百余平方米的复式楼刮了大白，刷了涂料，还为一个建筑工地卸了十几车水泥白灰。一句话，王小二的腰包里很快又鼓胀起来。他怎么能再怀疑大义相帮的麻五和三混子呢？亲不亲家乡人嘛，一口井里喝水一块黑土泡大的乡亲，连着筋扯着骨头哩！他怎么能再往人家头顶扣屎盆子栽赃。那还叫人吗？王小二又一次对自己说。

但是他心里有块石头，他心里那块石头一直压着他不得安稳，觉也睡不踏实，还总做噩梦。

他能不做噩梦么。

那个一直暗中跟他较劲的贼还躲在某个地方，从没真正露过面。他知道早晚会有一天，他的钱还会不翼而飞成为别人的囊中之物，奶奶的。

他发了狠，下决心非亲手逮住那个丧天良的家伙胖揍一顿不可，他不逮住贼他就不是王小二！这想法他跟谁也没说。

王小二的行为从此变得诡秘起来。他把钱分成两份，一份也像老抠那样用女人的丝袜捆在腰间，另一份仍然藏在屋子里。

嘿嘿，他是把钱当诱饵呢，就像钓鱼一样。王小二小时候一直喜欢钓鱼，在村里的小伙伴当中，他总是钓得比别人多。他和那鱼有缘分哩。

如今，他也和暗中的贼有了默契。他的肿眼泡射出幽幽的光束，像传说中那种灵怪之物的灵光。他在暗处观察他所租住的房子的动静。有时候是在夜幕笼罩下的窗外，他会突然从街头踅回来，猫一般蹑手蹑脚逼近它的猎物；有时又像一只狡猾的地鼠，在它的巢穴口留下记号。

时光如水，又是一个月过去了，夏天似乎也到了尾声，一部分城里女人雪白的大腿开始随着早晨的凉气慢慢减少，这让王小二们倍感惋惜。同样惋惜的事情还有那贼，因为那贼一直不露面，竟也使王小二一直绷紧的神经松弛起来，无聊起来。难道他改邪归正了不成，王小二懊恼地想，如果贼从此真的洗心革面痛改前非了，那这一段日子绞尽脑汁的昼行夜伏岂不白白浪费了？

当然换一个角度想，如果从此太平无事不再遭贼，不也是莫大的好事吗，哪有人愿意被偷的，那不真是有病了？王小二私下里一想到这儿，不由嘿嘿乐出声来，把正在吃饭的小地瓜吓得一愣。

"你笑，笑个鬼呀。莫名其妙的。"

八月底的一天，王小二掖在床角旮旯里的钱在度过漫长而毒辣的夏天的日子之后，终于又不见了。钱不多，只有一百元，却使王小二又兴奋又气恨。兴奋的是多日不见宛如朋友的贼又出现了，气恨的是他早已失去了抓贼的想法。所以这个时候发生的这件事，只是使王小二产生了一种类似被捉弄的幻觉。他感到耻辱："他奶奶的，他这是戏耍俺哩！"王小二说。

"他不把俺当人，俺也不把他当贼！"王小二又说。

"俺要给他点厉害瞧瞧！"王小二沉默了一会突然大喊一声，把满屋的人吓了一跳。

王小二出了门，一路直奔文具店，花一块钱买了一张又厚又硬实的图画纸，又花两块八买了一支小白云羊毫毛笔，再花五毛钱买一小瓶墨水。一切准备停当之后，王小二站在床前，拉开架势，把那小白云牌羊毫饱饱地浸蘸到墨水瓶里。

"小偷：你个王八蛋，你他妈不是东西！"王小二歪歪扭扭写下一行字，他的手兴奋得直抖，使纸上的一些字也跟着颤抖起来，好像一群受到惊吓的麻雀。

他要用天底下最恶毒的诅咒回敬那位盗贼。但是搜刮尽肚子里的词儿，又不知到底什么才算最恶毒的了。所以这么一犹疑，一团浓浓的墨汁就啪嗒一声滴落下去，在雪白雪白的纸上洇成一团带毛刺的黑点，眸子似的盯住他看。

王小二慌忙捏紧笔杆，一鼓作气写了下去："你要胆敢再来，我就叫你生孩子不长屁眼，辈辈都戴绿帽子做王八，天打五雷劈，进大牢挨枪子儿……"

王小二写得很流畅。写完之后，不忘在落款处填上自己的大名，又注明年月日，然后贴到墙上。

"还真是一件杰作哩！"王小二眯缝着眼睛远远地望。同屋的其他人反响不一，老抠和小地瓜热烈拥护，老黑仍然是阴阴地笑，麻五和三混子只瞥了一眼，吐出一个字：屌！

然而至此之后，王小二虽然钱票子不再丢失，但是物件却成为被袭击的对象，先是被窝里被人用尿水画了一个又大又圆的地图，接着两件平日舍不得穿的打折西装被豁了条大口子，之后连那个邋里邋遢的旅行包也被谁扔进了垃圾筒。王小二叫苦连天，欲哭无泪，心里憋得难受，气都吐不均匀。

　　那贼似乎就在暗中盯着他。没错，那贼一直在暗中不错眼珠地盯着他，狼一样。王小二一意识到这儿，就被这个事实惊得五雷轰顶魂不附体。他感到周身的毛孔都张大了，一根根汗毛竖得比小拇手指都粗。完啦，我还能活人吗，我的小命一开始就在人家手心里攥着哩，攥得登紧登紧，我自己还不知深浅，还自命不凡，还想跟人家较量，人家这是手下留情哩，人家一使劲我这小命就蹬腿玩完啦！

　　王小二的汗像下雨一样冒出来。他咬住嘴唇，这一刻他咬住嘴唇，突然醒悟过来，突然蹦出一个主意。他找出剩下的半瓶墨水，又把那张白纸翻过来，用那支干硬的小白云羊毫笔工工整整重新写下一行字："贼呀，俺服了，俺王小二彻彻底底服了，你愿来就来吧，俺叫你爷爷总行吧。"写完又贴回墙上，也不管同屋人如何笑他。

　　那几日王小二一见人就咧咧嘴，嘿嘿嘿傻笑，路人和麻五们把他的笑看成是发神经，是一场阴谋。其实他们都错了，王小二是发自内心的真诚的笑哩。王小二认为一个人到了不防贼也不怕贼时才真正放松了，自在了，才真正体味到了快乐的滋味。他去酒馆里喝酒，一个人吃了一大碗红烧肉，喝一瓶半斤装的老窖酒，然后浑身酣畅地睡个长觉。"贼呀，你愿来就来吧，俺不怕你偷了。"喝得有些迷糊的王小二把一直捆在腰间的女人丝袜解下来，把潮乎乎臭烘烘的零碎钞票一股脑全倒在同样脏兮兮的床铺上。钱被每日流下的汗水沤泡后，发出喂猪的泔水似的馊味儿，被风一吹，直往人鼻孔里钻。王小二就在这种臭气熏天的气味中呼噜连天起来。

一只苍蝇飞过来，嗡嗡叫嚷一阵，一翻身落上去，欣喜地在花花绿绿的票面上流连起来。

阳光照着王小二红扑扑的脸腮，照着他厚嘴唇上那排刚发芽的嫩韭菜似的胡须。王小二正在做梦哩，睡梦中的王小二一定又梦见女人了，那个面容模糊却屁股滚圆的女人磨盘般压下来，使王小二这狗日的胯裆间的物件儿，旗杆般直筒筒竖起。

王小二真是美美地做了个好梦哩。

转天他上街，路过日日经过的一家商店——香缘阁，突然就放慢了脚步沉思起来。他是想起了乡下的事哩。在乡下，山沟沟里的人家，总不免遭野狐黄狼子侵扰，丢鸡少鸭是常事，更有甚者，是哪家体质弱的媳妇被那狐仙蛇仙媚了心上了身子，一旦闹将起来也是了不得的，村人们便将那些灵长之物用香火供上，以期求得庇佑消灾免祸，据传灵验得很哩。王小二想，连畜生都懂人性、讲良心，何况人呢？你对他好，他未必不晓得……他灵机一动，进门买了几炷香，一个香炉，又用一只木牌求人写上"贼菩萨"三个金字，回屋便把它们摆到床头一只木凳上。此外，他还依照供祖宗的方式，一边各摆一盘馒头、一盘水果，然后燃着香，恭恭敬敬行了个礼，口中念念有词起来：贼菩萨啊贼菩萨；但愿你万事如意平平安安，也保佑我免灾免祸如愿以偿吧……

王小二供贼的事情一传扬开去，许多打工的人就都来扒门观看，一时竟惊动了晚报记者，还把王小二这一趣事当作新闻公然见了报。一时间，王小二倒成了打工者中的名人了。

不过，自此之后，那贼竟真的再没来寻衅。几个月过去，大家相安无事，一切似乎又恢复了往昔的宁静，王小二的东西不再丢，王小二同屋的麻五、二混子、老黑们却相继有过几次失盗。原先嘲笑王小二的这几位不久也陆续买来香火，供起了贼，王小二租住的屋子便烟气袅袅香火旺盛起来。这事暗地里引起了二老便（公安）们的注意。终于有一日，是在入冬之后第一场雪晴日的某个清早，龟缩在被子里哟哟哈哈的王小二正当起床，由于昨夜的煤炉早已熄灭，屋子里又没暖气，所以抖抖索索的几个男人早早穿上羽绒服，却仍然冻得面色发青缩头缩脑的。

王小二是被一泡尿憋起来的，他冲外间墙角的一只废涂料桶痛快淋漓地撒了一泡臊气烘烘的长尿后，本想再猫回被窝懒一会儿，却被外面一阵吵吵闹闹的声响惊动了。他连忙披了棉袄探头探脑开开门。胡同口围了一堆人，一片狼藉的雪地被脚踩得咯吱咯吱响，有人一边跑一边叫嚷："抓住一个贼！警察抓住一个贼！"王小二的心一阵狂跳，双脚冻僵般立住，呆呆望过去。

两个大汉扭着一个矮瘦的年轻人走过来，拥挤的人群纷纷让开条人缝。那人戴一顶鸭舌帽，脸罩在阴影里，脸颊处有一块显眼的刀疤。他一抽动嘴角，就扯动那刀疤也跟着动一下。走到王小二跟前时，贼亮亮的目光忽然就落在了他呆怔的脸上，贼给他笑笑，那一刹那王小二很奇怪。贼别过身老老实实跟警察走，渐渐转过街角不见了。

王小二当晚一直没睡着，他一会儿想着早晨的情形，一会儿又望望那块供奉多日的牌位，心里不知该拿它怎么办。

2006年3月

　　我拉了一天车，傍晚回到大鞭杆子村口时，卵皮上尽是汗。

　　日头眼望着便要落窝了，依傍山洼那片土坷垃似的屋脊上，袅袅飘浮的几缕细瘦的炊烟，在薄暮时分凄艳的夕晖映衬下，也变得与牧羊妇肩头的纱巾一样柔媚了。

　　我听见坐在辕上的我的主人老驴头，口里哼起他最爱唱的二人转小调："一不要你惊来，二不要你慌，三不要你穿错了小妹妹的花衣裳。小妹的衣裳本是那花挽袖，情郎哥的衣裳身大袖又长……"每次一听见主人咿咿呀呀害牙痛地哼起这个调调，一望见自家院里那棵枝叶婆娑的老柳树，我就会不自觉地放慢脚步，我知道歇息的时候快到啦。

　　正是仲秋季节，大地上苞米的缨子刚刚蔫绒，秋毛豆的乳牙刚刚灌浆，肆虐了一整个夏天的暑热也略有收敛，在稍稍凉快起来的晚风中，忙活了一天的牲畜和主人就都有些松弛，有些倦怠，有些犯迷糊起来。

　　"……小妹妹送情郎送到十字坡，头上的金簪丢了一根，我有心回去把那金簪找，宁舍那金簪舍不得情郎哥……"

"好啊，老驴头，又喝酒了吧，看我不告诉马寡妇去！"

"别……别……"老驴头下意识地叫，睁开眼皮，见是邻居二柱子笑嘻嘻立在路旁，手里拎一把草镰。

村里的老幼男女，都愿跟老驴头开玩笑。老驴头呢，从来不恼。他对二柱子裆下那疙瘩忽然一指，满脸惊讶地说："哟，裤腰带出来了！"二柱子一低头，老驴头一扬手里的鞭子："喈……驾！哈哈哈哈……"

我赶紧往前一冲，尥起蹶子就跑.小驴车吱吱扭扭颠簸起来，身后传来二柱子恼火的怒骂："你个老驴头，看我逮住你……"

"裤腰带出来"是个乡间典故，而"喝酒扯上马寡妇"则是老驴头的短处。拉车的我知道，全村老少也都知晓。我一边四蹄翻飞地跑着，一边听见那个叫二柱子的汉子遥遥甩过一句：

"老驴头，别忘了一会儿去看驴皮影！"

一听说有皮影戏，主人的耳朵立马支棱起来，他拉长了声调问："骗你爷爷哩……"

后面隐隐又传回一句："小鞭杆子村……"

"喈……驾！走哇，老伙计！"

这一次，主人的鞭梢实打实抽在我的胯骨上，虽然被抽的地方火辣辣疼了一下，我却不敢怠慢，麻溜撒开四蹄疾跑起来。

进了村，我刚刚放慢脚步，一群孩子和两条狗就风一样卷过来，其中就有老驴头的孙子——我的小主人黑蛋，他往前一蹿，竟然也爬上了另一侧的车辕，和他的爷爷肩并了肩，还摆出一副大人相，一本正经地吆喝；"走哇，老伙计！驾……喈驾。"

余下的孩子与狗在后面疯跑，蹚起一股浮土。我真担心剧烈颠簸的车辙会把黑蛋颠下去，滚到车轮底下，但是什么事情也没发生。那群孩子中又有两个爬上了车，剩下的和那两只癞皮土狗一样狂吠乱叫。

这样尘土飞扬涌进了院子，一切才安静下来。

小兰从屋子里跑出来，忙前忙后帮助卸车。小兰是老驴头的老闺女，有一双乌溜溜的大眼睛和乌溜溜的辫子。我喜欢小兰用手拍打我头部的动作，她的手又轻又软，真是让人通体舒泰啊。可是老驴头总是让黑蛋来放我。这不，刚卸下车，水还没饮，就吩咐那小子牵我到后山坡啃青。当黑蛋鬼头鬼脑过来拉缰绳时，我有意一扬脖颈，弄得那小坏蛋一趔趄。我心里这个乐呀，真想咴咴叫唤几声。但是看见老驴头正往这边瞅，便假装柔顺地低下头，任那小子拉我出了门。

我讨厌黑蛋总摆出一副小主人的架势，也讨厌他叫我老伙计。哼，他连蛋壳还没掉利整哩，就想指手画脚！

后山坡上是一块撂荒地，还有一眼山泉，那水呀，就像放了糖一要甘洌清甜。由于这儿离庄稼地呵，菜地呵，还有果园蚕场都比较远，邻近的村人都爱到这儿放牲畜。我和黑蛋一前一后刚绕过那片洋槐林子，就看见二柱家的狗剩也在那儿放驴。他们家是头小骒驴。看见我，那骒驴马上停止啃草，抬起头，淫荡地望过来。

我装作不看她，我才不愿搭理这个风骚的荡妇呢。她春天发情时，不仅跟村里所有的叫驴干，还跟邻村过路的叫驴跑。总之，她是一个无情无义的骚娘们儿。哪像我的小青。

天边像燃起一场大火，霞霭把山坡下的河水染得一片血红。我闲闲地啃着青草，尽力不让草汁把我灰白色的嘴唇染绿。我还是个爱干净的爷们哩。

黑蛋和狗剩正在拉呱儿。狗剩说，今晚小鞭杆子村演皮影戏，村里人都要去看。黑蛋说，皮影戏有啥意思，咿咿呀呀像害牙疼，俺才不稀罕看哩。狗剩说，你不愿去看，留在家里干啥？黑蛋想了想，说，不如去牛圈里捉蝙蝠，那鬼东西就爱藏在那里。后来，俩人又说到蝙蝠的来历，黑蛋说是老鼠吃了盐变的，狗剩说是河里的淹死鬼爬上岸变的。他们忽高忽低争吵不休，惹得我心里特烦。

我独自走到离他俩远一点的地方，既避开那头发骚的骒驴，又落得耳根清净，何况这儿还离男主人——老驴头死去的老伴儿的坟更近一些哩。

她活着时真是一个挺不错的老太婆，心眼好，面善，从不舍得打我。

是呵，兰子妈不死，老驴头就不会上马寡妇的炕了。

一提起马寡妇，我的眼前就浮现出一张比我的脸还长的面孔来，腮帮子上扑的粉厚得掉渣儿，两撇扫帚眉斜斜吊过鬓角，一说话嗲声嗲气露出一口大黄牙，是抽旱烟袋抽的。我弄不清老驴头喜欢马寡妇哪儿。哼，还不是王八瞅绿豆——对上眼了。

我想，背地里这么议论自己的主人，是有些不妥，于是便低下头，专心致志掠草。

暮归的山雀子倦倦啼唤几声，从这面山坡一窜一窜掠过河面，射进另一面黑黢黢的山林里去了。

那边，狗剩和黑蛋忽然顶起牛来。我还没弄清，小主人便急吼吼跑过来，他对狗剩嚷道："谁抢先跑到那棵老核桃树下，谁就算胜。"狗剩说好，早麻利爬上他家小骒驴的塌背。黑蛋跳了几跳，拼命揪住我的鬃毛，想一跃而上，我偏不配合，弄得这小混蛋脸儿涨成猴腔，很没面子。

后来还是借助一块山石，才成功地跨上我的脊背。那边狗剩猛地暴喝一声："开始！"便一溜烟向前窜去，急得黑蛋扬起手中的荆条，狠命抽打我的屁股："驾——驾！快呀，老伙计……"

我的臀部火烧火燎的疼，这个小杂种，一点也不知深浅，竟然还用他的脚跟踢我的肋条。我鼻子都要气歪了，更何况那边狗剩家的小荡妇正妖娆地连连发出咴咴的浪笑。啊哈哈哈……啊哈哈哈……

我恶狠狠地向一丛刺槐稞子窜去，只听"叭叽"一声，背上的黑蛋便面口袋一样滚落下去。他被摔得极是狼狈，小脸儿满是土屑草末，手上也拉出几道血口子，并且半天没爬起来。我一看闯了祸，赶忙蔫了吧唧溜回家去了。

晚饭飘出诱人的香气。小兰见了我，诧异地问：黑蛋呢？我叹了口气，独自回到驴圈里。我知道那小调皮蛋回来，也不敢告诉爷爷摔跤的原因。果然，一会儿黑蛋一瘸一拐进了院子，凶凶瞪我一眼，就回屋洗脸去了。

我放下心来饮水，差不多一口气饮干了一铜盆的水，直到映在盆里那张涟漪着的驴脸，渐渐淡出幽暗的盆底，我才长长吁了一口气。

老驴头一迭声催促姑侄俩，快吃快吃，吃了和你马婶子去看皮影戏。说完，稀里呼噜喝粥。

那姑侄俩一听，反倒故意慢腾起来。男主人就抬起头，说："咋，不愿看？"

黑蛋说他听不懂那哼哼呀呀的玩意儿，小兰说她要和邻家的山杏去河边洗衣裳。老驴头气呼呼道："黑灯瞎火的，洗个鬼衣裳啊，明儿个再洗！"

小兰是个听话的孩子，见大人发火，便不再争执，悄没声地继续扒饭。

我知道这姑侄俩讨厌马寡妇是一个原因，小兰要与前沟的一个小伙子幽会是另一个原因。至于黑蛋嘛，嘿嘿，我一想起他刚才的狼狈相，就憋不住呵呵呵大笑起来，笑得直想打滚。

听见我笑，一家人就都回过头往驴圈这边瞅。天完全黑透了，西边山垭口的火堆缓缓熄灭，而东山剪纸似的山脊处，却隐隐透出暗暗的光晕来。

月亮快要出来了，是仲秋的一轮新月哩。

要搁往常，老驴头是断断不会舍得套车看皮影戏的，他心疼驴，也心疼驴车上新买的胶皮轱辘。但是当马寡妇扭着磨盘大的屁股浪巴溜丢一进院子，老驴头的那双肉泡眼就亮泛起来，老驴头的魂儿就不在他原来的地方了。他说好好好，他说我这就套车！"小兰，快抱一床褥子给你马婶焐脚……"

小兰看着屁颠屁颠的老驴头鄙夷地叹口气。

我觉得小兰叹气时特别像一个人。像谁呢？我摇摇头，一抬眼，看见惊魂一样的月亮从山脊上冉冉升起，似乎带有一种破冰而出的声响，我痴痴地望着，总觉得月亮里有个影子在晃，大得吓人的月亮里有个模糊朦胧的影子在晃动。我眨眨眼，仔细看去，除了银粉一样的光屑，又什么都没有了。

小鞭杆子村在大鞭杆子村的西边，村子极小，村民大多散居于山的皱褶里。所以冷眼一瞅，像是山陡林密之间，不曾有过什么人家似的。如果不是有一两声鸡鸣犬吠，如果不是偶尔有谁站在坡梁上，发出一声旷远的、悠悠然然的吆喝，人就不会因了枯寂，而相信日子的缓慢和韵致哩。

我飘飘忽忽晃晃荡荡地走着，暗暗想些自己的心事。车上的人也像我一样，互相之间谁也不吱声，除了偶尔和路人打声招呼。

月亮的辉光是被我的四蹄蹚碎了。

路旁池塘中有几只田蛙在叫，深情而空洞，像是念着什么咒语。它们这么一念，四周汪洋恣意的庄稼就都停止了喧哗，呆呆地立在那儿倾听。天地混混沌沌，如同一条大河深沉而迟缓地流淌，无穷无尽难以想象。而那些庄稼……是呵，那些庄稼，在蛙的劝说和虫的呢喃中终归是轻睡过去，睡在某种恬静里了。

咳——咳！老驴头咳嗽一声，我蓦然一睁眼，一条上山的岔路横在眼前，我险些顺势拐了过去！今儿这是怎么了，鬼使神差的，我狠狠责备自己，斜睨一下主人们，他们倒没任何表示，包括平日一惊一乍的马寡妇。我就更加羞愧起来，赶紧兜回来继续往前走。

我在刚才的一瞥中，看见马寡妇的脚在褥子底下，正一下一下摩擦老驴头的瘦腿。而小兰呢，则别转过脸、定定瞅着车尾的远处。黑蛋仰躺在车厢里，默望着浩渺的夜空出神，这坏小子一定是叫穹窿上的大月亮给镇住了，抑或还在惦记牛圈里的蝙蝠呢，也说不一定。

绕过山嘴，正当攀爬那道狭而长的慢坡时，突然响起一阵车马的铜铃声，满车厢筒子的男女老幼嘻嘻哈哈从后面赶上来，赶车的老板却是二柱。他一甩鞭子，叭的一记脆响，故意吓我一跳。我往边一靠，辕上的老驴头和车厢正中的马寡妇便滚作一堆："哈哈哈哈……"笑声起处，两匹骡子一匹马的大车呼啸而过。

"老驴头，拉着马寡妇私奔哩……"车上人喊。

"看我不收拾你个小鳖羔子！"

老驴头佯装恼怒地笑道。马寡妇却真生气了，着霜的驴粪蛋一样的脸子呱嗒阴沉下来，恶毒地诅咒："二柱子，我叫你媳妇生孩子不长屁眼儿……"

几乎就在两车相错的一刹那，坐在车尾的小兰一纵身，被追屁股赶过去的那辆车厢里的一双年轻有力的大手轻轻接了过去。

"等等我！"

噌——黑蛋也跳下车，趔趔趄趄撵上前。

我的脑子里还琢磨马寡妇的那句骂：生孩子不长屁眼儿，那怎么屙屎呀。想想觉得可笑，就又突然响亮地叫唤起来。

"啊嗬嗬——啊嗬嗬！"

月亮显然是被我的笑声吓着了，月亮晃几晃，掉下些粉屑，雪花一样没入广袤无际的原野融化了。

"老伙计啊，你今晚这是怎么了嘛，无缘无故地叫唤！"主人纳闷地嘟囔起来。

是呀，今晚我这是怎么了？我也觉得自己怪异，像陌生又熟知的苍穹的脸。我心里似乎有一种预感，怪异又可怕的预感，但我一直说不清楚，它只是银雾一样让我的脑子迷糊着。我又一次看见迷雾中浮现出的一张脸，是小青的脸啊！

我的心咚咚跳得厉害，我担心主人也听见这敲鼓一样的心跳。我一边走一边偷偷扭回一下脸，看见老驴头的手正像一只狡猾的地鼠钻进马寡妇的怀……

小鞭杆子村虽说也就十几户人家。但是这几年靠种药材富裕起来，所以经常有人家放大席请电影说大鼓书演二人转什么的，极是显赫。大鞭杆子村即便人多势众，却也不得不借人家的光往人家村道上跑。一来二去，大鞭杆子村的人自然就觉得矮人家一头，看戏时也就只借人家的犄角旮旯儿，还要陪些小心。

我进了戏场，里面早已人头攒动热闹非凡。场子中间高高矮矮，全端坐着长辈的老人，不分男女，人人手中擎一杆烟袋，瘪瘪凸凸松松紧紧的嘴唇，一边吧嗒吧嗒吸着，吐出辛辣呛鼻的烟雾，一边和两侧的唠嗑儿。说的无非是天南海北、百年旧事、庄稼收成之类的闲嗑。那一尊一尊泥像一样的人，在夜空下出奇的镇静，仿佛一点儿也不急于戏的开演，仿佛他们今晚坐在这儿，只是为了闲嘎嗒牙，说些不着边际的空话。

而坐在他们后面的姑娘媳妇们，就没有这么安生了。她们一律衣着鲜艳，（即便夜色幽暗看不太清。）挎胳臂搂腰的。她们说的可都是家长里短、儿女情长、闺中秘闻。她们一会儿哧哧窃笑，一会儿附耳低语，一会儿又叽叽嘎嘎搅作一团。而场子四周墙头树杈立立卧卧的顽童，则鸡飞狗跳一味胡闹，惹得大人一个劲呵斥也不管用。至于演员嘛，大都在后面调试丝弦准备物件儿，偶有一个撩开幕布一角，偷偷往下望望，看人齐整没有。下面发觉了，就一迭声乱喊："开演吧，开演吧，还等个卵！"

上头幕布放下，不忙不慌扔下一句："急什么急，又不是入洞房！"

老驴头把车停在场子边上，他扶着马寡妇下了车，又挟两只小马扎，一转眼就钻进密密实实的人群里去了。

我打了个响鼻，长吁一口气，发觉背上汗漉漉的，凉风一吹，不觉打个寒噤。裆间阳物懒懒垂下，一股畅快淋漓的热流激切射出，尿臊味在月光里扑喇喇散开，像附近场子里呼儿唤母的叫声。

有两个人影在不远处晃一下，就隐到墙角的老槐树后了。其中一个稍俏些的撒娇道："不嘛，我不叫亲！"另一个粗壮些的苦心苦肺地央求："小兰，兰妹妹，就亲一下嘛，不，半下也行。"我一听偷偷乐了。

　　这时，戏台下蓦地骚乱起来，似乎是谁占了谁的位置，谁踩了谁的脚。有人叫骂，有人啼哭，有人嘤嘤嗡嗡劝慰。直到惊天动地的锣响，后边的喊前边的坐下，前边的怨后边的冤枉了人……总之在开演之前，是搅作一锅糊涂粥的样子了。我站在场子侧面，目光掠过黑黝黝的人头，直直盯住那道白布。只觉得一种强烈的、震撼心灵的东西就要应验了。啊——！我的心像一只被惊飞的夜鸟，无比惶恐地窜向夜空。

　　今晚上演的是《孟姜女寻夫》，待那苍凉悠长的丝弦调调一起，整个的场子就被撕筋拽肉地扯疼了。

　　　　奴家我愁肠向谁诉哇，
　　　　不知道何处是长城啊，
　　　　夫君下落难寻问哪，
　　　　又不知那何处有路道啊——

　　是小青……是我的小青回来啦！我嗅到了那熟悉的气息，她就在那儿，——灯影幢幢的幕布上！她复活了，重新投生了，通过她自己的皮——这古老的、做工精美的影人子！

　　而台上拖得一波三折的唱腔分明是有了哭音，台下黑压压肃穆的人脸就都有了应和，有了感念。我立在侧面望着，望着，忽明忽暗的戏台就渐渐模糊虚幻起来，渐渐在我的眼前晃动打转儿起来，我明白是我的眼眶里有泪了。我努力噙着，不让它落下来。

小青的皮在亮闪闪的幕布上走动，小青是显了灵咧，通了神咧……"小青——"我噙住泪低低唤一声，四条腿不由一阵战栗。

小青是我初恋的情人，我一生一世唯一爱过的小爱人。她的皮毛滑溜溜的又黑又亮，像绸缎披在身上闪闪发光，她的眼睫毛又浓又密，阳光下会留下一排动人心魄的阴影，而她那同样乌溜溜照人心魄的瞳仁，又总是羞涩痴情地围着我转。

哦……她说话的语调慢声细语的，像夏日山涧里的小溪，而她婀娜小跑的模样，简直就像天上的仙女下凡！老天爷哟，你让我怎么夸奖她好呢？我搜章寻句也找不出能描绘她的语句来，我真是一头笨驴！

但是她死了，我的小青终于还是死啦！若不是那场车祸，若不是她残了一条腿，她就不会被主人卖给驴贩子，也就不会被驴贩子转手卖给了驴肉馆，自然就不会大卸八块成了那些饕餮之徒口中的美餐，老天爷不公啊，老天爷……呜呜，我的小可怜见！

我听见锣鼓骤然激烈起来，密如雨点的锣鼓疾风一样扫过全场，压得人透不过气来，我看见台下的观众有的直着脖子，愣愣怔怔只管发呆；有的俯下脸，撩起前襟擦拭腮帮子上的浊泪。一阵悲哀袭上心头，我也情不自禁啜泣起来。

"呜呜——啊啊啊……"

近旁的一个汉子跳起身，抬手给了我两巴掌；"你这杂种，瞎叫唤什么？上一边去！"

我这才发现，不知不觉之间，我竟挪到看戏的人群边上，赶紧磨转身，往旁一蹿，回到冷清清的墙根。就这样我陷入极大的悲痛之中了。我抬起一双泪眼，看见月亮像一面巨大的、一尘不染的镜子，冷冷地照射下来，我痴痴地望着那面铜镜，往事真的历历在目了。我看见我和小青在月亮里啃草，在月亮里奔跑、拉车、耳鬓厮磨，说些别人听不懂的悄悄话儿，甚至，我还看见我和她在春天的田野里追逐着甜蜜地做爱…………哦，小青啊，你就那么被人残忍地宰杀了。他们还把你的皮做成这种晃来晃去的玩意儿，供他们取乐。我突然对人产生了深深的厌恶，不，是仇视！是他们杀害了我的小青。

可是仇恨又能怎样，我只是一头驴，一头低头拉车忍受鞭挞的牲畜。

我慢慢，慢慢地又溜近了戏台的后侧，我把头从灯光泄露的帷幕缝隙探进去，看见几个演员一边扯长喉咙唱，一边舞弄手里的影人子——那是些透明的描画精细的画片，手掌呀胳臂腿呀还连缀许多细线，又被一些棍棍挑动着，翻腾跳跃地舞。几千年前那场惊心动魄的爱情，就在这么几个土头土脸的民间艺人的布置下，紧锣密鼓地演绎着。

一册唱本，几把丝弦，一副苍劲而富于变化的嗓子，一会儿扮演那位悲泣哀伤的女子，一会扮演耿直无辜的男人，一会儿又扮演凶蛮强悍的暴徒，我眼花缭乱津津有味地看着，竟忘记了自己的身世，忘了自己的地位，看到忘情处，和台下忘乎所以的庄户人一起，为这号啕的亲情和悠远的悲凉叫起好来："哇！好啊，好啊——咳咳咳！"一个拉胡琴的回过头，被幕布上凭空多出的一个驴头吓了一跳，冲后台气恼地吼了一嗓。

"谁家的牲畜呀，怎么进了戏台！"

台下一片哄笑。我吓得赶紧往回溜，屁股蛋上还是挨了重重几下，要不是老驴头匆匆跑来，我还不知被那几个小子打得怎么样呢？

"我的老伙计，驴祖宗哎，你不在那儿老老实实待着跑台前干啥么！你还想听戏？"

　　是啊，我眨巴眨巴眼想，谁会相信一头驴竟然也会想听戏？！

　　那边的戏还在起起伏伏地上演着，台上台下的演者和观者很快又沉浸到古老的剧情里去了。我这回老老实实待在场院角落的阴影下，在那悠久苍凉的旋律中逐渐迷糊起来，好像进入了一种睡眠，一种奇怪的倦怠。我觉得从台上弥漫出一种亲切熟识的气味儿，小青的气味儿。那刚刚困扰我的所有的悲哀和伤痛全都消失了，弥散了，蒸发得无影无踪。在我看来，我和小青都是这天地万物的一部分，是洪荒宇宙中的一员，我们披星戴月拉车耕田，和这些苦苦乐乐的乡民一样，生而为驴，死而为魂，活过，爱过，快乐过，伤情过……如果前生造化的话，还能在死后被制作成这美妙绝伦的影人子，世世代代在艺人们手中流传，给无数庄户人留下念想，我们还贪图个啥呢？在这一瞬间我真的悟识到自己已不再仅仅是卑贱、弱小、孤立无助的一个畜生啦，或者仅仅是生活在大地上的短暂过客。老天爷啊，凭借某种神秘的力量，通过这种古老的技艺，我也会成为岁月永恒的一部分，成为人们痴迷喜爱的艺术的一部分，我是多么高兴啊！为自己，也为小青，我的眼泪在黑暗中又下来了，不争气地下来了。这是喜悦的泪哩，幸福的泪哩。我拼力控制住自己的情绪，不再咴咴乱叫，不再打扰台下台上那些专注入神的脸庞。

　　一阵丝弦响过，我仰起头，在月上中天的辉光中，在银镜里，也看见了我的脸——破涕为笑的毛茸茸的脸！

　　谁会在意一个名叫老伙计的驴子的笑呢！

2005年11月

后记

　　大约2000年前后，我停下了风头正劲的诗歌写作，踌躇满志地准备移师小说领域。当时的辽宁省作协主席刘兆林专门找到我，语重心长地劝阻我不要放弃诗歌创作，让我继续扛起辽军诗坛主将的大旗，但是，被一意孤行或者贯于特立独行的我拒绝了。不久我参加了鲁迅文学院2002年首期高研班，摩拳擦掌准备大干一场。又是七八年过去了，到了2007年一次偶然的机会，我竟放下弄得正热乎的小说创作，又全力以赴画起油画来，并且一干又是十年！虽说那时我已有五六十篇小说发表在《花城》《作家》《山花》《大家》《中国作家》《小说月报》等国内大刊上，还获得了《北京文学》小说年度奖，但对于一个自视极高的作家来说，我没有一丝一毫的满足，我希望在有生之年完成我的全部文学艺术尝试。

　　如今，独对自毁了二百余幅习作后仅存下的百多幅绘画作品面前，我还是露出了欣慰的微笑。因为我相信再过十年、二十年乃至更远的将来，这些作品一定会得到社会的广泛认知。这使我想起国画大师黄宾虹的临终之言：五十年后识真画！

我在一篇创作中曾写道："人过五十，对生命和生活的认识的确有所不同了。我领悟和学到的最重要的生命哲学就是放弃。放弃是人生智慧的至高境界。与索取相比，放弃意味着空茫和广阔。生命就像荒原上被风吹彻的一座空城，以往的繁荣只如一场春梦罢了。"

这时候我喜欢读八大山人的画：一只孤鸟、一朵残菊或野竹、枯冬的瘦梅或秋深处某一荷塘的残叶……我也喜读弘一法师的书法：内敛、安静、干净。我还喜欢美国抽象表现主义大师罗斯克的油画：落日染红海面般的静寂和萧穆，像哀歌—— 里尔克的《哀歌》。

人过五十，生命便如一只青铜器，锈是它的大美，寂是它的最深厚的哲学。寂隐含着空，但寂最接近于灭。灭是边境，是事物的裂变。而寂有生命的余温，是看穿一切的微笑，像花。

而花最美的时段是枯。我时常对枯花和枯叶痴迷。我觉得它们的肌理和质地宛如这个世界，包括朽木、残石、腐了的树皮以及碎瓷片。（我曾买了一些补锔过的陶器，我觉得那锈迹斑驳的锔钉也是美的，就像悬空寺的义腿。）

寂是世界的本质。

布罗茨基说："艺术是抗拒不完美现实的一种方式，亦为创造现实的一种尝试。"我儿时是在肉体生活和精神生活都贫寒中熬过来的，我几乎没有完整地上过学，是北国乡村严酷的现实教会了我讨生的本领。在生存的夹缝中的确需要勇气，需要坚韧和忍耐，需要对教条和空洞的反叛。我少年和青年时代所有灰暗的小城生活都成为我写作的固有背景——苦难和孤独。

所以我一直要为我敏感而飘荡的灵魂寻找到庇护之所，经过近五十年的四处求索，印证，如今我终于找到了，那就是文学和绘画。

其实这部小说集中的稿子，只是我所有小说中的一小部分，当时的小说写作我是采取两条腿走路的方式：一种是源于我对荒诞文学及超现实主义艺术的热爱所写下的，如《鸟巢里的男人》《关于拍卖一小块星空的奇闻轶事》等等。另一种是基于我少年时代枯寂的北国乡村生活所写下的关于土地、传说、农人脾性以及少年梦想的文字，现在粗粗将其编辑成册，就是这本薄薄的《鼠年月光》。

在此特别感谢著名作家、画家、鲁迅文学奖获得者王祥夫先生的序及推荐。感谢北岳文艺出版社的领导及编辑老师们的提携与爱。

2019年4月18日急就于辽宁鞍山